insel taschenbuch 1062

Jane Austen

Anne Elliot

Jane Austen, geboren am 16. Dezember 1775 in Steventon/Hampshire, ist am 18. Juli 1817 in Winchester gestorben.

Ein Jahr nach ihrem Tod im Jahre 1817 erschien Jane Austens letzter Roman *Persuasion.* Anne Elliot, die Hauptfigur, wird in einem sozialen Umfeld dargestellt, das auch Jane Austen bekannt war und das in der Beschreibung für ihre übrigen Romane typisch ist. »Den ganzen Vorzug, den ich für mein Geschlecht beanspruche«, so Anne Elliot in einem Gespräch über Treue bei Männern und Frauen, »– er ist nicht einmal besonders beneidenswert, und es lohnt sich nicht, sich danach zu sehnen –, ist der, am längsten zu lieben, selbst dann noch zu lieben, wenn das Leben oder alle Hoffnungen dahin sind.« Dies charakterisiert Anne Elliot und ihre Beziehung zu Frederick Wentworth, dessen Heiratsantrag sie unter dem Einfluß ihres Vaters abgelehnt hat. Der Lebensweg und die persönliche Entwicklung beider wird dargestellt bis zur vom Gang der eher resignativ verlaufenden Handlung her gesehenen überraschenden Wendung: einem guten Ausgang. Es ist aber kein aufgesetztes Happy-End, sondern das Zusammentreffen zweier Lebenswege, das zwei gereifte, vom Verstand und nicht so sehr vom Gefühl geprägte Persönlichkeiten wieder zueinanderbringt.

Jane Austen im Insel Verlag: *Emma* (it 511); *Stolz und Vorurteil* (it 787); *Die Abtei von Northanger* (it 931); *Anne Elliot* (it 1062); *Lady Susan. Die Watsons. Sanditon* (it 1192); *Mansfield Park* (it 1503); *Verstand und Gefühl* (it 1615). Über das Leben und Werk von Jane Austen: Angelika Beck, *Jane Austen. Leben und Werk in Texten und Bildern* (it 1620).

Jane Austen
Anne Elliot

Aus dem Englischen
von Margarete Rauchenberger
Mit Illustrationen
von Hugh Thomson

Insel Verlag

Der Text folgt der Überarbeitung von Elfriede Beyvers-Kern

insel taschenbuch 1062
Erste Auflage 1988
Insel Verlag Frankfurt am Main und Leipzig

Hinweise zu dieser Ausgabe am Schluß des Bandes
Vertrieb durch den Suhrkamp Taschenbuch Verlag
Umschlag nach Entwürfen von Willy Fleckhaus
Satz: Libro, Kriftel
Druck: Nomos Verlagsgesellschaft, Baden-Baden
Printed in Germany

5 6 7 8 – 99 98 97 96

ANNE ELLIOT

Sir Walter Elliot auf Kellynch Hall in Somersetshire nahm zu seiner eigenen Unterhaltung nie ein anderes Buch als den Adelsalmanach zur Hand. Dort fand er Beschäftigung für manche müßige Stunde und Trost in Zeiten des Kummers. Seine Sinne erhoben sich bei Betrachtung der spärlichen Überreste uralter Adelsbriefe zu Bewunderung und Ehrfurcht. Alle unwillkommenen Empfindungen, die auf häusliche Schwierigkeiten zurückgingen, wandelten sich auf natürliche Weise in Mitleid und Verachtung, wenn er die fast endlosen Ernennungen des letzten Jahrhunderts durchblätterte – und wenn jedes andere Blatt machtlos blieb, verfolgte er seine eigene Abstammungsgeschichte mit niemals versagendem Interesse. Die Seite, auf der sich der bevorzugte Band schon von selbst öffnete, lautete:

»ELLIOT OF KELLYNCH-HALL

Walter Elliot, geboren am 1. März 1760, heiratete am 15. Juni 1784 Elisabeth, die Tochter des James Stevenson von South Park in der Grafschaft Gloucester; diese Dame (gestorben 1800) gebar ihm Elisabeth, geboren am 1. Juni 1785, Anne, geboren am 9. August 1787, einen Sohn, totgeboren am 5. November 1789, Mary, geboren am 20. November 1791.«

Genau so hatte der Absatz ursprünglich bei der Drucklegung gelautet, aber Sir Walter hatte ihn verbessert, und zu seiner und der eigenen Familie Unterrichtung nach Marys Geburtsdatum angefügt: »Heiratete am 16. Dezember 1810 Charles, den Sohn und Erben von Charles Musgrove auf Uppercross in der Grafschaft Somerset« – und gleichfalls hatte er den genauen Todestag seiner Frau eingetragen.

Dann folgte in üblicher Weise die Geschichte und der Aufstieg der alten und angesehenen Familie: wie sie sich zunächst in Cheshire niedergelassen hatte; wie sie in Dugdale das Amt des obersten Gerichtsbeamten innehatte und in drei aufeinanderfolgenden Parlamenten die Gemeinde vertrat, mit hohen Beweisen der Treue gegen das Vaterland; wie ihr die Baronet-Würde im ersten Regierungsjahr Charles II. verliehen wurde, mit all den Marys und Elisabeths, die sie geheiratet hatten. Alles das umfaßte zwei schöne Duodezseiten, einschließlich Wappen und Wahlspruch. »Hauptsitz Kellynch Hall in der Grafschaft Somerset«, und darunter stand von Sir Walters Hand das Finale: »Voraussichtlicher Erbe William Walter Elliot, Urenkel des zweiten Sir Walter.«

Sir Walter Elliots Charakter stand im Zeichen von Eitelkeit, Eigen- und Standesdünkel. In seiner Jugend war er außerordentlich hübsch gewesen, und mit 54 Jahren galt er noch immer als ein schöner Mann. Es gab wohl wenig Frauen, die mehr um ihre äußere Erscheinung besorgt waren als er, und auch der Kammerdiener eines neuernannten Lords konnte kaum mehr von seiner Stellung in der Gesellschaft entzückt sein. Für ihn kam der Segen der Schönheit gleich hinter dem Segen der Baronet-Würde; und jener Sir Walter Elliot, der diese Gaben in sich vereinigte, war das ständige Ziel seiner wärmsten Achtung und Hingabe.

Sein Aussehen und sein Rang hatten wohl einen Anspruch auf seine Zuneigung; denn ihnen verdankte er eine vortreffliche Gattin. Lady Elliot war eine ausgezeichnete, kluge und liebenswürdige Frau, deren Urteilskraft und Haltung keiner Nachsicht bedurfte, wenn man ihr auch die jugendliche Verblendung zugute halten muß, die sie zu einer Lady Elliot gemacht hatte. – Sie hatte seine Schwächen mit Heiterkeit oder Milde bemäntelt und siebzehn lange Jahre sein Ansehen gefördert. Und wenn sie sich auch selbst nicht als das glücklichste Wesen auf Erden pries, so hatte sie doch in ihren Pflichten, in ihren Freunden und in ihren Kindern genug gefunden, was sie ans Leben fesselte. Und daher fiel es ihr nicht allzu leicht, als sie von ihnen abberufen wurde. – Drei Töchter, die beiden ältesten 16 und 14 Jahre, waren für eine Mutter eine erdrückende Hinterlassenschaft, mehr noch eine erdrückende Last, die sie der Obhut und Führung eines eingebildeten, törichten Vaters anvertrauen mußte. Sie besaß jedoch eine sehr liebe Freundin, eine kluge, verdienstvolle Frau, die sich aus tiefer Anhänglichkeit ganz in der Nähe, in dem Dorfe Kellynch, angesiedelt hatte. Auf deren Freundlichkeit und Rat stützte Lady Elliot sich hauptsächlich bei ihren Bemühungen um die geistige und seelische Erziehung ihrer Töchter.

Diese Freundin und Sir Walter heirateten nicht, was ihre beiderseitigen Bekannten auch in diesem Punkte vorausgesehen haben mochten. – Dreizehn Jahre waren seit Lady Elliots Tod verstrichen, und sie waren immer noch Nachbarn und eng befreundet; er war Witwer und sie Witwe geblieben.

Daß Lady Russell nicht an eine zweite Heirat gedacht hatte, braucht vor der Öffentlichkeit nicht entschuldigt zu werden, zumal diese im allgemeinen unvernünftigerweise eher Mißfallen äußert, wenn eine Frau noch einmal heiratet, als wenn sie es nicht tut; denn sie war schon gesetzteren Alters und lebte außerdem in sehr guten Verhältnissen. Aber Sir Walters Beharren im Witwerstande bedarf einer Erklärung. Es muß daher gesagt werden, daß sich Sir Walter – nach der Enttäuschung über ein paar sehr unvernünftige Freiten allerdings – als guter Vater rühmte, um seiner lieben Töchter willen einsam geblieben zu sein. Für *eine* Tochter, die älteste, hätte er wirklich alles aufgegeben, was ihn nicht allzusehr reizte. Elisabeth hatte im Alter von 16 Jahren so weit wie möglich die Rechte ihrer Mutter übernommen, und da sie sehr hübsch und ihm sehr ähnlich war, großen Einfluß auf ihn ausgeübt, und sie waren sehr vergnüglich miteinander ausgekommen. Seinen beiden anderen Töchtern maß er geringeren Wert bei. Mary hatte einen gewissen Ruhm erlangt, als sie Mrs. Charles Musgrove wurde; aber Anne, die wegen ihrer Gemütstiefe und ihres liebevollen Wesens von allen verständnisvollen Menschen hoch geachtet wurde, bedeutete weder Vater noch Schwester etwas. Ihr Wort hatte kein Gewicht, sie kam erst in zweiter Linie – sie war eben nur Anne.

Für Lady Russell aber war sie ein liebes, hochgeschätztes Patenkind, ihr Liebling und ihre Freundin. Lady Russell liebte alle drei, aber nur in Anne sah sie deren Mutter wiedererstehen.

Noch vor einigen Jahren war Anne Elliot ein sehr hübsches Mädchen gewesen; aber ihre Blüte war früh dahin. Selbst auf dem Höhepunkt hatte ihr Vater wenig Bewundernswertes an ihr gefunden; so völlig wichen ihre zarten Züge und milden dunklen Augen von den seinen ab. Jetzt, da sie verblüht und schmächtig war, galt sie ihm überhaupt nichts mehr.

Er hatte nie sehr viel Hoffnung gehegt, je ihren Namen auf irgendeiner anderen Seite seines Lieblingsbuches zu lesen. Jetzt war sie ganz erstorben. Eine ebenbürtige Verbindung blieb nun Elisabeth vorbehalten; denn Mary hatte sich lediglich mit einer alten, ehrenwerten und wohlhabenden Familie des Landes verbunden und daher nur alle Ehre *geboten*, aber keine empfangen; Elisabeth würde schon eines Tages standesgemäß heiraten.

Manchmal ist eine Frau mit 29 Jahren hübscher als zehn Jahre früher, und sie büßt in diesem Lebensabschnitt keinen Reiz ein, solange nicht Krankheit oder Kummer an ihr zehren. Das traf auch auf Elisabeth zu. Sie war noch die gleiche hübsche Miß Elliot, wie vor dreizehn Jahren, zu Beginn ihrer Laufbahn. Und man konnte es Sir Walter daher zugute halten, wenn er ihr Alter vergaß, oder ihn wenigstens nur für einen halben Narren halten, daß er sich und Elisabeth für blühender denn je hielt, angesichts der Trümmer von Schönheit in seiner Umgebung. Denn bei allen anderen Angehörigen seiner Familie und Bekanntschaft nahm er die Spuren des Alters sehr deutlich wahr. Anne war mager, Mary grob, alle Gesichter in der Nachbarschaft verwelkten, und die sich mehrenden Krähenfüße an Lady Russells Schläfen bekümmerten ihn schon lange.

Elisabeth konnte sich in persönlicher Selbstzufriedenheit nicht ganz mit ihrem Vater messen. Seit dreizehn Jahren war sie die Herrin von Kellynch Hall und stand dem Haushalt mit einer Selbstsicherheit und Entschiedenheit vor, die niemanden auf den Gedanken gebracht hätte, sie könnte jünger sein, als sie wirklich war. Seit dreizehn Jahren machte sie die Honneurs und gestaltete das häusliche Leben. Sie führte auf dem Weg zu der vierspännigen Kutsche und verließ alle Salons und Speisesäle des Landes gleich hinter Lady Russell. Dreizehn Winterfröste sahen jeden anständigen Ball, den die dürftige Nachbarschaft zu bieten hatte, von ihr eröffnet, und dreizehn Frühlinge prangten in Blüten, wenn sie mit ihrem Vater für ein paar Wochen Unterhaltung in der großen Welt nach London reiste. Sie war sich ihrer 29 Jahre bewußt, und das verursachte ihr manches Bedauern und manche Furcht. Vollkommen befriedigt, noch immer so hübsch wie damals zu sein, fühlte sie doch, daß sie sich den gefährlichen Jahren näherte, und wäre über die Gewißheit glücklich gewesen, in den nächsten zwölf Monaten von einem Baronet ordnungsgemäß umworben zu werden. Dann hätte sie wieder mit der gleichen Freude wie in ihrer frühen Jugend das Buch der Bücher zur Hand genommen; aber jetzt mochte sie nicht daran gehen. Sie betrachtete das Buch als ein Übel, solange es das Datum der Heirat nur hinter dem Namen ihrer jüngsten Schwester zeigte. Und mehr als einmal hatte sie es mit abgewandten Augen geschlossen und fortgestoßen, wenn ihr Vater es geöffnet hatte liegen lassen.

Außerdem trug sie eine Enttäuschung, die ihr dieses Buch und besonders die Geschichte ihrer eigenen Familie immer wieder in die Erinnerung rief, seitens des voraussichtlichen Erben, gerade dieses William Walter Elliot, dessen Rechte von ihrem Vater in so großzügiger Weise unterstützt wurden.

Schon als sehr junges Mädchen hatte sie ihn heiraten wollen, da er in Ermanglung eines leiblichen Bruders der Baronet werden würde; und ihr Vater war immer gleicher Meinung gewesen. Sie hatten ihn in seinen Knabenjahren nicht gekannt; aber kurz nach Lady Elliots Tod, anläßlich einer jener Frühlingsausflüge nach London, als Elisabeth in ihrer ersten Blüte stand, hatte Sir Walter seine Bekanntschaft gesucht, zu Anfang zwar keine große Gegenliebe gefunden, doch die Zurückhaltung jugendlicher Bescheidenheit zugeschrieben.

Damals war Mr. Elliot noch ein sehr junger Mann, der Rechtswissenschaft studierte. Elisabeth fand ihn äußerst angenehm und stimmte jedem Plan zu seinen Gunsten zu. Er wurde nach Kellynch Hall eingeladen und das ganze Jahr lang sprach man von ihm; aber er kam nicht. Im folgenden Frühjahr traf man ihn wieder in London, fand ihn ebenso angenehm und ermutigte ihn wieder, lud ihn ein und wartete auf ihn – und wiederum kam er nicht. Die nächste Nachricht kündigte seine Heirat an. Anstatt sein Schicksal in das einem Erben des Hauses Elliot vorgezeichnetes Geleis zu schieben, erkaufte er sich Unabhängigkeit durch die Ehe mit einer reichen Frau von niederer Herkunft.

Sir Walter war ungehalten. Als Haupt der Familie hätte man seine Einwilligung nachsuchen sollen, zumal er den jungen Mann vor der Öffentlichkeit so ausgezeichnet hatte. »Denn man muß uns zusammen gesehen haben«, bemerkte er, »einmal im Tattersall und zweimal im Unterhaus.« Er sprach seinen Unwillen offen aus, fand aber wenig Beachtung. Mr. Elliot versuchte sich nicht einmal zu entschuldigen und zeigte deutlich, daß ihm nichts an einer weiteren Anerkennung durch die Familie lag, als Sir Walter ihn deren für unwürdig erklärte. Somit war jede Bekanntschaft zwischen ihnen beendet.

Diese wirklich peinliche Geschichte mit Mr. Elliot erfüllte Elisabeth noch nach Jahren mit Zorn; denn sie hatte den Mann um seinetwillen geschätzt und mehr noch als Erben ihres Vaters, dessen stark ausgeprägter Familienstolz nur jenen als passenden Gatten für Sir Walter Elliots älteste Tochter hielt. Es gab keinen anderen Baronet, den sie so freiwillig für ebenbürtig angesehen hätte, und doch hatte er sich so elendiglich aufgeführt, daß sie im Augenblick – man schrieb den Sommer des Jahres 1814 – ihn immer noch jedes Gedankens für unwert hielt, obgleich sie für seine Frau einen Trauerflor trug. Die Schande seiner ersten Heirat wäre vielleicht noch zu vergessen gewesen – da sie durch keinerlei Nachkommen fortleben würde –, hätte er es nicht noch schlimmer getrieben; aber nach dem Bericht lieber Freunde hatte er äußerst respektlos von ihnen gesprochen, lästerlich und verächtlich von dem Blut, zu dem er gehörte, und von den Ehren, die nachmals die seinen werden sollten. Das war schlechthin unverzeihlich.

Solcher Art waren Elisabeth Elliots Gefühle und Empfindungen. Die Sorgen entsprangen einer Mischung verschiedenartigster Aufregungen, Eintönigkeit, Wohlleben und allgemeiner Nichtigkeit ihres Lebens. Sie verliehen einem ereignislosen Beharren in immer dem gleichen ländlichen Kreise Abwechslung und füllten die Lücken, wenn es an Unterhaltung und Reisen fehlte oder Talente und Fertigkeiten nicht ausreichten, um sich die Zeit zu Hause zu vertreiben.

Aber jetzt gesellte sich eine neue Beschäftigung und Unruhe des Gemüts dazu. Ihrem Vater ging mehr und mehr das Geld aus. Wenn er jetzt den Adelsalmanach zur Hand nahm, suchte er die schweren Rechnungen der Geschäftsleute und die unwillkommenen Andeutungen Mr. Shepherds aus seinen Gedanken zu bannen. Die Besitzung von Kellynch war ertragreich, aber den Anforderungen nicht gewachsen, die Sir Walter an die Lebenshaltung ihres Eigentümers stellte. Solange Lady Elliot lebte, waren durch eine gewisse Mäßigkeit und Sparsamkeit immer gerade die Grenzen des Einkommens eingehalten worden; aber mit ihr starb alle Besonnenheit, und sein Budget wurde ständig überzogen. Eine Einschränkung seiner Ausgaben war ihm nicht möglich. Er hatte nicht mehr getan, als was gebieterisch von einem Sir Walter Elliot verlangt wurde; aber so schuldlos er auch war, er geriet nicht nur entsetzlich in Schulden, sondern hörte auch oft davon sprechen, so daß jeder Versuch vereitelt wurde, es länger vor seiner Tochter geheimzuhalten. Im letzten Frühjahr in London hatte er ihr einige Andeutungen gemacht und sogar die Frage gewagt: »Können wir uns einschränken? Hast du vielleicht eine Vorstellung, in welcher Richtung wir uns einschränken können?« – Um Elisabeth gerecht zu werden, muß man anerkennen, daß sie im ersten Eifer weiblicher Besorgnis ernsthaft darüber nachdachte, was zu tun sei, und schließlich folgende beiden Sparmaßnahmen vorschlug: die unnötigen Almosen einzuschränken und den Salon nicht neu auszustatten. Später kam ihr noch der glückliche Gedanke, Anne kein Geschenk mitzubringen, wie man es bisher gehalten hatte. Aber wie gut diese Vorkehrungen an sich auch sein mochten, sie entsprachen nicht der Größe des Übels, und kurz darauf mußte Sir Walter ihr den ganzen Umfang der Schwierigkeit aufdecken. Einschneidendere Maßnahmen hatte Elisabeth nicht vorzuschlagen; sie fand sich grausam behandelt, gerade wie ihr Vater, und beide wußten ihre Ausgaben nicht zu verringern, ohne ihre Würde bloßzustellen oder ihre Bequemlichkeit in einem unerträglichen Maße einzuschränken.

Sir Walter konnte nur über einen kleinen Teil seines Besitztums frei verfügen; aber selbst wenn jeder Acker veräußerlich gewesen wäre, hätte das nichts geändert; er hatte das Gut bis zum äußersten mit Hypotheken belastet, aber sich nie dazu verstehen können, etwas Grund zu verkaufen. Nein, soweit würde er seinen Namen nie entwürdigen. Die Besitzung Kellynch würde ganz und gar ungeteilt übergeben, so wie er sie empfangen hatte.

Seine beiden vertrauten Freunde Mr. Shepherd, der in der nächsten Marktstadt wohnte, und Lady Russell wurden zu Rate gezogen, und Vater wie Tochter schienen zu erwarten, daß einer von ihnen ihre Verlegenheit zu beseitigen und ihre Ausgaben ohne jede Einbuße an Bequemlichkeit und Stolz zu verringern wisse.

Zweites Kapitel

Mr. Shepherd, ein zuvorkommender, vorsichtiger Rechtsanwalt, zog es vor, ungeachtet seines Einflusses auf Sir Walter und seiner Ansichten über ihn, das Unangenehme durch andere vorbringen zu lassen. Daher entschuldigte er sich, nicht mit Vorschlägen aufwarten zu wollen, und empfahl lediglich eine uneingeschränkte Fügung in Lady Russells ausgezeichnetes Urteil – denn er wußte, daß ihr kluger Menschenverstand gerade zu jenen einschneidenden Maßnahmen raten würde, die er angenommen wissen wollte.

Lady Russell machte sich eifrigst an diese Aufgabe und widmete ihr manch ernsthafte Überlegung. Als Frau von mehr gesundem als schnellem Denken stieß sie wegen der Gegensetzlichkeit der beiden Hauptpunkte auf große Schwierigkeiten. In ihrer persönlichen Makellosigkeit und ihrem feinen Ehrgefühl bemühte sie sich, Sir Walters Empfindungen zu schonen. Sie war so besorgt um das Ansehen der Familie und vornehm in ihren Ansichten über das, was ihr gebührte, wie nur ein Mensch von Vernunft und Anstand. Eine wohlwollende, hilfsbereite Frau und starker Anhänglichkeit fähig, immer korrekt in ihrem Verhalten und unnachgiebig in ihren Ansichten über die Schicklichkeit, verfügte sie über Umgangsformen, die als ein Beispiel guter Erziehung angesehen wurden, und über einen kultivierten Geschmack. Allgemein gesehen, handelte sie vernünftig und konsequent. Aber in bezug auf Vorfahren hatte sie Vorurteile, schätzte Rang und Ansehen hoch, was ein wenig gegen die Fehler derer blendete, die jene besaßen. Sie selbst war nur die Witwe eines Ritters; aber der Würde eines Baronets ließ sie alle Achtung angedeihen und unabhängig davon, daß Sir Walter ein alter Bekannter, ein aufmerksamer Nachbar, ein liebenswürdiger Grundherr, der Gatte einer teuren Freundin, der Vater von Anne und deren Schwestern war, hatte er für ihr Empfinden Anspruch auf Anteilnahme und Rücksicht in seinen gegenwärtigen Schwierigkeiten.

Sie mußten sich einschränken; das stand außer Zweifel. Aber Lady Russell war darauf bedacht, es für ihn und Elisabeth so schmerzlos wie möglich einzurichten. Sie stellte Wirtschaftspläne auf, machte genaue Berechnungen und tat etwas, woran bisher noch niemand gedacht hatte, nämlich sie befragte Anne, deren mangelndes Interesse die anderen bisher angenommen zu haben schienen. Lady Russell zog Anne zu Rate, die ihr in hohem Maße bei der Ausarbeitung eines Sparsystems half, das schließlich Sir Walter unterbreitet wurde. Annes Vorschläge zielten mehr auf Redlichkeit als auf äußeres Ansehen. Sie wünschte energischere Maßnahmen, eine vollständig geänderte Lebensführung, schnellere Abtragung der Schulden und größere Gleichgültigkeit gegen alle äußeren Umstände.

»Wenn es gelingt, deinen Vater zu alledem zu überreden«, meinte Lady Russell, »kann viel geholfen werden. Wenn er diese Regelung annimmt, wird er in sieben Jahren aller Schulden ledig sein; und hoffentlich überzeugen wir ihn und Elisabeth davon, daß die Achtung von Kellynch Hall durch diese Einschränkungen nicht beeinträchtigt wird. Es mindert die wahre Würde eines Sir Walter Elliot in den Augen vernünftiger Menschen nicht, wenn er wie ein Mann von Grundsätzen handelt. Er tut nichts anderes als sehr viele unserer ersten Familien – oder was sie doch wenigstens tun sollten. Sein Fall steht keineswegs vereinzelt, und gerade dieses Alleinestehen ist meist das Schlimmste an unseren Leiden – an unserem Verhalten immer. Ich hoffe sehr auf ein Gelingen. Wir müssen allen Ernst und alle Entschlossenheit daransetzen; denn schließlich muß ja der, der diese Schulden verursacht hat, sie auch bezahlen. Und wenn man auch auf die Gefühle eines Edelmannes und eines Familienoberhauptes Rücksicht nehmen muß, so schuldet man doch dem Charakter eines ehrlichen Menschen noch mehr.«

Nach diesem Grundsatz hätte Anne ihren Vater gern handeln sehen, und seine Freunde sollten ihn dazu überreden. Ihr erschien es eine unumgängliche Pflicht, alle Ansprüche der Gläubiger so schnell zu befriedigen, wie es die umfassendsten Einschränkungen gestatteten. Alles andere dünkte ihr unwürdig. Sie bewertete Lady Russells Einfluß sehr hoch, und da ihre Gewissenhaftigkeit sie zu großer Selbstverleugnung verleitete, glaubte sie, es verursache nur wenig mehr Schwierigkeiten, zu einer völligen als zu einer halben Reform zu überreden. Wie sie ihren Vater und Elisabeth kannte, würde das Opfer eines Pferdegespannes ihnen kaum weniger schmerzlich sein als der Verlust beider Gespanne. Und so ging es bei jedem Posten der von Lady Russell vorgeschlagenen, allzu sanften Einschränkungen.

Die Betrachtung, wie Annes strengere Maßnahmen aufgenommen worden wären, ist unwichtig, da schon Lady Russells Vorschlägen jedweder Erfolg versagt blieb. Sie waren unannehmbar und unerträglich. Was? Jegliche Bequemlichkeit einfach zerschlagen? Reisen, London, Dienstboten, Pferde, Mahlzeiten – Einschränkungen und Kürzungen überall. Nicht einmal mit dem Anstand eines einfachen Edelmannes leben? Nein, eher wollte er Kellynch Hall auf der Stelle verlassen, als unter solch schändlichen Bedingungen dort weiter leben.

»Kellynch Hall verlassen!« Diesen Hinweis griff Mr. Shepherd sofort auf; denn er war höchlichst an der Verwirklichung von Sir Walters Einschränkungen interessiert und fest davon überzeugt, daß ohne Wohnungswechsel nichts ausgerichtet würde. Und da dieser Gedanke gerade von dem stamme, der zu bestimmen habe, gestehe er ohne Skrupeln, sagte er, daß sich sein Gutachten in der gleichen Richtung bewege. Seinem Ermessen nach könne Sir Walter seinen Lebensstil nicht wesentlich ändern, solange er in einem Hause wohne, das einen derartig hohen Stand von Gastfreundschaft und althergebrachter Würde verkörpere. In jedem anderen Orte könne Sir Walter selbst entscheiden, und man würde zu ihm als dem Gestalter einer neuen Lebensführung aufsehen, wie er auch immer seinen Haushalt zu ändern geneigt sei.

Sir Walter wollte Kellynch Hall verlassen. Und nach nur wenigen Tagen des Zweifels und der Unentschlossenheit war die große Frage, wohin er sich wenden solle, gelöst und der erste Umriß dieser einschneidenden Veränderungen geplant.

Drei Orte standen zur Wahl: London, Bath oder irgendein Landhaus dieser Gegend. Anne hatte sich sehnlichst das letztere gewünscht. Ihr ganzer Ehrgeiz galt einem kleinen Haus in der Nachbarschaft, wo sie weiter Lady Russells Gesellschaft genießen, Mary nahe sein konnte und ihr immer noch die Freude blieb, dann und wann die Rasen und Waldungen von Kellynch zu sehen. Aber Anne blieb ihr gewöhnliches Schicksal vorbehalten, und das Gegenteil ihrer Wünsche wurde ihr aufgezwungen. Sie liebte Bath nicht und glaubte, es bekäme ihr nicht – und Bath sollte ihre neue Heimat werden.

Im Anfang hatte Sir Walter London mehr zugeneigt; aber Mr. Shepherd befürchtete, London ihnen nicht zutrauen zu können. Er war geschickt genug, ihm diesen Plan auszureden und Bath wünschenswerter erscheinen zu lassen, ein viel sicherer Platz für einen Herrn seiner mißlichen Lage, wo er angesehen bei verhältnismäßig geringen Kosten leben konnte. – Zwei wichtige Vorteile hatten natürlich Bath vor London den Vorzug gegeben, die bequemere Lage zu Kellynch mit nur 50 Meilen Entfernung und die Möglichkeit für Lady Russell, jeden Winter einige Zeit dort zu verbringen. Zur größten Befriedigung von Lady Russell, die bei dem geplanten Wechsel sogleich für Bath gestimmt hatte, konnte man Sir Walter und Elisabeth zu dem Glauben überreden, weder an Ansehen noch an Vergnügen einzubüßen, wenn sie dort Wohnung nähmen.

Lady Russell sah sich zu einem Einspruch gegen die Wünsche ihrer lieben Anne gezwungen. Es hieße zu viel von Sir Walter erwarten, sich mit einem kleinen Hause in seiner eigenen Nachbarschaft zu begnügen. Selbst Anne würde die Demütigung stärker empfunden haben, als sie jetzt ahnte, und Sir Walter geradezu darunter leiden. Außerdem betrachtete sie Annes Abneigung gegen Bath als ein Vorurteil, das zunächst darauf zurückzuführen war, daß sie nach dem Tode ihrer Mutter dort drei Jahre die Schule besucht und später in einer ziemlich niedergeschlagenen Gemütsverfassung einen Winter mit ihr zusammen dort verbracht hatte.

Lady Russell liebte Bath und neigte zu der Ansicht, es müsse allen Menschen gefallen. Jeder Gefahr für die Gesundheit ihrer jungen Freundin sei dadurch zu begegnen, daß man die warmen Monate in Kellynch Lodge verbringe, ein Klimawechsel, den sie für Gesundheit wie Gemüt nur zuträglich fand. Anne war kaum von zu Hause fortgewesen und hatte zu wenig gesehen. Ihr Gemüt war nicht heiter genug, ein großer Kreis würde ihr wohltun, und sie käme mehr in Gesellschaft.

Das Unerwünschte des Planes, ein anderes Haus in der gleichen Gegend für Sir Walter zu suchen, wurde durch eine gewisse und sehr wichtige Erwägung unterstützt, die man glücklicherweise gleich zu Anfang bedacht hatte. Er sollte sein Heim nicht nur verlassen, sondern es auch von anderen Menschen bewohnt sehen; diese Probe seiner Kraft wäre selbst besinnlicheren Köpfen als Sir Walter zu schwer gefallen. Kellynch Hall sollte vermietet werden; es war jedoch ein tiefes Geheimnis, das ihren eigenen Kreis nicht überschreiten durfte.

Sir Walter hätte die Demütigung nicht ertragen, wenn die Absicht, sein Haus zu vermieten, bekannt geworden wäre. Mr. Shepherd hatte einmal das Wort »anzeigen« erwähnt, aber nicht mehr darauf zurückzukommen gewagt. Sir Walter hatte den Gedanken, es in irgendeiner Weise anzubieten, weit von sich gewiesen, den geringsten Hinweis darauf verbeten, daß er überhaupt dergleichen beabsichtigt hatte, und erklärt, sich nur dann zu einer Vermietung herbeizulassen, wenn ein ganz hervorragender Bewerber spontan an ihn herantreten würde, um es zu ihm gemäßen Bedingungen und als ganz besondere Vergünstigung zu übernehmen.

Wie schnell bieten sich Gründe, wenn es gilt, unsere Wünsche zu bekräftigen! Lady Russell hatte noch einen ausgezeichneten bei der Hand, glücklich, daß Sir Walter mit seiner Familie die Gegend verlassen wollte. Elisabeth hatte kürzlich eine Freundschaft geschlossen, deren sie überdrüssig war. Die Freundin, Mr. Shepherds Tochter, war nach einer unersprießlichen Ehe mit der zusätzlichen Last von zwei Kindern zu ihrem Vater zurückgekehrt, eine kluge junge Frau, die sich ungewöhnlich auf die Kunst zu gefallen verstand. Zumindest galt das für Kellynch Hall. Sie hatte sich bei Miß Elliot sehr angebiedert und schon mehrmals dort gewohnt, trotz aller von Lady Russell anempfohlener Vorsicht und Zurückhaltung, die diese Freundschaft für fehl am Platze hielt.

Lady Russells Einfluß auf Elisabeth war gering, und sie schien Elisabeth mehr um des Liebens willen als an sich zu lieben. Nie hatte ihr Elisabeth mehr als äußerliche Aufmerksamkeit und Beweise unumgänglicher Höflichkeit bekundet, und es war ihr nie gelungen, etwas gegen deren Neigungen auszurichten. Verschiedentlich hatte sie ernsthaft vorgeschlagen, Anne in die Besuche nach London einzuschließen, da sie sich der ganzen Ungerechtigkeit und Schande jener selbstsüchtigen Pläne bewußt war, die Anne ausschlossen. Auch bei geringeren Anlässen hatte Lady Russell sich bemüht, Elisabeth kraft ihres besseren Urteils und ihrer Erfahrung zu beraten – aber immer vergeblich. Elisabeth ging ihren eigenen Weg und hatte ihn nie in ausgesprochenerem Gegensatz zu Lady Russell verfolgt als bei dieser Wahl von Mrs. Clay. Sie wandte sich von der Gesellschaft ihrer verdienstvollen Schwester ab, um Zuneigung und Vertrauen einem Menschen zu schenken, dem nur kühle Höflichkeit gebührt hätte.

In Lady Russells Augen war Mrs. Clay ihrer Stellung nach eine sehr unpassende und ihrem Charakter nach eine sehr gewagte Gefährtin – und ein Umzug, der Mrs. Clay zurücklassen und Miß Elliot passenderen Freundinnen zuführen würde, war daher von außerordentlicher Wichtigkeit.

Drittes Kapitel

»Ich gestatte mir die Bemerkung, Sir Walter«, sagte Mr. Shepherd eines Morgens in Kellynch Hall, während er die Zeitung niederlegte, »daß die augenblickliche Lage sehr günstig für uns ist. Dieser Friede wird all unsere reichen Seeoffiziere ans Ufer werfen. Sie werden alle nach einem Heim suchen. Es könnte gar keine bessere Zeit geben, Sir Walter, um eine Auswahl von Mietern, an sehr verantwortungsbewußten Mietern zu haben. Mancher hat während des Krieges ein beachtliches Vermögen gemacht, und wenn so ein reicher Admiral unseren Weg kreuzen sollte, Sir Walter . . .«

»So wäre er ein Glückspilz, Shepherd«, erwiderte Sir Walter. »Das ist alles, was ich dazu zu sagen habe. Kellynch Hall wäre für ihn eine Auszeichnung und wahrscheinlich sogar die größte, gleichviel welche er vorher schon empfangen haben mag – he, Shepherd?«

Mr. Shepherd lachte gebührend über diesen Witz und fügte dann hinzu: »Ich gehe wohl mit der Bemerkung nicht fehl, Sir Walter, daß die Herren von der Marine in Geschäftssachen leicht zu behandeln sind. Ich habe einige Übung in ihren Praktiken. Ich finde ihre Ansichten sehr liberal, kurzum sie sind die annehmbarsten Mieter, die einem begegnen können. In der Gewißheit, wie schwer sich die Handlungen und Pläne einer Gesellschaftsschicht vor der Beachtung und Neugier der anderen verheimlichen lassen, da Berühmtheit ihren Zoll zahlen muß – ich, John Shepherd, kann wohl jede Familienangelegenheit nach Belieben geheimhalten; denn niemand würde es der Mühe wert halten, auf mich zu achten; aber dem kann Sir Walter nur schwer entgehen –, nehme ich mir die Freiheit zu der Anmerkung, es würde mich nicht sehr überraschen, wenn trotz aller Vorsicht irgendein Gerücht über die Wahrheit durchsickerte. Von dieser Annahme ausgehend, wollte ich bemerken, daß ich, da zweifellos eine Anfrage erfolgen wird, einen reichen Marinekommandeur für besonders geeignet halte. Gestatten Sie mir noch hinzuzufügen, daß ich jederzeit in zwei Stunden hier sein kann, um Ihnen die Mühe der Entscheidung zu ersparen.«

Sir Walter nickte nur; aber kurz darauf erhob er sich, durchmaß den Raum mit großen Schritten und bemerkte sarkastisch: »Ich glaube, es würde nur wenige Herren von der Marine nicht erstaunen, ein solches Haus zu bewohnen.«

»Sie werden sich zweifellos umsehen und ihr Glück preisen«, warf Mrs. Clay ein, die zugegen war. Ihr Vater hatte sie mitgebracht, denn nichts war Mrs. Clays Gesundheit so zuträglich wie eine Fahrt nach Kellynch. »Ich bin mit meinem Vater völlig einer Meinung, daß ein Seemann ein sehr wünschenswerter Mieter wäre. Ich kenne eine ganze Menge Leute dieses Berufes; neben ihrer Freisinnigkeit sind sie so sauber und vorsichtig in ihrer Art! Falls Sie diese wertvollen Bilder hier lassen sollten, Sir Walter, wären sie in diesem Falle vollkommen sicher. Alles würde aufs sorgfältigste gepflegt und Garten und Park würden in fast dem gleichen hervorragenden Zustand gehalten werden wie jetzt. Sie brauchen nicht zu befürchten, Miß Elliot, daß Ihr reizender Blumengarten vernachlässigt wird.«

»Über Einzelheiten habe ich mich noch nicht entschieden«, fiel Sir Walter kühl ein, »falls ich mich wirklich dazu verleiten lassen sollte, mein Haus zu vermieten. Ich bin nicht sonderlich geneigt, einen Mieter zu begünstigen. Der Park stünde ihm natürlich offen. Es wird wohl wenig Seeoffiziere oder überhaupt andere Männer geben, die je solch ein Grundstück zur Verfügung hatten. Aber welche Einschränkungen ich für die Benutzung der Gartenanlagen festlegen mag, steht noch zu erwägen. Der Gedanke, daß mein Garten jedermann zugänglich ist, sagt mir gar nicht zu, und ich möchte Miß Elliot raten, bezüglich ihres Blumengartens auf der Hut zu sein. Ich habe keinerlei Neigung, einem Mieter von Kellynch Hall irgendwelche Vergünstigungen zu gewähren, das kann ich Ihnen versichern, sei er nun Soldat oder Seemann.«

Nach kurzer Pause wagte Mr. Shepherd die Bemerkung:

»In all diesen Fällen können bestimmte Vorschriften alle Beziehungen zwischen Besitzer und Mieter klar und einfach festlegen. Ihre Interessen, Sir Walter, liegen in guten Händen. Sie können sich auf mich verlassen; kein Mieter erhält mehr als seine billigen Rechte. Und ich möchte mir den Hinweis gestatten, daß Sir Walter Elliot auch nicht halb so eifersüchtig über sein Eigentum wachen kann wie John Shepherd an seiner Statt.«

Hier mischte sich Anne ein.

»Die Marine hat soviel für uns getan, sie hat doch sicherlich das gleiche Anrecht wie andere Menschen auf alle Bequemlichkeiten und Vergünstigungen, die ein Heim zu bieten hat. Seeleute arbeiten schwer genug, ehe sie zu Behaglichkeit kommen, das müssen wir wohl alle zugeben.«

»Sehr wahr, sehr wahr! Was Miß Anne sagt, ist sehr wahr«, stellte Mr. Shepherd fest, und »oh, gewiß«, echote seine Tochter. Aber gleich darauf bemerkte Sir Walter:

»Der Beruf hat gewiß seine Vorzüge; aber es täte mir leid, wenn einer meiner Freunde dazu gehörte.«

»Im Namen des Himmels, wer ist der alte Kerl?«

»Tatsächlich«, war die Antwort, und man sah Mr. Shepherd verwundert an.

»Ja, in zweierlei Hinsicht ist er mir zuwider, ich habe zwei starke Einwände. Einmal erhebt er Menschen obskurer Herkunft zu unverdienten Ehren, von denen weder ihre Väter noch ihre Großväter geträumt haben; zweitens zerstört er die Jugend und Kraft eines Mannes aufs abscheulichste. Ein Seemann altert früher als jeder andere Mann. Ich habe das immer beobachtet. In der Marine läuft ein Mann eher als in irgendeinem anderen Beruf Gefahr, durch den Aufstieg eines Mannes beleidigt zu werden, dessen Vater man nie angesprochen hätte. Im vergangenen Frühjahr befand ich mich in London eines Tages in Gesellschaft zweier Männer, die meine Behauptungen treffend belegten. Beiden sollte ich Platz machen: Lord St. Ives, dessen Vater bekanntlich ein armseliger Landpfarrer war, und einem gewissen Admiral Baldwin, einer denkbar bedauernswert aussehenden Person. Sein Gesicht war mahagonifarben, grau und zerfurcht. Lauter Linien und Falten, neun graue Haare auf jeder Seite und nur ein bißchen Puder obenauf. ›Im Namen des Himmels, wer ist der alte Kerl?‹ sagte ich zu meinem Freunde, Sir Basil Morley, der neben mir stand. ›Alter Kerl?‹ rief Sir Basil. ›Das ist Admiral Baldwin. Für wie alt halten Sie ihn?‹ – ›Für sechzig‹, antwortete ich, ›oder vielleicht zweiundsechzig.‹ – ›Vierzig ist er‹, erwiderte Sir Basil, ›vierzig und kein Jahr mehr.‹ Stellen Sie sich meine Bestürzung vor, ich werde Admiral Baldwin sobald nicht vergessen. Ich habe nie ein jämmerlicheres Beispiel dafür gesehen, wie Seefahrt einen Menschen zurichtet. Aber im gewissen Sinne ist es mit allem das gleiche: sie werden herumgeschlagen, sind jedem Wetter und jedem Klima ausgesetzt, bis man sie nicht mehr ansehen mag. Es ist schade, wenn sie nicht einen über den Schädel bekommen, ehe sie Admiral Baldwins Alter erreichen.«

»Das nenne ich wirklich unerbittlich, Sir Walter«, rief Mrs. Clay. »Haben Sie ein wenig Gnade mit diesen armen Männern.

Wir sind nicht alle zur Schönheit geboren. Die See ist kein Schönheitsinstitut; Seeleute altern früh, das habe ich oft bemerkt. Sie verlieren bald ihr jugendliches Aussehen. Aber trifft das gleiche nicht für viele andere Berufe zu? Vielleicht sogar für die meisten? Soldaten ergeht es im aktiven Dienst nicht besser. Und sogar in ruhigeren Berufen lassen Mühe und Arbeit den Körper eines Mannes selten auf natürliche Weise altern. Der Rechtsanwalt plackt sich ab und wird ganz abgehärmt; der Arzt ist zu jeder Stunde auf den Beinen und muß in jedem Wetter über Land; und sogar der Geistliche« – sie zögerte einen Augenblick, um nachzudenken, was für den Geistlichen passe –, »und sogar der Geistliche, wissen Sie, muß in Krankenstuben gehen und seine Gesundheit und sein Aussehen allen Gefahren einer vergifteten Atmosphäre aussetzen. Ich bin schon lange überzeugt, daß nur diejenigen, die keinem Beruf nachgehen, obgleich ein jeder notwendig und in seiner Art ehrenvoll ist, die ein geregeltes Leben auf dem Lande führen, sich ihre Zeit einteilen und tun können, was ihnen gefällt, die sorgenlos von ihrem Vermögen leben können, nur sie, sage ich, können die Segnungen der Gesundheit und des guten Aussehens bis zuletzt bewahren. Sonst verliert meines Wissens jeder andere Mann seine stattliche Erscheinung, wenn die Jugend ihn verläßt.«

In seiner Besorgnis, Sir Walters Gutwilligkeit gegenüber einem Seeoffizier als Mieter heraufzubeschwören, schien Mr. Shepherd mit Prophetengabe ausgestattet gewesen zu sein; denn schon die erste Bewerbung um das Haus kam von einem Admiral Croft, mit dem er kurz darauf bei der vierteljährlichen Versammlung in Taunton zusammentraf. In Wahrheit war Mr. Shepherd von einem Londoner Mitarbeiter schon wegen des Admirals verständigt worden. Nach dem Bericht, den er schleunigst nach Kellynch weitergab, stammte Admiral Croft aus Somersetshire, besaß beachtliches Vermögen und wünschte in seiner Heimat seßhaft zu werden. Er war nach

Taunton gekommen, um in der unmittelbaren Umgebung einige angebotene Häuser zu besichtigen. Es hatte ihm aber noch nichts zugesagt. Da er zufällig – wie Shepherd vorausgesagt hatte, konnten Sir Walters Angelegenheiten einfach nicht geheim bleiben – von der Möglichkeit gehört hatte, Kellynch Hall sei zu mieten, und von Mr. Shepherds Beziehungen zu dem Besitzer erfuhr, ließ er sich vorstellen, um sich genauer zu unterrichten. Im Laufe einer ziemlich langen Unterredung hatte er so großes Interesse für das Haus bekundet und in einem ausführlichen Bericht über sich selbst Mr. Shepherd jeden erforderlichen Beweis dafür geliefert, ein sehr verantwortungsbewußter und wünschenswerter Mieter zu sein.

»Und wer ist Admiral Croft?« fragte Sir Walter kühl und mißtrauisch. Mr. Shepherd verbürgte sich dafür, daß er einer angesehenen Familie entstamme. Nach einer kleinen Pause fügte Anne hinzu:

»Er ist Konteradmiral der Weißen, war bei Trafalgar dabei und seitdem in Ostindien, ich glaube, er war dort mehrere Jahre stationiert.«

»Dann bin ich unterrichtet«, bemerkte Sir Walter, »sein Gesicht wird ebenso orangefarbig sein wie die Aufschläge und Kragen meiner Livreen.«

Mr. Shepherd beeilte sich zu versichern, Admiral Croft sei ein Mann von sehr gesundem, herzhaftem und gutem Aussehen, ein wenig verwittert, aber nicht sehr auffallend; und nach seinen Ansichten und seinem Benehmen ein wirklicher Edelmann. Wahrscheinlich würde er wegen der Bedingungen keine Schwierigkeiten machen, er suche nur ein gemütliches Heim, um es so bald wie möglich zu beziehen. Es sei ihm bewußt, daß er für diesen Vorteil zahlen müsse, und welche Miete auf einem fertig eingerichteten und angesehenen Hause stehe. Gewiß wäre er auch nicht im geringsten verwundert gewesen, wenn Sir Walter mehr verlangt hätte. Er hätte nach dem Herrenhaus gefragt – die damit verbundene Vollmacht freue ihn, aber er messe ihr nicht viel Wichtigkeit bei; er hole auch dann und wann das Gewehr hervor, aber er schösse nie. Er sei also ganz ein Edelmann.

Mr. Shepherd wurde ganz redselig bei dem Thema. Er betonte alle Einzelheiten über die Familie des Admirals, die ihn als Mieter besonders wünschenswert erscheinen ließen. Er war verheiratet, aber kinderlos. Also sei alles nach Wunsch. Ein Haus ohne Hausfrau würde nie so recht gepflegt.

Er hatte Mrs. Croft selbst gesehen; sie war mit dem Admiral in Tauton und bei allen Erörterungen der Angelegenheit zugegen gewesen.

»Sie machte mir den Eindruck einer sehr gebildeten, freundlichen, klugen Dame«, fuhr er fort, »sie stellte mehr Fragen über das Haus, über Bedingungen und Steuern als der Admiral und schien in diesen Dingen besser unterrichtet zu sein als er. Sie hat außerdem in dieser Gegend nicht weniger Verwandte als ihr Mann; das heißt, sie ist die Schwester eines Herrn, der einstmals unter uns lebte und vor ein paar Jahren in Monkford wohnte. Meiner Seel! Wie war doch sein Name? Im Augenblick kann ich mich nicht auf seinen Namen besinnen, obgleich ich ihn erst kürzlich gehört habe. Penelope, meine Liebe, erinnerst du dich nicht des Namens von Mrs. Crofts Bruder?«

Aber Mrs. Clay unterhielt sich eifrig mit Miß Elliot und überhörte diesen Zuruf.

»Meiner Seel! Wie seltsam! Ich werde demnächst noch meinen eigenen Namen vergessen. Der Name war mir so geläufig; ich erinnerte mich des Herrn so genau, ich habe ihn wohl an die hundertmal gesehen. Er kam auch einmal, um sich Rat bei mir zu holen, wenn ich mich recht entsinne, wegen des Übergriffs eines seiner Nachbarn – ein Bauernknecht war in seinen Obstgarten eingedrungen, hatte die Mauer beschädigt, Äpfel gestohlen und wurde in flagranti ertappt; hinterher ging er entgegen meinem Urteil einen freundschaftlichen Vergleich ein. Wirklich sehr merkwürdig!«

Nachdem er wieder einen Augenblick gezögert hatte, sagte Anne:

»Sie meinen wohl Mr. Wentworth.«

Mr. Shepherd floß über vor Dankbarkeit.

»Wentworth, das ist der Name! Mr. Wentworth war mein Mann. Er war der Geistliche von Monkford. Wissen Sie, Sir Walter, vor ungefähr zwei oder drei Jahren. Er kam gegen 1805 in diese Gegend. Sie werden sich seiner gewiß erinnern.«

»Wentworth? Oh! Aha, Mr. Wentworth, der Geistliche von Monkford. Ich ließ mich durch den Ausdruck ›Herr‹ irreführen. Ich glaubte, Sie sprächen von einem begüterten Manne. Mr. Wentworth war ein Niemand. Ich entsinne mich, er war ohne jede Verwandtschaft und hatte mit der Familie in Stafford nichts zu tun. Wie doch der Name vieler unserer Adelshäuser ins Plebejische absinkt.«

Als Mr. Shepherd bemerkte, daß diese Verwandtschaft Croft bei Sir Walter nicht empfahl, erwähnte er sie nicht weiter und wandte sich eifrig wieder den Umständen zu, die unbestreitbar zu ihrem Besten sprachen, ihrem Alter, ihrem Vermögen, ihrer hohen Meinung von Kellynch Hall und der außergewöhnlichen Beflissenheit, es für sich zu gewinnen. Er legte es so aus, als stellten sie das Glück, Sir Walter Elliots Mieter zu werden, über alles. Sicherlich eine merkwürdige Neigung, wenn sie in das Geheimnis von Sir Walters Ansichten über die Rechte des Mieters eingeweiht gewesen wären.

Die Verständigung gelang jedoch, und obgleich Sir Walter jeden mit scheelen Augen betrachtete, der in diesem Hause zu wohnen gedachte, und ihn entschieden für zu wohlhabend hielt, weil er es trotz der hohen Bedingungen mieten konnte, ließ er sich dazu bereden, Mr. Shepherd die Abfassung des Vertrages zu gestatten. Er beauftragte ihn auch, Admiral Croft zu besuchen, der sich immer noch in Taunton aufhielt, und einen Tag für die Besichtigung des Hauses festzusetzen.

Sir Walter war nicht sehr klug; aber er verfügte über genügend Erfahrung, um zu wissen, daß hinsichtlich der wichtigsten Punkte kein besserer Mieter gefunden werden konnte, als Admiral Croft zu sein versprach. So weit reichte sein Verstand, und seine Eitelkeit erfuhr noch einen kleinen zusätzlichen Trost durch die Stellung des Admirals, die hoch genug, aber nicht zu hoch war. »Ich habe mein Haus an Admiral Croft vermietet«, würde ganz gut klingen; viel besser als nur Mr. Sowieso; ein Mister – abgesehen von vielleicht einem halben Dutzend im ganzen Lande – erfordert immer einen aufklärenden Hinweis. Ein Admiral spricht für seinen eigenen Wert und kann gleichzeitig einen Baronet nie zu gering erscheinen lassen. In all ihren Unternehmungen und Berührungspunkten würde Sir Walter Elliot den Vorrang haben.

Nichts konnte ohne Elisabeths Genehmigung unternommen werden; aber sie neigte so lebhaft einem Umzug zu, daß sie glücklich war, die Angelegenheit durch einen vorhandenen Mieter so schnell wie möglich entschieden und bewerkstelligt zu sehen. Sie äußerte kein Wort, das die Entscheidung hätte aufschieben können.

Mr. Shepherd wurde zum Vertragsabschluß bevollmächtigt, und als man so weit gediehen war, verließ Anne, die sehr aufmerksam zugehört hatte, den Raum, um im Freien Kühlung für ihre brennenden Wangen zu suchen. Während sie ihren Lieblingsweg entlangschritt, entrang sich ihr ein sanfter Seufzer: »In wenigen Wochen wird *er* vielleicht hier wandeln.«

Viertes Kapitel

Er war nicht Mr. Wentworth, der ehemalige Geistliche von Monkford, sondern dessen Bruder, Kapitän Frederick Wentworth, der im Anschluß an die Maßnahmen von St. Domingo zum Befehlshaber ernannt wurde und im Sommer 1806 nach Somersetshire gekommen war, da sich nicht sogleich eine Verwendung bot. Elternlos fand er für ein halbes Jahr ein Heim in Monkford. Damals war er ein beachtenswert hübscher junger Mann mit sehr viel Klugheit, Geist und Feuer; Anne war zur gleichen Zeit ein reizendes, sanftes Mädchen mit Geschmack und Empfinden. – Schon halb so viel anziehende Eigenschaften auf beiden Seiten hätten genügt; denn er hatte nichts zu tun, und sie hatte niemanden zum Liebhaben. Aber ein Zusammentreffen solch verschwenderischer Vorzüge konnte seine Wirkung nicht verfehlen. Die jungen Leute wurden allmählich miteinander bekannt und verliebten sich schleunigst und recht heftig ineinander. Es wäre schwer zu sagen, wer von beiden den anderen für vollkommener hielt oder wer glücklicher war: sie über seine Erklärungen und Anträge oder er über deren Widerhall.

Es folgte eine kurze Spanne höchster Glückseligkeit; aber sie währte nicht lange. Bald entstanden Schwierigkeiten. Sir Walter verweigerte eigentlich nicht seine Zustimmung, als man sich an ihn wandte, er zeigte seine Ablehnung nur durch große Verwunderung, tiefe Kälte, umfassendes Schweigen und sprach seinen Entschluß aus, nichts für seine Tochter zu tun. Er hielt die Verbindung für eine ausgesprochene Mesalliance; und Lady Russell betrachtete sie als äußerst unglückselig, wenn auch mit mehr Mäßigung und verständlichem Stolz.

Anne Elliot mit all ihren Ansprüchen der Geburt, der Schönheit und des Verstandes sollte sich im Alter von neunzehn Jahren wegwerfen, mit neunzehn Jahren ein Verlöbnis mit einem jungen Mann eingehen, der nur sich selbst zum Fürsprecher hatte und keinerlei Hoffnung besaß, einmal im Überfluß zu schwelgen, der außer den Chancen eines äußerst unsicheren Berufes keinerlei Verbindungen aufwies, die seinen Aufstieg gesichert hätten? Es wäre wirklich ein Fortwerfen, schon der Gedanke daran bekümmerte sie! Anne Elliot war noch zu jung und zu wenig bekannt, um einem Fremden ohne Vermögen und Verbindungen zuzufallen oder durch ihn in kümmerliche, sorgenvolle und jugendtötende Abhängigkeit zu sinken! Das mußte durch wohlmeinende, freundschaftliche Einmischung verhindert werden, durch die Vorstellungen eines Menschen, der sie fast wie eine Mutter liebte und Mutterstelle an ihr vertrat.

Kapitän Wentworth hatte kein Vermögen. Er hatte in seinem Beruf Glück gehabt; aber er hatte frei ausgegeben, was ihm in den Schoß fiel, und nichts zurückgelegt. Er vertraute darauf, bald reich zu sein. Er würde bald ein Schiff steuern und einen Standort haben, der ihm alle Wünsche erfüllen müsse. Er hatte immer Glück gehabt, und so werde es bleiben. Dieses Vertrauen mußte Anne genügen. Es war so übermächtig in der ihm eigenen Wärme und so bezaubernd in der Art, wie er es vorbrachte; aber Lady Russell sah es ganz anders. Sein Optimismus, seine Unerschrockenheit hatten auf sie eine andere Wirkung: es verschärfte das Übel. Er schien ihr ein Feuerkopf, ein Ungestüm. Lady Russell hatte wenig Sinn für Witz; alles, was nach Unvernunft aussah, erfüllte sie mit Entsetzen. Sie lehnte diese Verbindung in jeder Hinsicht ab.

Diese, aus solchen Gefühlen geborenen Einwände, waren zu stark für Annes Widerstandskraft. Trotz ihrer Jugend und Sanftmut wäre es ihr vielleicht möglich gewesen, die Abneigung ihres Vaters zu überwinden, obgleich sie durch keinen einzigen freundlichen Blick ihrer Schwester gemildert wurde. Aber sie hatte Lady Russell immer so herzlich geliebt, ihr immer so vollkommen vertraut, von ihr konnte sie sich bei soviel Beharrlichkeit und soviel Zärtlichkeit nicht vergebens beraten lassen. Sie ließ sich überreden, daß dieses Verlöbnis ein Unrecht sei – unvorsichtig, kaum Erfolg versprechend und nicht verdienstvoll. Aber sie setzte der Verbindung nicht lediglich aus selbstsüchtiger Vorsicht ein Ende. Wenn sie sich nicht eingeredet hätte, mehr zu seinem als zu ihrem eigenen Besten zu handeln, hätte sie ihn wohl kaum aufgegeben. Die Überzeugung, *hauptsächlich* zu seinen Gunsten Vernunft zu üben und sich selbst zu verleugnen, war ihr einziger Trost in dem Trennungsschmerz – einer Trennung für immer. Und sie brauchte viel Trost; denn sie hatte von seiner Seite noch zusätzlichen Schmerz zu erleiden, da er unüberzeugt und unnachgiebig war und sich schlecht behandelt fühlte. – Bald darauf hatte er die Gegend verlassen.

Nur wenige Monate hatten den Anfang und das Ende ihrer Liebe in sich geschlossen; aber mit diesen wenigen Monaten endete Annes Leiden nicht. Das Erlebnis und der Kummer umwölkten für lange Zeit jegliches Vergnügen der Jugend, ihre blühenden Wangen vergingen, und ihr Frohsinn war dahin.

Mehr als sieben Jahre waren vergangen, seit diese kleine kummervolle Geschichte ihr Ende gefunden hatte; die Zeit hatte viel gemildert, vielleicht sogar ihre Anhänglichkeit an ihn vernichtet. Aber sie war sehr von der Zeit allein abhängig; kein Ortswechsel war ihr behilflich gewesen – abgesehen von einem kurzen Besuch in Bath, unmittelbar nach dem Bruch – oder irgend etwas Neues oder eine Erweiterung ihres Bekanntenkreises. Niemand war aufgetaucht, der Frederick Wentworth, wie er in ihrer Erinnerung lebte, hätte die Waage halten können. Eine neue Liebe, die einzig in ihrem Alter Heilung gebracht hätte, hatte sich ihrem empfindsamen Gemüt und wählerischen Geschmack in den engen Grenzen der nachbarlichen Gesellschaft nicht geboten. Mit zweiundzwanzig Jahren war sie von einem Mann umworben worden, der wenig später bei ihrer jüngeren Schwester mehr Entgegenkommen fand. Lady Russell hatte diese Ablehnung sehr beklagt. Denn Charles Musgrove war der älteste Sohn eines Mannes, dessen Grundbesitz und sonstiges Ansehen in dieser Gegend gleich nach dem Sir Walters kam. Außerdem war er von gutem Charakter und vorzüglichem Äußeren; und obgleich Lady Russell noch etwas Besseres gewünscht hatte, als Anne neunzehn war, so hätte es ihr doch große Freude bereitet, sie mit zweiundzwanzig auf diese Weise ehrenvoll den Ungerechtigkeiten ihres Vaterhauses entrückt und für immer in ihrer Nähe eingerichtet zu sehen. Aber in diesem Falle hatte sich Anne nicht überreden lassen, und obgleich Lady Russell ihre Besonnenheit noch nicht bedauerte und die Vergangenheit nicht rückgängig zu machen wünschte, stieg ihr nun doch die an Hoffnungslosigkeit grenzende Besorgnis auf, ob Anne sich noch von irgendeinem talentvollen und unabhängigen Mann in einen Stand verlocken lasse, der ihres warmen Gefühls und ihrer häuslichen Eigenschaften wegen für sie besonders geeignet erschien.

Über ihre beiderseitigen Meinungen waren sie nicht im klaren, denn man sprach nie darüber. Aber mit siebenundzwanzig dachte Anne ganz anders, als man sie mit neunzehn gelehrt hatte. Sie tadelte weder Lady Russell noch sich selbst, weil sie sich von ihr hatte leiten lassen; aber eines wußte sie: wenn sich ein junger Mensch in einem ähnlichen Fall um Rat an sie wenden sollte, würde sie ihm nie einen Rat von so ausgemachter Erbärmlichkeit, solch ungewissem Vorteil für die Zukunft geben. Sie war überzeugt, trotz aller aus der elterlichen Ablehnung erwachsenen Nachteile, trotz aller aus seinem Beruf entstandenen Nöte, trotz all der Ängste, Aufschübe und Enttäuschungen wäre sie eine glücklichere Frau geworden, wenn sie das Verlöbnis aufrechterhalten hätte. Diese Betrachtungen machten einen guten Teil ihrer beiderseitigen Sorgen und Zweifel aus. All seine optimistischen Erwartungen, all sein Vertrauen hatte sich gerechtfertigt, sein Schwung und seine Begeisterung schienen seinen Aufstieg vorhergesehen und beschworen zu haben. Kurz nach Auflösung ihrer Verlobung hatte er einen Auftrag bekommen, und alles hatte sich so gefügt, wie er ihr vorhergesagt hatte. Er hatte sich ausgezeichnet und sehr bald einen neuen Rang erreicht – und jetzt mußte er nach einer Kette von Eroberungen ein ganz ansehnliches Vermögen erworben haben. Zwar dienten nur Marinestatistiken und Zeitungen als Quellen ihrer Vermutungen, aber sie zweifelte nicht an seinem Reichtum – und im Hinblick auf seine Beständigkeit hielt sie ihn noch für unverheiratet.

Wie beredt wäre Anne Elliot gewesen – wie beredt waren wenigstens ihre Wünsche um ihre frühere Liebe und um ein freudiges Vertrauen auf die Zukunft gegenüber jener überängstlichen Vorsicht, die jede Mühe zu beleidigen und der Vorsehung zu mißtrauen scheint! In ihrer Jugend hatte man sie zur Vernunft gezwungen. Erst als sie älter wurde, lernte sie das Märchen der Liebe kennen – die natürliche Folge eines unnatürlichen Anfangs.

Bei all diesen Erinnerungen und Empfindungen rief die Nachricht, daß Kapitän Wentworths Schwester in Kellynch wohnen sollte, ihre alten Schmerzen wieder wach, und es bedurfte manches Spazierganges, manches Seufzers, um die erregten Gedanken zu beschwichtigen. Sie hämmerte sich ein, daß alles Torheit sei, und hatte sich endlich so weit in der Gewalt, bei der ständigen Erwähnung der Crofts und ihres Geschäftes nichts Unangenehmes mehr zu empfinden. Mit völliger Gleichgültigkeit und scheinbarer Unwissenheit überging ihre Umgebung dieses Geheimnis der Vergangenheit, das aus deren Erinnerung geschwunden zu sein schien. Hierin konnte sie Lady Russells Beweggründen mehr Gerechtigkeit widerfahren lassen, als denen ihres Vaters und ihrer Schwester. Und als Admiral Croft wirklich von Kellynch Hall Besitz nahm, frohlockte sie von neuem in der ihr zusagenden Überzeugung, daß unter ihren Bekannten nur diese drei von der Vergangenheit wußten. Von diesen würde nicht eine Silbe durchsickern, und von seinen Angehörigen wußte nur sein Bruder, bei dem er damals wohnte, von ihrem kurzlebigen Verlöbnis. Dieser Bruder hatte die Gegend schon vor langer Zeit verlassen, und da er ein feinfühlender, zu der Zeit noch alleinstehender Mann war, erfüllte sie die tiefe Zuversicht, daß kein Mensch von ihm etwas erfahren hatte.

Die Schwester, Mrs. Croft, weilte damals mit ihrem Gatten im Ausland und ihre eigene Schwester Mary in einer Schule. Und später ließen der Stolz der einen und das Taktgefühl der anderen nicht die leiseste Andeutung durchdringen.

Anne tröstete sich also mit der Hoffnung, daß die Bekanntschaft mit den Crofts keinerlei Verlegenheit zeitigen würde, die an sich sehr wohl möglich war, da sich Lady Russell in Kellynch aufhielt und Mary nur drei Meilen entfernt wohnte.

Fünftes Kapitel

Auch an dem für die Besichtigung von Kellynch Hall vorgesehenen Morgen fand Anne ihren fast täglichen Besuch bei Lady Russell ganz natürlich, wenn sie es auch bedauerte, die Gelegenheit versäumt zu haben, das Ehepaar Croft kennenzulernen.

Die Begegnung der beiden Parteien erwies sich als höchst befriedigend und entschied sofort alles. Die Damen neigten zu einem Übereinkommen und sahen daher an der Gegenseite nur das Angenehme; und der Admiral zeigte einen so herzlichen Humor, so vertrauende Freimütigkeit, daß Sir Walter davon nicht unberührt blieb. Er war außerdem durch Mr. Shepherds Versicherungen, er sei dem Admiral vom Hörensagen als ein

Muster guter Erziehung bekannt, zu dem allerbesten, geschliffensten Verhalten geneigt. Man war von Haus, Grundstück und Einrichtung befriedigt und auf der anderen Seite von den Crofts angenehm berührt. Bedingungen und Termine wurden für gut befunden. So konnten sich Mr. Shepherds Schreiber an die Arbeit machen, ohne daß irgendeine Meinungsverschiedenheit eine Änderung des herkömmlichen Wortlautes notwendig gemacht hätte.

Ohne Zögern erklärte Sir Walter, der Admiral sei der ansehnlichste Seemann, dem er je begegnet sei, und verstieg sich sogar zu dem Ausspruch, wenn sein eigener Kammerdiener seine Frisur machen würde, könne er getrost mit dem Admiral in der Öffentlichkeit erscheinen. Mit verständnisvoller Freundlichkeit bemerkte andererseits der Admiral zu seiner Frau, als sie durch den Park heimwärts fuhren: »Ich erwartete, daß wir bald einig würden, meine Liebe, trotz allem, was man uns in Taunton erzählt hat. Der Baronet hat zwar das Pulver nicht erfunden, aber er scheint nicht uneben zu sein« – gegenseitige, gleichwertige Schmeicheleien.

Die Crofts sollten gegen Michaeli einziehen. Und da Sir Walter im Laufe des vorhergehenden Monats nach Bath übersiedeln wollte, mußten die notwendigen Vorbereitungen getroffen werden.

Lady Russell war davon überzeugt, daß man bei der noch zu treffenden Wahl des Hauses weder Annes Hilfe benötige noch auf ihren Rat höre. Sie war über die eilige Abreise sehr unwillig und suchte daher Anne zurückzuhalten, bis sie ihren Liebling nach Weihnachten selbst nach Bath geleiten konnte. Aber Lady Russells Verpflichtungen hielten sie mehrere Wochen von Kellynch fern, so daß sie ihr doch nicht die beabsichtigte Einladung übermitteln konnte. Anne scheute zwar die mögliche Hitze des Septembers in der weißen Grelle von Bath, und es schmerzte sie, die süßen und traurigen Herbstmonate nicht auf dem Lande zu verbringen, aber sie mochte auch nicht zurückbleiben, wenn sie alles recht bedachte. Deshalb war es wohl am vernünftigsten und am wenigsten schmerzend, mit den anderen zu reisen.

Durch ein besonderes Ereignis wurde ihr jedoch eine andere Aufgabe zuteil. Mary fühlte sich nicht wohl, sie kränkelte ein wenig, und da sie immer viel von ihren kleinen Nöten hielt, hatte sie sich angewöhnt, in solchem Zustand nach Anne zu verlangen. Und da sie schon voraussah, den ganzen Herbst über nicht einen Tag ganz gesund zu sein, bat oder forderte sie eher – denn bitten konnte man es kaum nennen – Anne nach Klein-Uppercross, wo sie ihr Gesellschaft leisten sollte, anstatt nach Bath zu gehen.

»Ich komme ohne Anne nicht zurecht«, lautete Marys Begründung, worauf Elisabeth antwortete: »Dann bleibt Anne am besten hier; denn in Bath braucht sie niemand.«

Als nützlich verlangt zu werden, wenn auch nicht gerade in sehr netter Form, ist immer noch besser, denn als nutzlos abgelehnt zu werden; und Anne war froh, daß man ihrer bedurfte, froh, eine Pflicht zu haben und auf dem Lande und in ihrer lieben, alten Umgebung bleiben zu können. So erklärte sie sich freudig zum Bleiben bereit.

Marys Einladung beseitigte alle Schwierigkeiten für Lady Russell, und daher stand es bald fest, Anne solle nicht eher nach Bath gehen, bis Lady Russell sie mitnehmen würde. Die Zwischenzeit könne man zwischen Klein-Uppercross und Kellynch Lodge teilen.

So weit war alles gediehen. Aber Lady Russell war geradezu entsetzt, als ihr bekannt wurde, Mrs. Clay würde mit Sir Walter und Elisabeth nach Bath gehen, als Elisabeths wichtigste und wertvolle Helferin in allem, was vor ihr lag. Lady Russell bedauerte diese Maßnahme, sie war überrascht, betrübt und erschreckt über die Beleidigung, die für Anne darin lag, daß Mrs. Clay sich nützlich machen konnte, während man ihrer nicht bedurfte.

Anne war an solche Kränkungen gewöhnt. Aber sie empfand die Unvernunft einer solchen Handlung ebenso wie Lady Russell. Aus ruhiger Beobachtung und einem genauen Wissen um ihres Vaters Charakter befürchtete sie von diesem vertrauten Umgang ernste Folgen für seine Familie. Augenblicklich bewegten sich ihres Vaters Gedanken zwar nicht in dieser Richtung, das glaubte sie wohl. Mrs. Clay hatte Sommersprossen, einen vorstehenden Zahn und plumpe Handgelenke, worüber er in ihrer Abwesenheit ständig bissige Bemerkungen machte; aber sie war jung und eigentlich recht hübsch, in ihrem scharfen Geist und eifrigen Gebaren lagen gewiß unendlich gefährlichere Reize als in ihrer Person. Auf Anne machte das Ausmaß dieser Gefahr einen derartigen Eindruck, daß sie nicht umhin konnte, ihre Schwester darauf hinzuweisen. Es war ihr wenig Erfolg beschieden; aber Elisabeth sollte niemals Grund zu dem Vorwurf haben, sie habe es an Warnung fehlen lassen. Wenn ein solches Unglück wirklich einträte, wäre Elisabeth die Bedauernswertere der Geschwister.

Elisabeth ließ es einfach nicht gelten, wertete es als lächerlichen Verdacht und verbürgte sich entrüstet dafür, daß sich ein jeder seiner Stellung bewußt sei.

»Mrs. Clay«, sagte sie eindringlich, »vergißt nie, wer sie ist; ich bin mit ihren Gefühlen doch wohl vertrauter als du und versichere dir, daß diese gerade auf dem Gebiet der Ehe besonders heikel sind. Sie lehnt schroffer als die meisten Menschen jeden Standes- und Vermögensunterschied ab. Daß unser Vater so verdächtigt werden könnte, hätte ich nie gedacht, nachdem er uns zuliebe so lange einsam geblieben ist. Wenn Mrs. Clay eine sehr schöne Frau wäre, dann könnte es vielleicht unrecht sein, sie so viel um mich zu haben; aber nicht, weil der Vater sich zu einer schändlichen Verbindung verleiten lassen, sondern weil er unglücklich werden könnte. Aber die arme Mrs. Clay kann man trotz all ihrer Vorzüge wirklich nicht auch nur für einigermaßen hübsch halten! Ich glaube tatsächlich, die arme Mrs. Clay ist vollkommen sicher bei uns. Man sollte glauben, du hättest unseren

Vater nie von ihren persönlichen Mängeln sprechen hören, obgleich ich genau weiß, daß du wohl mehr als fünfzigmal dabei warst. Denk nur an ihren Zahn! Und ihre Sommersprossen! Mich stören Sommersprossen nicht einmal so sehr wie ihn. Ich kenne Menschen, die durch ein paar Sommersprossen gar nicht einmal so sehr entstellt werden; aber Vater findet es entsetzlich. Und du hast doch gehört, daß er Mrs. Clays Sommersprossen bemerkt hat.«

»Es gibt wohl kaum einen körperlichen Fehler«, erwiderte Anne, »mit dem uns ein angenehmes Wesen nicht allmählich aussöhnen könnte.«

»Da denke ich ganz anders«, antwortete Elisabeth kurz; »ein angenehmes Wesen kann zwar ein hübsches Gesicht hervorheben, aber nie ein häßliches verwandeln. Auf jeden Fall kann ich über diesen Punkt besser urteilen als irgendein anderer und finde deinen Rat recht unnötig.«

Anne hatte ihre Pflicht getan und war froh, es überstanden zu haben. Vielleicht hatte sie doch ein wenig ausgerichtet. Elisabeth war jetzt aufmerksam geworden, wenn sie auch jeden Verdacht weit von sich wies.

Der letzte Dienst der vier Wagenpferde sollte die Reise nach Bath sein. Sir Walter, Miß Elliot und Mrs. Clay fuhren in bester Laune von dannen; Sir Walter bereitete sich auf freundliche Verbeugungen gegen die leidtragenden Pächter und Häusler vor, denen vielleicht angedeutet war, sich zu zeigen. Anne wanderte zur gleichen Zeit in einer Art bekümmerter Ruhe nach Kellynch Lodge, wo sie die erste Woche verbringen sollte.

Ihre Freundin fühlte sich nicht wohler als sie selbst. Lady Russell litt unter dieser Zersplitterung der Familie. Das Ansehen der Elliots lag ihr ebenso am Herzen wie ihr eigenes; und der tägliche Verkehr war ihr zu einer lieben Gewohnheit geworden. Der verlassene Park bedeutete ein schmerzlicher Anblick, und noch mehr quälte sie die Vorstellung, daß alles nun in neue Hände fallen sollte. Um der Einsamkeit eines so veränderten Ortes und dem Einzug des Admirals und Mrs. Crofts zu entgehen, beschloß sie, ihre eigene Anwesenheit mit dem Tage zu beenden, an dem sie Anne hergeben mußte. Daher reisten sie gleichzeitig ab und Anne wurde auf der ersten Etappe von Lady Russells Reise in Klein-Uppercross abgesetzt.

Uppercross, ein Dorf mittlerer Größe, war bis vor wenigen Jahren ganz im altenglischen Stil gehalten. Nur zwei Häuser überragten die Behausungen der Bauern und Tagelöhner: das Herrenhaus mit seinen hohen Mauern, großen Toren und alten Bäumen, wuchtig und nicht modernisiert – und inmitten eines sauberen Gartens das gedrungene feste Pastorat, dessen Fenster Wein und Spalierbirnen umrahmten. Bei der Heirat des jungen Herrn war noch ein Bauernhaus in einen kleinen Herrensitz verwandelt worden, und Klein-Uppercross mit seiner Veranda und seinen großen Glastüren zog das Auge des Reisenden ebenso auf sich wie das großartigere und beachtlichere, wohl eine viertel Meile entfernt liegende Groß-Uppercross.

Hier hatte sich Anne oft aufgehalten, sie kannte die Gepflogenheiten von Uppercross ebenso gut wie die von Kellynch. Die beiden Familien trafen sich regelmäßig und waren so daran gewöhnt, zu jeder beliebigen Tageszeit von einem Haus ins andere hinüberzugehen, daß es Anne ordentlich überraschte, Mary allein zu finden. Da sie allein war, erschien es ganz natürlich, daß sie sich nicht wohlfühlte und schlechter Laune war. Aber obgleich besser veranlagt als ihre ältere Schwester, entbehrte Mary doch Annes Verständnis und deren Gaben. Solange es ihr gut ging, solange sie glücklich war und man sich um sie bemühte, hatte sie ausgezeichnete Laune; aber jede Unpäßlichkeit bedrückte sie; gegen Einsamkeit besaß sie keinerlei Rückhalt, und da sie über ein gut Teil Elliotscher Überheblichkeit verfügte, neigte sie sehr dazu, jeden Kummer durch die Einbildung zu erhöhen, vernachlässigt und schlecht behandelt zu werden. Äußerlich konnte sie sich selbst in ihrer Blütezeit mit beiden Schwestern nicht messen. Jetzt lag sie auf dem verblichenen Sofa in einem niedlichen kleinen Salon, dessen elegante Einrichtung unter dem Einfluß von vier Sommern und zwei Kindern allmählich nachgelassen hatte.

»Na, bist du endlich da!« begrüßte sie Anne bei deren Eintritt. »Ich dachte schon, du kämest nicht! Ich bin so krank, daß ich kaum sprechen kann, und habe den ganzen Morgen noch keine Menschenseele gesehen!«

»Es tut mir leid, daß du dich nicht wohlfühlst«, erwiderte Anne, »aber am Donnerstag schicktest du mir noch einen so günstigen Bericht.«

»Ja, ich tat mein Bestes. So handle ich immer; aber auch da ging es mir nicht besonders gut, und ich bin in meinem ganzen Leben, glaube ich, noch nie so krank gewesen wie heute morgen. Ich versichere dir, man dürfte mich gar nicht allein lassen. Denk nur, wenn mich plötzlich etwas überkäme und ich nicht einmal läuten könnte! – Lady Russell wollte also nicht aussteigen? Ich glaube, sie hat diesen Sommer nicht dreimal diese Schwelle betreten.«

Anne äußerte ein paar passende Worte und erkundigte sich nach Marys Gatten. »Oh! Charles ist zur Jagd. Ich habe ihn seit heute morgen sieben Uhr nicht zu Gesicht bekommen. Er wollte gehen, obgleich ich ihm gesagt hatte, wie krank ich bin. Er meinte, er würde nicht lange bleiben; aber er ist bisher nicht zurückgekehrt, und es ist jetzt fast eins. Ich sage dir ja, ich habe heute morgen noch keine Menschenseele erblickt.«

»Du hast doch deine Buben bei dir gehabt?«

»Ja, solange ich ihren Lärm vertragen konnte; aber sie sind so ungebärdig, daß sie mehr schaden als guttun. Klein Charles gehorcht überhaupt nicht und Walter wird geradeso schlimm.«

»Na, es wird dir schon bald wieder besser gehen«, erwiderte Anne heiter. »Du weißt, daß ich dich immer kuriere. Wie geht es euren Nachbarn in Groß-Uppercross?«

»Das kann ich dir gar nicht sagen. Ich habe heute noch

niemanden von drüben gesehen, außer Mr. Musgrove, der eben hier anhielt und, ohne vom Pferd zu steigen, sich durch das Fenster mit mir unterhielt. Und obgleich ich ihm sagte, wie schlecht es mir ginge, ist niemand hereingekommen. Ich nehme an, es hat den beiden Damen Musgrove zufällig nicht gepaßt, und sie lassen sich niemals aus der Ruhe bringen.«

»Du wirst sie schon sehen, ehe der Tag vorbei ist. Es ist ja noch früh.«

»Es liegt mir gar nichts an ihnen! Sie reden und lachen mir viel zu viel. O Anne, mir geht es gar nicht gut! Es war wirklich nicht nett von dir, daß du nicht schon am Donnerstag erschienen bist.«

»Meine liebe Mary, denk doch nur, was für einen freundlichen Bericht du mir selbst geschickt hast! Du schriebst so lustig und betontest, es ginge dir vollkommen gut und ich brauchte mich nicht zu beeilen. Und du weißt ja, daß ich gern bis zum letzten Augenblick bei Lady Russell blieb; und außerdem hatte ich wirklich so viel zu tun, daß ich Kellynch kaum eher verlassen konnte.«

»Du lieber Himmel! Was hast *du* wohl schon zu tun?«

»Eine ganze Menge, das kannst du mir glauben. Mehr, als mir im Augenblick einfällt; aber einiges kann ich dir doch aufzählen. Ich habe den Katalog von Vaters Büchern und Bildern abgeschrieben, war mit Mackenzie im Garten gewesen, um verschiedenes zu prüfen und ihm die Pflanzen zu zeigen, die Elisabeth für Lady Russsell bestimmt hatte. Dann hatte ich noch meine eigenen kleinen Angelegenheiten zu erledigen, Bücher und Noten zu verteilen, meine Koffer fertig zu packen, da ich übersehen hatte, was für die Möbelwagen bestimmt war. Und dann hatte ich noch etwas zu tun, Mary, was viel unangenehmer war. Ich besuchte fast jedes Haus in der Gemeinde – man hatte mir gesagt, daß sie es gerne sähen –, zu all dem benötigt man viel Zeit.«

»Nun ja« – und nach einer kurzen Pause fügte sie hinzu: »Du

hast mich noch mit keinem Wort nach unserem gestrigen Dinner bei den Pooles gefragt.«

»Bist du denn dagewesen? Ich habe angenommen, du hättest die Gesellschaft aufgeben müssen.«

»O nein, ich ging hin. Gestern war ich ganz in Ordnung. Es fehlte mir nichts, bis heute morgen. Es hätte recht merkwürdig ausgesehen, wenn ich nicht hingegangen wäre.«

»Das freut mich. Hoffentlich hast du dich gut unterhalten!«

»Nicht besonders, man weiß schon im voraus, wie das Dinner abläuft. Wer wird schon da sein? Und es ist so ungemütlich, wenn man selbst keinen Wagen hat. Mr. und Mrs. Musgrove nahmen mich mit, und wir saßen so eng beieinander! Sie sind beide so dick und brauchen so viel Platz! Und Mr. Musgrove sitzt immer vorne, so daß ich auf dem Rücksitz zwischen Henriette und Louisa eingeklemmt war. Daher rührt wohl meine heutige Krankheit.«

Mit Geduld und erzwungener Heiterkeit brachte Anne es fast zu einer Heilung Marys. Binnen kurzem saß sie aufrecht auf dem Sofa und äußerte die Hoffnung, zum Essen wieder aufzustehen. Dann dachte sie nicht mehr daran und befand sich am anderen Ende des Zimmers, wo sie einen kleinen Strauß ordnete. Später aß sie kalten Braten und war bald soweit wieder hergestellt, einen kleinen Spaziergang zu unternehmen.

»Wo sollen wir denn hingehen?« fragte sie, als sie sich angezogen hatten. »Du magst wohl nicht gerne nach Groß-Uppercross gehen, ehe sie dir hier ihren Besuch gemacht haben?«

»Dagegen wende ich nichts ein«, erwiderte Anne. »So streng beachte ich die Etikette nicht bei Menschen, die ich so gut kenne wie Mrs. Musgrove und deine Schwägerinnen.«

»Oh, eigentlich hätten sie sobald wie möglich vorsprechen sollen. Sie müßten wohl wissen, was sie *meiner* Schwester schuldig sind; aber wir können genauso gut zu ihnen gehen und ein bißchen bei ihnen sitzen. Und wenn wir das überstanden haben, genießen wir unseren Spaziergang.«

Anne hatte zwar diese Art Verkehr immer für höchst unvernünftig gehalten, aber ihre Einwendungen eingestellt, da man auf beiden Seiten dauernd irgendwelche Gründe zu Kränkungen fand, ohne die weder die eine noch die andere Familie ausgekommen wäre. Sie gingen also nach Groß-Uppercross, um eine halbe Stunde in dem altmodischen, viereckigen Wohnzimmer mit dem kleinen Teppich und dem blanken Fußboden zu sitzen. Die derzeitigen Töchter des Hauses hatten mit Blumenständern und Ziertischen dem Raum allmählich ein recht verworrenes Aussehen gegeben, ungeachtet des großen Flügels und der Harfe. Hätten die lebendigen Vorbilder der Porträts an der Vertäfelung, hätten die Herren in braunem Samt und die Damen in blauer Seide gesehen, was hier vor sich ging, sie hätten darin den Umsturz aller Ordnung und Sauberkeit erblickt. Sogar die Bilder schienen voller Verwunderung hernieder zu starren.

Gleich ihrem Haus befanden sich die Musgroves selbst in einem Zustand des Wandels, vielleicht der Entwicklung. Die Eltern gehörten der alten Zeit an, die jungen Leute der neuen. Mr. und Mrs. Musgrove waren nette Menschen, freundlich und gastfrei, nicht sehr gescheit und keineswegs elegant. Ihre Kinder frönten moderneren Ansichten und Gewohnheiten. Es war eine große, aber noch junge Familie; außer Charles, Henrietta und Louisa, Neunzehn- und Zwanzigjährigen, die von Exter den üblichen Schatz an Vollkommenheiten mitgebracht hatten und jetzt, tausend anderen jungen Damen gleich, ihren Daseinszweck darin sahen, elegant, glücklich und vergnügt zu sein. Sie kleideten sich vorteilhaft, ihre Gesichter waren recht niedlich, sie waren immer heiter, und ihr Benehmen war frei und angenehm. Zu Hause genossen sie Ansehen, und draußen waren sie beliebt. Anne betrachtete sie als die glücklichsten Wesen ihrer Bekanntschaft; und dennoch hätte sie ihren eigenen beweglicheren und kultivierten Geist nicht gegen all ihre Vergnügungen eingetauscht, aus jenem angenehmen Gefühl der Überlegenheit heraus, das uns alle vor dem Wunsch nach einem Wechsel bewahrt. Sie neidete ihnen nichts als höchstens ihr friedliches Zusammenleben, die gutmütige gegenseitige Liebe, der sie selbst bei ihren Schwestern so selten begegnet war.

Der Empfang war herzlich. In der Familie in Groß-Uppercross schien es keine Schwierigkeiten zu geben, und wie Anne sehr wohl wußte, war nicht das geringste daran auszusetzen. Man verplauderte die halbe Stunde recht angenehm, und dann erstaunte es sie gar nicht, daß die beiden Damen Musgrove, Marys ausdrücklicher Einladung folgend, an ihrem Spaziergang teilnahmen.

Sechstes Kapitel

Die in Uppercross gewonnene Lehre war Anne nicht neu. Die Gesellschaft anders gearteter Menschen, und seien sie nur drei Meilen entfernt, bringt eine völlige Wandlung in der Unterhaltung, der Meinungen und Gedanken. Es war ihr hier noch jedesmal der Wunsch gekommen, andere Mitglieder der Elliotfamilie möchten gleich ihr Nutzen aus der Tatsache ziehen, wie nebensächlich hier Angelegenheiten waren, die man in Kellynch Hall von allgemeinem Interesse und für die Öffentlichkeit wichtig hielt. Sie war nach Uppercross gegangen, das Herz übervoll von Problemen, die in letzter Zeit beide Häuser in Kellynch beschäftigten, und hatte wohl mehr Neugierde und Anteilnahme erwartet, als sich in den getrennten, aber sehr ähnlichen Bemerkungen des Ehepaars Musgrove ausdrückte. »Nun, Miß Anne, sind Sir Walter und Ihre Schwester abgereist? Und wo wollen sie sich in Bath niederlassen?« Das wurde gleichmütig vorgebracht und eine Antwort kaum erwartet. Die beiden jungen Damen fügten höchstens hinzu: »Hoffentlich gehen *wir* im Winter auch nach Bath; aber wenn wir fahren, Papa, möchten wir gut wohnen – Queensquare genügt uns nicht!« Darauf folgte Marys ängstlicher Zusatz: »Mir wird es sehr gut tun, wenn ihr alle fort seid und euch in Bath amüsiert.«

Es blieb ihr nur der Vorsatz, in Zukunft derartige Selbsttäuschungen zu vermeiden, und eine große Dankbarkeit erfüllte sie für ihre wahrhaft teilnehmende Freundin Lady Russell.

Die Herren Musgrove hatten ihr eignes Wild, das sie pflegten und jagten, ihre eigenen Pferde, Hunde und Zeitungen, um sich damit die Zeit zu vertreiben. Und die Damen waren ausgefüllt mit Haushalt, Nachbarn, Kleidern, Tanzereien und Musik. Anne erkannte jedem Kreis die ihm gemäßen Lebensformen zu, und sie hoffte, in nicht allzu ferner Zeit ein würdiges Mitglied des Kreises zu werden, in den sie nun verpflanzt worden war. Sie würde wenigstens zwei Monate in Uppercross verbringen, und so war es unumgänglich notwendig, ihre Phantasie, ihre Erinnerung und ihre Gedanken möglichst nach der in Uppercross geltenden Ansicht abzustimmen.

Sie fürchtete sich nicht vor diesen beiden Monaten. Mary war nicht so unfreundlich und unschwesterlich wie Elisabeth und auch nicht jedem Einfluß unzugänglich. Auch die anderen Angehörigen von Klein-Uppercross hinderten ein allgemeines Wohlbefinden nicht. Mit ihrem Schwager lebte sie auf gutem Fuße und in den Kindern, die sie fast ebenso liebten und gewiß mehr achteten als ihre Mutter, fand sie einen Gegenstand der Freude, Anteilnahme und gesunder Betätigung.

Charles Musgrove war höflich und freundlich, in Geist und Laune seiner Frau zweifellos überlegen, doch nicht an Einfluß, Redegewandtheit und Charme. Deshalb machte die Vergangenheit, in der sie selbst miteinander verbunden gewesen waren, einen Rückblick keineswegs gefährlich. Zwar pflichtete Anne Lady Russells Ansicht bei, daß eine passendere Heirat ihm nützlicher gewesen wäre; eine kluge Frau hätte ihm mehr Ansehen verliehen und seine Gewohnheiten und Unternehmungen in bessere Bahnen gelenkt. Er betrieb nur den Sport mit wirklichem Eifer und vergeudete seine übrige Zeit, ohne aus Büchern oder sonstigen Dingen Nutzen zu ziehen. Er war immer fröhlich, und die gelegentliche Niedergeschlagenheit seiner Frau schien ihm nicht viel zu bedeuten, zuweilen ertrug er ihre Unvernunft zu Annes vollster Bewunderung; und obgleich sie oft ein wenig stritten – und daran hatte Anne mehr Anteil als ihr lieb war, da beide Teile ihren Rat verlangten –, konnte man sie doch für ein glückliches Ehepaar halten. Völlige Übereinstimmung erzielten sie immer in dem Wunsch nach mehr Geld und einem schönen Geschenk seines Vaters; aber auf diesem Gebiete, wie auf so vielen anderen, war er seiner Frau überlegen; denn während Mary das Ausbleiben solcher Geschenke für eine Schande hielt, fand er es richtig, daß sein Vater viele bessere Verwendungszwecke für sein Geld hatte, wie er ihm auch das Recht zubilligte, es nach Belieben auszugeben.

Auf dem Gebiete der Kindererziehung übertraf seine Theorie die seiner Frau und war ihr auch in der praktischen Anwendung überlegen. – »Ich würde ganz gut mit ihnen fertig, wenn Mary sich nicht immer einmischen wollte«, hörte Anne ihn oft klagen und glaubte es zuweilen auch; wenn sie dann Marys Vorwurf vernahm, daß »Charles die Kinder verwöhnt, so daß ich überhaupt keine Zucht hineinbringe«, war sie nicht versucht, beizupflichten.

Einer der wenig angenehmen Umstände ihres Aufenthaltes waren die gegenseitigen vertraulichen Klagen aller Mitglieder beider Familien. In Kenntnis von Annes Einfluß auf Mary, bat man sie offen oder unter Andeutungen darum, ihn geltend zu machen, und zwar erwartete man mehr, als Anne vermocht

»Charles verwöhnt die Kinder.«

hätte. »Könnten Sie doch Mary von ihren vielfältigen Krankheiten abbringen«, wünschte Charles. Mary seufzte in einer unglücklichen Stimmung: »Selbst wenn ich stürbe, dächte Charles immer noch, mir fehle nichts. Überzeuge ihn doch, Anne, daß ich wirklich sehr krank bin – noch kränker als ich eingestehe.«

Manchmal erklärte Mary: »Ich schicke die Kinder so ungern nach Groß-Uppercross, obgleich die Großmama sie immer bei sich haben möchte. Aber sie verwöhnt und verzärtelt die Kleinen übermäßig, gibt ihnen so viel Kuchen und Süßigkeiten, daß sie krank und übellaunig zurückkommen.«

Und Mrs. Musgrove benutzte die erste Gelegenheit eines Alleinseins, um Anne anzuvertrauen: »O Miß Anne, ich wünschte nur, Mary hätte ein bißchen von Ihrer Art im Umgang mit Kindern! Bei Ihnen sind sie ganz andere Wesen! Aber sie sind so verwöhnt! Könnten Sie Ihre Schwester nicht dazu bringen, mit ihnen fertig zu werden? Es sind ungewöhnlich nette, gesunde Kinder, arme kleine Lieblinge ohne besondere Voreingenommenheit; aber Mary weiß sie nicht zu behandeln. Wie lästig sind sie manchmal! Ich versichere Ihnen, Miß Anne, es hindert mich, sie so oft in unserem Hause zu haben, wie ich eigentlich wünsche. Mary ist wohl nicht sehr erfreut, daß ich sie nicht öfter einlade; aber Sie wissen ja, wie unangenehm es ist, Kinder um sich zu haben, die man jeden Augenblick ermahnen muß oder nur einigermaßen ruhig halten kann, wenn man ihnen mehr Kuchen gibt, als ihnen zuträglich ist.«

Ein andermal meinte Mary: »Mrs. Musgrove hält alle ihre Dienstboten für so gewissenhaft, daß ihr ein Zweifel wie Hochverrat dünkt. Aber das Erstmädchen und die Wäscherin treiben sich den ganzen Tag im Dorfe herum, anstatt ihre Pflicht zu tun. Ich treffe sie, wo ich stehe und gehe. Selbst wenn ich das Kinderzimmer betrete, finde ich eine von ihnen vor. Wenn Jemima nicht so ehrlich und aufrichtig wäre, genügte das, sie zu verderben. Sie wollen sie immer zu einem Spaziergang verleiten, wie sie mir erzählt.« Von Mrs. Musgroves Seite hörte es sich so an: »Ich habe es mir zur Regel gemacht, nie in die Angelegenheiten meiner Schwiegertochter einzugreifen; denn ich weiß, es kommt nichts dabei heraus. Aber *Ihnen*, Miß Anne, möchte ich sagen, daß ich keine sehr große Meinung von Marys Kindermädchen habe. Ich höre merkwürdige Dinge von ihr, sie ist ständig unterwegs, und aus meiner eigenen Erfahrung kann ich nur sagen, der vornehme Aufzug der Dame genügt vollauf, um alle Dienstboten ihrer Umgebung zu verderben. Mary schwört auf sie, das weiß ich; aber ich möchte Ihnen den Wink geben, auf der Hut zu sein. Wenn Sie etwas Unrechtes bemerken, erwähnen Sie es ohne Scheu.«

Dann wieder klagte Mary, daß Mrs. Musgrove ihr nicht den gebührenden Vortritt lasse, wenn sie mit anderen Familien in Groß-Uppercross speisten. Es bestehe doch kein Grund, sie so sehr als zur Familie gehörig zu betrachten, daß sie ihren Platz einbüßen müsse. Und als Anne eines Tages mit den beiden Damen Musgrove spazieren ging, meinte eine von ihnen gelegentlich einer Unterhaltung über Standeseifersucht: »Ich mache mir kein Gewissen daraus, *Ihnen* gegenüber zu erwähnen, wie hartnäckig manche Menschen sich an ihren Platz klammern, da alle Welt weiß, wie unbefangen und gleichgültig Sie, Miß Anne, darüber denken. Irgend jemand sollte Mary eine Andeutung machen, nicht so hartnäckig daran festzuhalten und sich insbesondere nicht immer so in den Vordergrund zu drängen, um vor Mama den Vorrang zu haben. Niemand macht ihr das Recht streitig. Aber es wirkte viel besser, wenn sie nicht immer darauf bestünde. Nicht, als ob Mama etwas darum gäbe; aber ich weiß, daß viele Menschen es bemerken.«

Wie sollte Anne all diese Dinge einrenken? Sie konnte nicht viel mehr tun als geduldig zuhören, jede Disharmonie mildern und einen beim anderen entschuldigen. Sie wies darauf hin, daß eine gewisse Nachsicht bei so enger Nachbarschaft notwendig sei, und beachtete vor allem die Andeutungen, die ihrer Schwester von Nutzen sein konnten.

In jeder anderen Hinsicht stand ein guter Stern über Beginn und Verlauf ihres Besuches. Ihre eigene Stimmung hob sich durch den Wechsel von Ort und Umgebung und durch die drei Meilen Entfernung von Kellynch. Marys Leiden ließen nach, da sie eine ständige Gefährtin hatte; und der tägliche Verkehr mit der anderen Familie gereichte beiden zum Vorteil, der weder durch besondere Liebe, Vertrautheit oder Beschäftigung in Klein-Uppercross unterbochen werden konnte. Die Gelegenheit wurde reichlich ausgenutzt; denn man traf sich jeden Morgen und verbrachte selten einen Abend allein. Für Anne wäre es nur halb so schön gewesen, wenn die gewichtigen Gestalten des Ehepaares Musgrove nicht an ihren Plätzen gesessen oder ihre Töchter nicht geredet, gelacht und gesungen hätten.

Anne musizierte weit besser als eine von Marys Schwägerinnen; aber da sie weder sang noch Harfe spielte und auch die liebevollen, entzückt lauschenden Eltern fehlten, hielt niemand sehr viel von ihrem Spiel, und sie merkte bald, daß man sie nur aus Höflichkeit lobte und zur Ermunterung der anderen. Sie war sich dessen wohl bewußt, mit ihrem Spiel nur sich selbst eine Freude zu bereiten. Aber diese Erkenntnis war nicht neu. Mit Ausnahme eines sehr kurzen Lebensabschnittes hatte sie seit dem vierzehnten Lebensjahr, seit dem Tode ihrer lieben Mutter, nie mehr das Glück genossen, daß man ihr zuhörte oder sie mit aufrichtiger Anerkennung oder wirklichem Geschmack ermunterte. In der Musik hatte sie sich stets einsam gefühlt. Mr. und Mrs. Musgroves liebevolle Bevorzugung der Kunst ihrer eigenen Töchter, bei völliger Gleichgültigkeit gegen das Spiel anderer, freute sie um der beiden willen und demütigte sie keineswegs.

Gelegentlich erweiterte sich der Kreis in Groß-Uppercross. Zwar war die Nachbarschaft klein, aber alle verkehrten mit den Musgroves, die wegen ihrer Beliebtheit mehr Gesellschaften, Besucher und Gäste hatten als irgendeine andere Familie.

Die Mädel tanzten so gern, und die Abende klangen gelegentlich in eine unvorhergesehene Tanzerei aus. Einen Sprung von Uppercross entfernt wohnten Verwandte, die in all diesen Vergnügungen von den Musgroves abhingen. Sie fanden sich zu jeder Zeit, bei jedem Spiel und bei jedem Tanze ein. Anne spielte dann, statt jedes anderen tätigen Postens, stundenlang Ländler auf, eine Freundlichkeit, die endlich Mr. und Mrs. Musgroves Aufmerksamkeit auf ihre musikalischen Fähigkeiten lenkte und das Kompliment eintrug:

»Sehr gut, Miß Anne! Wirklich sehr gut! Meiner Treu! Wie diese kleinen Finger dahinfliegen!«

So vergingen die ersten drei Wochen. Als Michaeli nahte, war Annes Herz wieder in Kellynch. Ein geliebtes Heim wurde von Fremden übernommen; all die köstlichen Räume, Möbel, Lauben und Ausblicke waren nun für andere Augen bestimmt. Am 29. September konnte sie an nichts anderes denken, und am Abend schenkte ihr Mary einen teilnehmenden Gedanken, als sie zufällig das Datum niederschrieb. »Du lieber Himmel! Ist das nicht der Tag, an dem die Crofts nach Kellynch übersiedeln?« rief sie aus. »Ich bin froh, daß ich nicht eher daran gedacht habe. Wie es mich bedrückt!«

Mit echt seemännischer Eilfertigkeit nahmen die Crofts Besitz von Kellynch, und bald konnte man ihnen aufwarten. Mary klagte darüber, auch diese Pflicht übernehmen zu müssen. »Niemand ahnt, wie sehr ich darunter leide. Ich möchte den Besuch so lange wie möglich hinausschieben.« Aber sie ruhte nicht eher, bis sie Charles bestimmt hatte, sie schon an einem der nächsten Tage hinüberzufahren; als sie zurückkamen, befand sie sich in einer sehr angeregten, behaglichen

Gemütsverfassung. Anne hatte es aufrichtig begrüßt, jeder Beteiligung enthoben zu sein, obgleich sie die Crofts kennenzulernen wünschte. Zur Zeit des Gegenbesuches war sie zu Hause. Charles war nicht zugegen, und Mary und Anne empfingen die Crofts gemeinsam. Der Admiral saß neben Mary und machte sich mit freundlichen Bemerkungen über ihre kleinen Buben beliebt, während Mrs. Croft Anne zufiel, die in deren Zügen, Stimme und Haltung nach einer Ähnlichkeit suchte.

Obgleich Mrs. Croft weder groß noch dick war, zeigte ihre Gestalt etwas Vierschrötiges, Aufrechtes, Kräftiges und verlieh ihrer Person Gewicht. Sie hatte klare, dunkle Augen, gute Zähne und ein recht angenehmes Gesicht, obgleich ihre gerötete und abgehärtete Haut – sie hatte gleich ihrem Gatten die meiste Zeit auf dem Meer zugebracht – den Eindruck erweckte, als habe sie etliche Jahre länger als ihre achtunddreißig auf dieser Erde gewandelt. Ihr Wesen war offen, unbefangen und gleichzeitig entschlossen. Sie verriet das Selbstvertrauen jemandes, der weiß, was zu tun ist. Anne erkannte ihre Rücksichtnahme in allem, was sich auf Kellynch bezog, und es gefiel ihr ausnehmend, schon in der ersten halben Minute, ja noch während der Vorstellung feststellen zu können, daß auf Mrs. Crofts Seite nicht das leiseste Anzeichen eines Wissens oder eines Verdachts bestand, um ein Vorurteil in irgendeiner Richtung zu rechtfertigen. Über diese Frage war sie gänzlich beruhigt, voller Kraft und Mut, als eine plötzliche Bemerkung von Mrs. Croft sie aufschreckte. »Sie waren es also und nicht Ihre Schwester, mit der befreundet zu sein mein Bruder das Vergnügen hatte, als er sich in dieser Gegend aufhielt.«

Anne glaubte, sie habe das Alter des Errötens überstanden.

»Vielleicht haben Sie noch nicht gehört, daß er verheiratet ist?« fügte Mrs. Croft hinzu.

Anne rang um eine Antwort und war bei Mrs. Crofts Äußerung, sie spreche von Mr. Wentworth, nur zu glücklich, daß jedes ihrer Worte auf beide Brüder gleicherweise zu beziehen war. Wie gut, daß Mrs. Croft nun von Eduard und nicht von Frederick sprach. Voll Scham ob ihrer eigenen Vergeßlichkeit wandte sie sich mit gebührendem Interesse dem gegenwärtigen Stande ihres früheren Nachbarn zu.

Für den Rest des Besuches kehrte ihre Ruhe zurück; doch als man aufbrach, vernahm sie die an Mary gerichtete Mitteilung des Admirals:

»In Kürze erwarten wir einen Bruder von Mrs. Croft; vermutlich kennen Sie ihn dem Namen nach.«

Seine Worte gingen in den übermütigen Attacken der Buben unter, die ihn wie einen alten Freund umklammerten und nicht gehen lassen wollten. Zu sehr mit seinen Vorschlägen beschäftigt, sie in der Rocktasche mitzunehmen, blieb ihm keine Zeit, in seinen Ausführungen fortzufahren. So suchte Anne sich vorzutäuschen, daß immer noch von Eduard die Rede sei. Sie war jedoch dessen nicht sicher genug, um nicht auf das neugierig zu sein, was die Crofts bei ihrem vorherigen Besuch in Groß-Uppercross hierüber geäußert hatten.

Für den Abend wurden die Besucher von Groß-Uppercross im kleinen Haus erwartet. So spät im Jahre war der Weg nur schwer zu Fuß zurückzulegen, und man horchte auf das Nahen des Wagens. Da trat die jüngste Miß Musgrove plötzlich ein. Man folgerte betrübt, sie sei gekommen, um die anderen zu entschuldigen, und man müsse nun den Abend allein verbringen; Mary drohte schon zu schmollen, als Louisa sagte, sie sei zu Fuß gekommen, um die Harfe im Wagen unterbringen zu können.

»Es hängt damit zusammen«, fügte sie hinzu, »daß Papa und Mama heute abend recht niedergeschlagen sind, besonders Mama. Sie denkt so viel an den armen Richard. Und darum haben wir vereinbart, die Harfe mitzunehmen; denn diese Musik freut sie mehr als Klavierspielen. Und wißt Ihr, warum sie so niedergeschlagen ist? Als die Crofts heute morgen Be-

»Seine Worte gingen in den übermütigen Attacken der Buben unter.«

such machten – zu euch kamen sie doch hinterher –, erwähnten sie, daß ihr Bruder, Kapitän Wentworth, soeben nach England zurückgekehrt, ausgezahlt, oder sonst irgend etwas ist und sogleich zu ihnen kommt. Unglücklicherweise entsann sich Mama später, daß ein Kapitän unseres armen Richard Wentworth oder ähnlich hieß, ich weiß nicht wann und zu welcher Zeit; aber es muß ziemlich lange vor seinem Tod gewesen sein, der arme Kerl! Dann sah sie seine Briefe und Sachen durch und fand ihre Vermutung bestätigt. Jetzt hält sie ihn felsenfest für den gleichen, und ihre Gedanken sind ganz von ihm und dem armen Richard erfüllt. Wir müssen darum so vergnügt sein wie nur eben möglich, damit sie diese trüben Dinge verwindet.«

Der wahre Kern dieser pathetischen Familiengeschichte war der Umstand, daß die Musgroves einen mißratenen, hoffnungslosen Sohn hatten. Glücklicherweise starb er, ehe er das zwanzigste Lebensjahr erreichte. Man hatte ihn zur See geschickt, weil er an Land dumm und schwer erziehbar war. Seine Familie hatte sich seinerzeit nicht mehr um ihn gekümmert, als unumgänglich war. Man hatte selten von ihm gehört und ihn kaum betrauert, als die Nachricht seines Todes auf See bis nach Uppercross gedrungen war. Es lag fast zwei Jahre zurück.

Obgleich seine Schwestern ihn jetzt den »armen Richard« nannten, war er doch nie etwas anderes gewesen als ein dickköpfiger, gefühlloser, unvorteilhafter Dick Musgrove, der nie etwas getan hatte, um sich mehr als die Abkürzung seines Namens zu Lebzeiten oder im Tode zu verdienen.

Er war mehrere Jahre zur See gefahren und hatte im Laufe der verschiedenen Versetzungen, denen alle Seekadetten unterworfen sind, besonders die, von denen ein Kapitän sich gerne befreit, sechs Monate auf der Fregatte »Lakonia« unter Kapitän Frederick Wentworths Kommando gestanden. Von der »Lakonia« hatte er unter dem Einfluß seines Kapitäns die einzigen zwei Briefe geschrieben, die seine Eltern je von ihm erhalten hatten, d. h. die einzigen uneigennützigen Briefe, denn in den übrigen forderte er lediglich Geld.

In jedem Brief hatte er anerkennend über seinen Kapitän gesprochen, was ihnen dennoch seinerzeit kaum Eindruck gemacht hatte, so geringe Erfahrung besaßen sie in derlei Dingen, und so unachtsam waren sie gegen die Namen von Männern und deren Schiffe. Der Umstand, daß Mrs. Musgrove sich an diesem Tage plötzlich einer Verbindung mit ihrem Sohn erinnerte, schien eine jener gelegentlichen Assoziationen zu sein.

Sie hatte die Briefe hervorgesucht und fand ihre Mutmaßung bestätigt. Die Erinnerung an den Tod ihres armen Sohnes, dessen Fehler inzwischen vergessen waren, hatten ihr Gemüt derart beeindruckt, daß sie jetzt bekümmerter war als damals bei der Nachricht seines Todes. Auf Mr. Musgrove griffen diese wehmütigen Gefühle über, wenn auch weniger eindringlich geäußert, und es verlangte die Eltern nach ihrer Ankunft in Uppercross offensichtlich danach, ihr Herz auszuschütten und sich später von den heiteren Gefährten nach bestem Vermögen trösten zu lassen.

Für Anne bedeutete es eine neue Art von Prüfung, alle Welt von Kapitän Wentworth reden zu hören. Immer wieder wurde sein Name erwähnt, und man sprach über die vergangenen Jahre und versicherte sich schließlich, daß es der gleiche Kapitän Wentworth sein möge und wahrscheinlich *sei*, dem sie früher schon nach ihrer Rückkehr von Clifton begegnet waren. Ob sie aber vor sieben oder acht Jahren diesem feinen jungen Mann zuerst begegnet waren, ließ sich nicht mehr feststellen. Anne mußte sich wohl oder übel an diesen Gedanken gewöhnen. Da man ihn tatsächlich in der Gegend erwartete, mußte sie gegen diese Dinge unempfindlich werden. Er wurde anscheinend nicht baldigst erwartet, und die Musgroves beschlossen auch, ihm ihre Aufwartung zu machen und seine Bekanntschaft zu suchen.

Sie fühlten sich zu warmer Dankbarkeit für alle dem armen Richard erwiesene Freundlichkeit verpflichtet und empfanden die höchste Achtung vor seinem Charakter, da der arme Dick während der sechs unter seinem Kommando verbrachten Monate ihn mit starken, wenn auch orthographisch nicht ganz einwandfreien Lobpreisungen »als einen hüpschen, gläntzenden Burschen« beschrieben hatte, »der es nur in Schuldingen zu genau nähme«.

Dieser Entschluß tröstete sie im Laufe des Abends.

Siebentes Kapitel

Wenige Tage später erfuhr man von Kapitän Wentworths Ankunft in Kellynch; Mr. Musgrove hatte ihn besucht und war voll des wärmsten Lobes zurückgekehrt, dann wurde er mit den Crofts gegen Ende der folgenden Woche zum Dinner nach Uppercross eingeladen. Es bereitete Mr. Musgrove große Enttäuschung, daß sich kein früherer Zeitpunkt festlegen ließ; denn vor Eifer, seine Dankbarkeit zu zeigen, konnte er kaum erwarten, Kapitän Wentworth unter seinem eigenen Dache zu begrüßen und ihn mit dem Allerbesten von Küche und Keller zu bewirten. Aber er mußte sich noch eine Woche gedulden – für Annes Empfinden würde bis zu einem vermutlichen Wiedersehen *nur* eine Woche vergehen. Wenn sie sich doch wenigstens diese eine Woche sicher fühlen dürfte!

Kapitän Wentworth erwiderte Mr. Musgroves Besuch sehr bald, an einem Tag, wo Anne selbst nur eine halbe Stunde später in Uppercross vorgesprochen hätte. – Sie und Mary waren schon auf dem Weg und hätten ihn unweigerlich getroffen, wie sie später erfuhr, wenn nicht der älteste Junge nach einem Sturz verletzt nach Hause gebracht und damit der Besuch hinfällig geworden wäre.

Das Schlüsselbein des Kindes war ausgerenkt, sein Rücken verletzt, und sein Befinden gab zu ernsten Besorgnissen Anlaß. Es war ein betrüblicher Nachmittag, und es drängte vieles auf Anne ein. Sie mußte nach dem Arzt schicken, den Vater suchen lassen, die Mutter aufrichten und vor Anfällen bewahren, die Dienstboten beaufsichtigen, den jüngeren Buben fernhalten, den armen Patienten pflegen und besänftigen – und außerdem den Großeltern Nachricht geben, die daraufhin mit einer Flut eher erschreckter und fragender als hilfreicher Unterstützer erschienen.

Die Rückkehr ihres Schwagers brachte den ersten Trost; er konnte sich besser um seine Frau kümmern, und der zweite bedeutete die Ankunft des Arztes. Bis dahin waren alle Befürchtungen durch die Ungewißheit besonders beängstigend; aber sobald das Schlüsselbein wieder gerichtet war, hofften sie das Beste. Obgleich Mr. Robinson tastete und rieb und bedenklich dreinschauend mit Vater und Tante flüsterte, war man wieder fähig, in erträglicher Gemütsruhe die Mahlzeit einzunehmen. Ehe sie aufbrachen, vermochten die beiden jungen Tanten sich so weit von dem Zustand ihres Neffen freizumachen, um Einzelheiten über Kapitän Wentworths Besuch zu erörtern. Sie blieben fünf Minuten länger als ihre Eltern und ergingen sich in Entzücken über seine Person. Wieviel hübscher, wie unendlich angenehmer war er im Vergleich zu den männlichen Wesen ihres Bekanntenkreises, die, desungeachtet, bisher ihre Lieblinge gewesen waren. Wie freuten sie sich, daß Papa ihn zum Essen eingeladen hatte, und wie traurig stimmte sie seine Erwiderung, es stehe nicht in seiner Macht. Welches Glück hatte es ausgelöst, als er auf Papas und Mamas Drängen hin schließlich eine Einladung zum nächsten Tag angenommen hatte! Morgen schon würde er zum Essen kommen! Und seine Zusage sei in so netter Art erfolgt, als habe er den Beweggrund ihrer Aufmerksamkeit richtig erkannt. Kurz, er habe sich mit solch ausnehmender Grazie gegeben, daß sie jederzeit versichern könnten, er habe ihnen den Kopf verdreht! – Damit liefen sie hinaus, glücklich und verliebt, und offensichtlich mehr von Kapitän Wentworth erfüllt als von dem kleinen Charles.

Die gleiche Geschichte und die Begeisterungsstürme wiederholten sich am Abend, als die beiden Mädchen in Begleitung ihres Vaters noch einmal nach dem Kinde sahen. Und da Mr. Musgrove nicht länger unter der ersten Beunruhigung um den Erben litt, bestätigte er mit Wärme jede liebende Äußerung und erörterte mit Befriedigung, daß der Zustand des Kindes eine Absage an Kapitän Wentworth erfreulicherweise nicht notwendig mache. Er bedauerte lediglich, daß man in Klein-Uppercross den kleinen Buben nicht allein lassen wolle, um an dem Dinner teilzunehmen. »O nein! Den kleinen Jungen verlassen!« – Die Besorgnis der Eltern war noch zu frisch, um diesen Gedanken auch nur ertragen zu können, und Anne, in ihrer Freude, einer Begegnung auszuweichen, unterstrich alle Einwände wärmstens.

Charles Musgrove verspürte jedoch später, als es dem Kinde so gut ging, mehr Neigung. Es verlangte ihn, Kapitän Wentworth vorgestellt zu werden. Er wolle zwar nicht außer Hause essen, aber für eine halbe Stunde könne er doch hinübergehen. Aber seine Frau widersprach ihm heftig. »Wirklich Charles, ich kann es nicht ertragen, daß du weggehst, es könnte irgend etwas in deiner Abwesenheit geschehen!«

Das Kind verbrachte eine gute Nacht und es ging ihm am folgenden Tage auch nicht schlecht. Man mußte es der Zeit überlassen, ob die Wirbelsäule unversehrt war. Da der Arzt keinen Grund zur Besorgnis sah, fand Charles Musgrove es nicht notwendig, sich noch länger zu Hause abzuschließen. Das Kind sollte im Bett bleiben und so ruhig wie möglich gehalten werden. Was konnte der Vater dabei tun? Das war Frauensache, und es dünkte ihn reichlich seltsam, sich einzusperren, obgleich er nicht helfen konnte. Sein Vater sah es auch gern, wenn er Kapitän Wentworth kennenlernte, und da kein triftiger Grund für seine Absage vorlag, so folgerte er, eigentlich am Dinner teilnehmen zu können. Das Ende war eine kühne, öffentliche Erklärung bei der Rückkehr von der Jagd, er würde sich nun umziehen und in Groß-Uppercross speisen.

»Der Zustand des Kindes bessert sich zusehends«, sagte er, »ich habe Vater soeben gemeldet, daß ich komme, was er durchaus richtig fand; da deine Schwester bei dir ist, mein Lieb, mache ich mir weiter keine Gedanken. Du selbst wirst das Kind wohl nicht gern verlassen; aber meine Anwesenheit kann euch doch nichts nützen. Anne wird mir Bescheid geben, wenn irgendeine Änderung eintritt.«

Eheleute haben meistens ein feines Empfinden, wann ein Einspruch vergebens ist.

Mary merkte an Charles' Sprechweise seine Entschlossenheit. Jeder Einwand würde zwecklos sein. Daher äußerte sie kein Wort, bis er das Zimmer verlassen hatte. Dann aber, als nur Anne es hören konnte, meinte sie:

»So! Wir sollen also hierbleiben und uns bei dem kranken Kinde abwechseln! Und den ganzen Abend kommt niemand zu uns! Ich wußte, wie es kommen würde! Das ist immer mein Los! Wenn irgend etwas Unangenehmes geschieht, ziehen die Männer sich aus der Affäre, darin tut es Charles jedem anderen gleich. Welch eine Gefühllosigkeit! Ich muß schon sagen, es ist wirklich gefühllos, so von seinem armen kleinen Jungen wegzulaufen; und dann behauptet er noch, es ginge ihm gut! Woher weiß er, daß es ihm gut geht? Oder ob nicht in einer halben Stunde ein plötzlicher Rückschlag folgen kann? Ich habe Charles nicht für so gefühllos gehalten! So ist es recht, er geht fort und amüsiert sich, und ich, die arme Mutter, soll mich nicht vom Platze rühren – obgleich ich gewiß am wenigsten dazu geeignet, bei dem Kinde zu bleiben. Gerade weil ich die Mutter bin, sollten meine Empfindungen geschont werden.

Ich bin dem allen gar nicht gewachsen. Du hast ja gesehen, wie erregt ich gestern war.«

»Aber das war doch nur die Wirkung des plötzlichen Schreckens, der Erschütterung. Wir haben, glaube ich, keinen Grund zur Niedergeschlagenheit. Ich verstehe Mr. Robinsons Anweisungen und habe keinerlei Befürchtungen mehr. Eigentlich wundere ich mich über deinen Mann gar nicht einmal, Mary. Krankenpflege ist nicht seine Aufgabe. Ein krankes Kind gehört der Mutter, ihre Gefühle müssen es für sich beanspruchen.«

»Ich liebe meine Kinder ebenso wie jede andere Mutter; aber ich sehe nicht ein, warum ich im Krankenzimmer nützlicher sein sollte als Charles. Ich kann doch das arme Kind nicht immer schelten und quälen, wenn es krank ist; und du hast ja heute morgen selbst gesehen: Als ich ihm sagte, er solle schön ruhig sein, fing er an, um sich zu treten. Für dergleichen fehlen mir die Nerven.«

»Aber würdest du dich denn wohler fühlen, den ganzen Abend fern von deinem Kind zu verbringen?«

»Bestimmt! Du siehst ja, sein Papa kann es, warum nicht auch ich? – Jemima ist doch so vorsichtig! Und sie kann uns ja allstündlich über sein Befinden Nachricht geben. Ich finde wirklich, Charles hätte ebensogut uns alle anmelden können. Ich bin um den kleinen Charles nicht besorgter als er. Gestern habe ich mich entsetzlich gequält; aber heute liegt die Sache ganz anders.«

»Nun ja, wenn es für eine Ankündigung nicht zu spät ist, dann glaube ich, kannst du so ruhig wie dein Gatte gehen. Überlaß das Kind nur mir. Mr. und Mrs. Musgrove können es nicht falsch auffassen, wenn ich bei ihm bleibe.«

»Ist das dein Ernst?« rief Mary und ihre Augen begannen zu leuchten. »Du lieber Himmel! Das ist eine gute Idee, wirklich sehr gut. Es ist eigentlich auch wahr, ob ich hingehe oder nicht, ist ziemlich gleich. Ich nutze zu Hause doch nichts –

nicht wahr? Und es macht mich nur nervös. Du hast keine mütterlichen Gefühle für ihn, darum bist du viel geeigneter. Du kannst den kleinen Charles zu allem bringen, er gehorcht dir aufs Wort. Es ist auch viel besser, als ihn nur Jemima zu überlassen. Oh! Natürlich gehe ich hin! Ich sollte es eigentlich auch tun, wenn ich eben kann; denn sie wünschen unter allen Umständen, daß auch ich Kapitän Wentworth kennenlerne. Und ich weiß, du hast nichts dagegen, wenn man dich alleine läßt. Das war wirklich ein guter Gedanke von dir, Anne! Ich werde es jetzt Charles mitteilen, und mich gleich fertig machen. Du kannst uns ja notfalls jederzeit holen lassen. Aber es kann, glaube ich, wirklich nichts Beunruhigendes geschehen. Sei versichert, ich ginge nicht, wenn ich wegen des Kindes nicht vollauf beruhigt wäre.«

Im nächsten Augenblick klopfte sie schon an ihres Mannes Ankleideraum, und da Anne ihr die Treppe hinauffolgte, kam sie zur rechten Zeit, um die ganze von Mary in einem Ton großen Entzückens geführte Unterhaltung anzuhören.

»Charles, ich werde mit dir gehen, denn ich bin zu Hause ebenso wenig nütze wie du. Selbst wenn ich mich auch für immer mit dem Kind einschließen würde, könnte ich ihn doch zu nichts veranlassen, was ihm nicht gefällt. Anne will bleiben; Anne nimmt es auf sich, zu Hause zu bleiben und sich um ihn zu kümmern. Anne hat es selbst angeboten, und darum gehe ich mit dir. Schließlich habe ich seit dem letzten Dienstag nicht mehr drüben gespeist.«

»Das ist sehr freundlich von Anne«, antwortete ihr Mann, »und ich würde mich sehr freuen, wenn du mitkämst; aber ich finde es sehr hart für sie, so ganz allein zu Hause zu sitzen und unser krankes Kind zu pflegen.«

Aber Anne vertrat ihre Sache selbst, und ihre aufrichtige Art überzeugte ihn bald, da sie auf fruchtbaren Boden fiel. Er machte sich weiter kein Gewissen daraus, sie allein essen zu lassen, obgleich er immer noch wünschte, sie würde sich wenigstens abends einfinden. Er drang freundlich in sie und bot ihr an, sie abzuholen; aber sie ließ sich nicht überreden. Zu ihrer großen Freude machten sich die beiden schon bald darauf in heiterster Laune gemeinsam auf den Weg. Anne wünschte ihnen gute Unterhaltung, wie seltsam auch dieses Vergnügen erscheinen mochte. Sie selbst blieb mit jenem Behagen zu Hause, das ihr immer eigen war. Dem Kinde konnte sie helfen; was bedeutete es ihr da schon, wenn Frederick Wentworth nur eine halbe Meile entfernt sich anderen Menschen freundlich erwies!

Sie hätte zu gern gewußt, wie er über eine Begegnung dachte. Vielleicht gab er sich gleichgültig, wenn unter solchen Umständen Gleichgültigkeit möglich war. Er mußte entweder gleichgültig oder ablehnend sein. Hätte er je den Wunsch auf ein Wiedersehen verspürt, so hätte er nicht bis heute gewartet. Er würde gehandelt haben, wie sie an seiner Stelle schon längst gehandelt hätte, wenn die Umstände frühzeitig eine Unabhängigkeit gewährten, die in jener Zeit nicht bestanden hatte.

Schwager und Schwester kehrten entzückt von der neuen Bekanntschaft und dem Verlauf des Abends zurück. Man hatte musiziert, gesungen, geredet, gelacht, kurz, das Allerangenehmste getan. Kapitän Wentworth war von reizendem Wesen, ohne Scheu, ohne Zurückhaltung. Man schien einander seit langem zu kennen, und er würde bereits am nächsten Morgen mit Charles auf die Jagd gehen. Man traf sich schon zum Frühstück; aber nicht in Klein-Uppercross, wie man anfänglich erwogen hatte, sondern in Groß-Uppercross, da er befürchtete, Mrs. Charles Musgrove wegen des Kindes ungelegen zu sein.

Anne verstand. Er wollte ein Wiedersehen mit ihr vermeiden. Er hatte sich, wie sie erfuhr, leichthin nach ihr erkundigt, wie es einer früheren, oberflächlichen Bekanntschaft entspricht. Er hatte diese Bekanntschaft anscheinend ebenso freimütig zugegeben wie sie, wahrscheinlich wünschte er bei einem möglichen Zusammentreffen eine neue Vorstellung zu vermeiden.

Der Morgen begann in Klein-Uppercross immer später als im großen Haus. An diesem Morgen war der Unterschied so erheblich, daß Mary und Anne sich gerade erst zum Frühstück niederließen, als Charles mit der Nachricht eintraf, man breche soeben auf. Er hole die Hunde und seine Schwestern würden mit Kapitän Wentworth folgen, man wollte Mary und dem Kind einen Besuch abstatten, und Kapitän Wentworth wünsche ihr kurz aufzuwarten, wenn es nicht ungelegen sei. Obgleich Charles versichert hatte, der Zustand des Kindes mache einen Besuch nicht ungelegen, hatte sich Kapitän Wentworth nicht begnügt, bis Charles voranging und ihn ankündigte.

Mary tat diese Aufmerksamkeit außerordentlich wohl, und sie war entzückt, ihn zu empfangen, während Anne verschiedene Empfindungen überfluteten; die Aussicht, es bald überstanden zu haben, war am trostreichsten. Und es war bald überstanden. Kurz nach Charles Vorbereitung erschienen die übrigen, wenig später war man im Salon. Mit einem halben Blick begegneten ihre Augen denen Kapitän Wentworths. Eine Verbeugung, ein Knicks wurden ausgetauscht; sie hörte seine Stimme – er sprach zu Mary, sagte etwas zu den Damen Musgrove –, es war genug, um eine gewisse Vertraulichkeit zu bekunden. Das Zimmer schien voll, voll von Menschen und Stimmen; doch in ein paar Minuten war alles vorbei. Charles zeigte sich am Fenster, alles war bereit, der Besuch verneigte sich und verließ das Zimmer; kurz darauf verabschiedeten sich auch die beiden Miß Musgrove, die sich plötzlich entschlossen hatten, die Jäger bis zum Dorfausgang zu begleiten. Das Zimmer war wieder verlassen, und Anne konnte ihr Frühstück nach Belieben beenden.

»Es ist vorbei! Es ist vorbei!« wiederholte sie sich wieder und wieder in erregter Dankbarkeit. »Das Schlimmste ist überstanden!«

Mary redete; aber Anne vernahm nichts. Sie hatte ihn gesehen! Sie hatten sich getroffen! Sie waren wieder in einem Raum beisammen gewesen!

Bald jedoch versuchte sie ihre Empfindungen zu beherrschen. Acht Jahre, fast acht Jahre waren vergangen, seit alles zu Ende war. Wie unvernünftig, die Erregung wieder aufleben zu lassen, die durch solch eine Zeitspanne entrückt und verbannt war. Was konnten acht Jahre nicht bewirken? Alle möglichen Ereignisse, Veränderungen, Entfremdungen, Trennungen – alles, alles lag darin. Wie natürlich und wie sicher war es, die Vergangenheit zu vergessen! Diese acht Jahre umschlossen fast ein Drittel ihres Lebens.

Aber ach! Trotz aller Einwände bedeuteten acht Jahre für treu behütete Empfindungen nichts.

Wie sollte sie jetzt seine Gefühle deuten? War es nicht, als wolle er ihr ausweichen? Und im nächsten Augenblick haßte sie sich um der Torheit dieser Frage willen.

Über eine andere Frage, die selbst die größte Weisheit wahrscheinlich nicht hätte verhindern können, wurde ihr bald Gewißheit; denn nachdem die beiden Damen Musgrove sich auf dem Rückweg in Klein-Uppercross verabschiedet hatten, äußerte Mary:

»Kapitän Wentworth ist nicht sehr galant zu dir, Anne, obwohl er sich doch so aufmerksam um mich bemüht. Henriette fragte ihn beim Fortgehen nach dir, und er sagte, du seist so verändert, daß er dich kaum wiedererkannt hätte.«

Mary war recht gefühllos und schonte daher im allgemeinen auch ihre Schwester nicht; aber sie war ahnungslos, welch eine Wunde sie geschlagen hatte.

»Bis zur Unkenntlichkeit verändert!« Anne ergab sich schweigend und tief gedemütigt. Zweifellos traf es zu. Sie konnte sich nicht rächen; denn er war nicht verändert, zumindest nicht zum Schlechten, wie sie sich schon selbst eingestanden hatte. Nein, die Jahre, die ihre Jugendblüte zerstörten, hatten ihm nur ein glühenderes, männliches Aussehen verliehen und seine persönlichen Vorzüge nicht vermindert. Sie hatte den gleichen Frederick Wentworth wiedergesehen.

»So verändert, daß er sie kaum wiedererkannt hätte.« Diese Worte klangen in ihrem Ohr. Und dennoch freute sie sich, darum zu wissen. Sie brachten sie zur Vernunft, beschwichtigten ihre Erregung, beruhigten sie und ließen sie infolgedessen auch glücklicher sein.

Frederick Wentworth hatte diese Worte gebraucht oder wenigstens ähnliche, ohne zu vermuten, daß sie bis zu ihr gelangen würden. Er hatte sie traurig verändert gefunden und es ausgesprochen, als man ihn unvorbereitet fragte. Er hatte Anne Elliot nicht verziehen. Sie hatte ihn schlecht behandelt, ihn verlassen und enttäuscht und dadurch eine Charakterschwäche bewiesen, die für sein eigenes, entschlossenes, vertrauendes Wesen unerträglich war. Sie hatte ihn aufgegeben, um anderen gefügig zu sein, als Ergebnis einer zwingenden Überredung. Sie hatte aus Schwäche und Furcht gehandelt.

Er hatte sie herzlich geliebt und seitdem nie eine Frau gefunden, die ihr gleich war. Aber von einem natürlichen Gefühl der Neugier abgesehen, hatte er nicht den Wunsch, ihr wieder zu begegnen. Ihre Gewalt über ihn war für immer gebrochen.

Er beabsichtigte jetzt, eine Frau zu suchen. Er war reich, und da ihn das Schicksal ans Land gespült hatte, war er fest entschlossen, bei sich bietender Gelegenheit seßhaft zu werden. Er sah sich tatsächlich um, willens, sich so schnell zu verlieben, wie es seine klare Überlegung und sein guter Geschmack gestatteten. Es würde eine der beiden Damen Musgrove sein, wenn sie ihn fangen könnten; kurz, er hatte ein Herz für jede nette junge Dame, die seinen Weg kreuzte, außer für Anne Elliot. Sie allein nahm er aus, als er auf die von seiner Schwester geäußerten Vermutungen antwortete.

»Ja, Sophia, ich bin völlig bereit, eine närrische Ehe zu schließen. Jede Frau zwischen fünfzehn und dreißig muß meines Antrags gewärtig sein. Ein wenig Schönheit, ein kleines Lächeln, einige Anerkennungen für die Marine, und ich bin verloren. Sollte das nicht für einen Seemann genügen, der jeder Frauengesellschaft entwöhnt ist?«

Sie wußte, er sagte das nur um des Widerspruches willen. Seine strahlenden, stolzen Augen sprachen gleichzeitig die glückliche Überzeugung aus, ganz passabel zu sein. Und Anne Elliot war seiner Vorstellung nicht ganz entrückt, als er ernsthafter die Frau seiner Träume beschrieb. »Ein kluger Kopf mit liebevollem Wesen, das ist die Frau, die ich mir wünsche. Ich werde mich natürlich auch mit etwas weniger begnügen; aber nicht viel weniger. Wenn ich schon ein Narr bin, will ich ein richtiger Narr sein; denn ich habe mir über diese Angelegenheit mehr Gedanken gemacht als die meisten Männer.«

Achtes Kapitel

Von dieser Zeit ab trafen sich Kapitän Wentworth und Anne Elliot wiederholt in den gleichen Kreisen. Bald speisten sie zusammen bei den Musgroves – denn der Zustand des kleinen Buben konnte seiner Tante nicht länger zur Entschuldigung dienen –, und das war nur der Auftakt zu anderen Einladungen und Zusammenkünften.

Ob die früheren Gefühle wieder auflebten, müßte sich erst zeigen. Frühere Zeiten stiegen zweifellos vor beider Erinnerung wieder auf. Aber *diese* konnten nicht wieder zurückgewendet werden. Er konnte nicht umhin, das Jahr ihres Verlöbnisses in den Erzählungen und Beschreibungen zu erwähnen, die sich während der Unterhaltung ergaben. Durch seinen Beruf verfügte er über reichlich Stoff, und seine Veranlagung verleitete ihn dazu, ihn auszuwerten. *Das* war im Jahre 06; *das* geschah 06, ehe ich zur See ging; dergleichen wiederholte sich im Laufe des ersten gemeinsam verbrachten Abends. Obgleich seine Stimme nicht zitterte, und seine Augen bei dieser Erwähnung vermutlich kaum in ihre Richtung wanderten, spürte Anne, daß ihn die Erinnerung nicht weniger heimsuchte als sie selbst. Ihre Gedankenverbindungen mußten sich ähneln, obgleich sie nicht die kleinste Andeutung des gleichen Schmerzes bemerkte.

Die beiden unterhielten sich nicht miteinander, sie wechselten keine Worte außer den unumgänglichen Höflichkeiten. Einst bedeuteten sie sich so viel! Und jetzt gar nichts mehr! Es *hatte* einmal eine Zeit gegeben, da war es ihnen schwer, in einer so großen Gesellschaft, wie sie jetzt den Salon von Uppercross füllte, ein gemeinsames Gespräch zu vermeiden. Vom Admiral und Mrs. Croft abgesehen, die besonders eng verbunden und glücklich waren – nicht einmal unter den Ehepaaren fand Anne eine weitere Ausnahme –, gab es wohl kaum zwei Herzen, die so füreinander geöffnet waren, zwei so gleichartige Neigungen, so übereinstimmende Empfindungen und so zur Liebe geschaffene Wesen. Jetzt waren sie wie Fremde; nein, schlimmer als Fremde; denn sie konnten nie wieder Freunde werden. Die Entfremdung galt für immer.

In seinen Worten schwang die alte Stimme, lag der alte Geist. In der Gesellschaft herrschte allgemeine Unkenntnis in Seefahrtsdingen; er wurde viel gefragt, besonders von den beiden Damen Musgrove, die nur für ihn Augen zu haben schienen. Man wollte wissen, wie man an Bord lebe, wie der Tag eingeteilt, wie Ernährung und Dienst geregelt seien. Und ihre Überraschung angesichts seiner Berichte über die Unterbringung und ausreichend bewährten Einrichtungen rief seinen freundlichen Spott hervor. Anne erinnerte sich der ersten Tage früherer Zeiten, als sie, ebenso unwissend, von ihm gehänselt worden war. Ob sie wohl annehme, die Seeleute lebten an Bord ohne Bedienung, ohne Essen, ohne Koch, selbst ohne Messer und Gabel!

Während sie zuhörend grübelte, wurde sie von Mrs. Musgrove aufgeschreckt, die, von liebevoller Trauer überwältigt, ihr zuflüsterte:

»Ach, Miß Anne! Wenn es dem Himmel gefallen hätte, meinen armen Sohn am Leben zu erhalten, dann wäre er vielleicht heute gerade so einer.«

Anne unterdrückte ein Lächeln, lauschte freundlich, während Mrs. Musgrove ihr Herz erleichterte, so daß sie eine Weile der Unterhaltung der anderen nicht folgte. Als es ihr gelang, die Aufmerksamkeit wieder in natürliche Bahnen zu lenken, bemerkte sie, daß die Damen Musgrove gerade die Marineliste hervorholten – ihre eigene Marineliste, die erste, die sich je nach Uppercross verirrt hatte – und sich in der Bemühung darin vertieften, die von Kapitän Wentworth befehligten Schiffe herauszusuchen.

»Ihr erstes war die ›Espe‹, wie ich mich entsinne. Wir wollen die ›Espe‹ suchen.«

»Sie werden sie nicht finden. Sie ist ausgedient und abgewrackt. Ich war ihr letzter Kaptiän, und schon damals galt sie kaum mehr als seetüchtig. Sie war schon zwei Jahre vorher für den Heimatdienst bestimmt, und deshalb schickte man mich damit nach Westindien.«

Die Mädchen erstarrten vor Staunen.

»Dann und wann vergnügt sich die Admiralität damit, ein paar hundert Mann in einem nicht mehr seetüchtigen Schiff auf das Meer zu schicken. Sie muß sich um so viel kümmern; und unter den Tausenden, die ebenso auf den Meeresgrund gehen, ist es schwer, gerade die herauszufinden, die sie am wenigsten entbehren kann.«

»Pah!« rief der Admiral. »Welch einen Unsinn diese jungen Burschen reden! Nie hatte es eine bessere Schaluppe gegeben, als die ›Espe‹ seinerzeit. Für eine Schaluppe von alter Bauart hatte sie nicht ihresgleichen. Glückspilz, daß du sie bekamst! Wenigstens zwanzig bessere Männer als er haben sich gleichzeitig um sie beworben. Ein Glückspilz, daß er so früh ein Schiff bekam und nur für sich zu sorgen brauchte.«

»Ich versichere dir, ich war mir meines Glückes schon bewußt«, erwiderte Kapitän Wentworth ernsthaft. »Ich war über meine Ernennung so glücklich, wie du nur immer wünschen kannst. Es lag mir damals sehr viel daran, zur See zu kommen – wirklich sehr viel, ich wünschte dringend, irgend etwas zu unternehmen.«

»Dessen bin ich ganz sicher! Was sollte ein junger Mensch wie du wohl ein halbes Jahr an Land beginnen? Wenn ein Mann keine Frau hat, wünscht er immer bald wieder zu schwimmen.«

»Aber wie ärgerlich sind Sie wohl gewesen, Kapitän Wentworth«, rief Louisa, »als Sie auf die ›Espe‹ kamen und sahen, was für ein altes Ding man Ihnen gegeben hatte!«

»Ich wußte schon vorher ziemlich genau, wie sie aussah«, sagte er lächelnd. »Es stand mir keineswegs jene Entdeckung bevor, die Sie vielleicht hinsichtlich Schnitt und Qualität an irgendeinem alten Umhang machen würden, den Sie vor undenklichen Zeiten in Ihrer halben Bekanntschaft herumgeborgt hatten und nun an einem sehr nassen Tage wieder einmal entleihen würden. – Ach! Für mich war sie die liebe, alte ›Espe‹. Sie tat alles, was ich wollte, und das wußte ich. Ich wußte, wir würden entweder gemeinsam auf den Meeresgrund gehen oder das Fundament zu meinem Glücke legen. Und solange ich auf ihr über die Meere schwamm, hatte ich nicht zweimal schlechtes Wetter; und nachdem ich zu meinem Ergötzen genügend Kaperschiffe geschnappt hatte, war mir auf der Heimreise im nächsten Herbst das Glück hold, gerade auf jene französische Fregatte zu stoßen, auf die ich lauerte. Ich brachte sie nach Plymouth ein und hatte wiederum großes Glück; denn noch nicht sechs Stunden im

Sund, zog ein Sturm auf und wütete vier Tage und vier Nächte. Schon die Hälfte wäre für die ›Espe‹ zuviel gewesen, zumal die Berührung mit der Grande Nation ihren Zustand nicht gebessert hatte. Vierundzwanzig Stunden später wäre ich nur der tapfere Kapitän Wentworth in einem kleinen Abschnitt irgendeiner Zeitungsecke gewesen, und da ich nur mit einer Schaluppe untergegangen wäre, hätte niemand mehr an mich gedacht.«

Annes Schaudern blieb unbemerkt; aber die Damen Musgrove äußerten ebenso freimütig wie aufrichtig Mitleid und Entsetzen.

»Und so ging er dann wohl auf die ›Lakonia‹«, flüsterte Mrs. Musgrove mit leiser Stimme, als denke sie laut, »und traf mit unserem armen Jungen zusammen. – Mein lieber Charles«, sie winkte ihn zu sich heran, »frage doch Kapitän Wentworth, wo er deinem armen Bruder zum erstenmal begegnete. Ich vergesse es immer wieder.«

»In Gibraltar, Mutter, ich weiß es. Man hatte Dick krank in Gibraltar zurückgelassen, mit einer Empfehlung seines früheren Kapitäns an Kapitän Wentworth.«

»Oh! Aber Charles, sage doch Kapitän Wentworth, er braucht sich nicht zu scheuen, Dick vor mir zu erwähnen, es macht mir eher eine Freude, wenn solch ein guter Freund von ihm spricht.«

Charles, der etwas mehr an die Möglichkeiten dieses Falles dachte, nickte nur zur Antwort und entfernte sich.

Die Mädchen jagten inzwischen nach der ›Lakonia‹, und Kapitän Wentworth konnte sich das Vergnügen nicht versagen, das kostbare Buch selbst zur Hand zu nehmen, um ihnen die Mühe zu ersparen. Und wieder einmal las er laut die kleine Anmerkung über ihren Namen, Geschwindigkeit, die augenblickliche Einsatzfreiheit und fügte hinzu, auch sie sei eine der besten Freundinnen gewesen, die ein Mann je haben könne.

»Ach! Das waren schöne Tage auf der ›Lakonia‹! Wie schnell ich mit ihr das Geld verdiente. Ich unternahm mit einem Freunde eine herrliche Kreuzfahrt vor den westlichen Inseln. Der arme Harville! Schwester, du weißt, wie dringend er Geld brauchte – dringender als ich; denn er hatte eine Frau. Ein ausgezeichneter und so glücklicher Bursche! Er empfand um ihretwillen alles viel stärker. Ich hätte es mir im nächsten Sommer auch gewünscht, als ich im Mittelmeer mit dem gleichen Glück kreuzte.«

»Und ich bin sicher, Sir«, sagte Mrs. Musgrove, »es war für *uns* ein Glückstag, als sie Kapitän auf dem Schiff wurden. *Wir* werden Ihnen nie vergessen, was Sie für uns getan haben.«

Ihre Gefühle ließen sie leise sprechen und Kapitän Wentworth sah ziemlich unsicher drein, als warte er auf mehr; denn er hatte ihre Worte nur teilweise vernommen und wahrscheinlich auch nicht im geringsten an Dick Musgrove gedacht.

»Charles«, flüsterte eines der Mädchen, »Mama denkt an den armen Richard.«

»Armer, lieber Junge«, fuhr Mrs. Musgrove fort, »er hatte sich unter Ihrer Aufsicht so entwickelt! Ach, welch ein Glück wäre es gewesen, wenn er nie von Ihnen gegangen wäre. Ich versichere Ihnen, Kapitän Wentworth, wir bedauern es sehr, daß er Sie verließ.«

Auf Kapitän Wentworths Zügen spielte bei diesen Worten eine flüchtige Erinnerung, in seinen hellen Augen spielte ein bestimmter Blick und um seinen hübschen Mund ein Zucken, das Anne überzeugte, er habe sich Richards wahrscheinlich nur mit einiger Schwierigkeit entledigt, im Gegensatz zu Mrs. Musgroves wohlmeinender Vorstellung. Aber dieser Ausdruck war zu flüchtig, um von jemand, der ihn weniger kannte als sie, bemerkt zu werden. Im nächsten Augenblick war er wieder beherrscht und ernst und näherte sich fast unmittelbar darauf dem Sofa, wo Anne und Mrs. Musgrove saßen. Er ließ sich an deren Seite nieder und begann in gedämpfter Stimme eine Unterhaltung über ihren Sohn. Er bewies mit soviel Verständnis und angeborener Grazie die freundliche Rücksichtnahme auf alles, was an elterlichen Gefühlen aufrichtig und natürlich war.

Anne und Wentworth saßen also wirklich auf dem gleichen Sofa; denn Mrs. Musgrove hatte ihm bereitwilligst Platz gemacht; sie waren nur durch Mrs. Musgrove getrennt, allerdings keine unbedeutende Schranke. Mrs. Musgrove hatte einen beachtlichen, wohlgefälligen Umfang und war von Natur viel mehr dazu geschaffen, Heiterkeit und gute Laune statt Zärtlichkeit und Empfindsamkeit zu verbreiten; und während man wohl vermuten darf, daß die erregte Anne mit ihrer zarten Gestalt und den nachdenklichen Zügen verdeckt blieb, gereichte es Kapitän Wentworth zur Ehre, mit welcher Selbstbeherrschung er sich Mrs. Musgroves breiten, fetten Seufzern über das Schicksal ihres Sohnes widmete, um den sich zeit seines Lebens niemand gekümmert hatte.

Körperliche Größe und seelischer Kummer stehen selbstverständlich in keinem inneren Zusammenhang. Ein großer massiger Körper hat das gleiche Recht, sich tiefem Kummer hinzugeben, wie die wohlgestaltetste, zierliche Figur auf Erden. Aber ob schön oder unschön, es gibt Verbindungen, welche die Vernunft vergeblich zu ertragen sucht, die der Geschmack nicht duldet und deren sich der Spott bemächtigt.

Nachdem der Admiral zu seiner Erfrischung mit rückwärts verschränkten Händen einige Male im Zimmer auf und ab gegangen war, näherte er sich Wentworth, da ihn seine Frau zur Ordnung gerufen hatte. Ohne zu bedenken, daß er vielleicht eine Unterhaltung störe, sagte er, nur mit seinen Gedanken beschäftigt:

»Wenn du im vergangenen Frühjahr eine Woche später nach Lissabon gekommen wärest, Frederick, hätte man dich gebe-

»Anne und Wentworth saßen also wirklich auf dem gleichen Sofa; denn Mrs. Musgrove hatte ihm bereitwilligst Platz gemacht.«

ten, Lady Mary Grierson und ihre Töchter als Passagiere mitzunehmen.«

»So? Nun, dann freue ich mich, daß ich keine Woche später eingetroffen bin.«

Der Admiral schalt ihn wegen dieser mangelnden Ritterlichkeit. Wentworth verteidigte sich, blieb aber dabei, um keinen Preis Damen an Bord seines Schiffes zu nehmen, es sei denn für einen Ball oder vorübergehenden Besuch.

»Soweit ich mich kenne«, fuhr er fort, »entspringt das nicht einem mangelnden Entgegenkommen für die Damen, sondern vielmehr der Gewißheit unserer Ohnmacht, trotz aller Anstrengungen und Opfer die Unterkunft an Bord nicht so gestalten zu können, wie eine Frau es braucht. Admiral, es ist nicht als mangelnde Ritterlichkeit zu bewerten, wenn man die Ansprüche der Frauen auf persönliche Bequemlichkeit *hoch* einschätzt – und das tue ich. Frauen an Bord zu sehen ist mir in der Seele zuwider, und solange ich es verhüten kann, soll kein meinem Befehl unterstehendes Schiff Damen irgendwohin mitnehmen.«

Das brachte nun wieder seine Schwester gegen ihn auf.

»O Frederick! Das kann ich von dir gar nicht glauben. Solch müßige Überfeinerung! Frauen können sich an Bord ebenso zu Hause fühlen wie in dem besten Hause in England. Ich habe, glaube ich, so lange an Bord gelebt wie je eine Frau und kenne nichts Schöneres als die Unterkunft eines Kriegsmannes. Ich erkläre, daß ich nirgends größere Bequemlichkeit oder Annehmlichkeit um mich hatte. Nicht einmal Kellynch Hall« mit einer freundlichen Verneigung zu Anne, »bietet mir mehr, als was mir auf fast allen Schiffen in meinem Leben geboten wurde; und das waren im ganzen fünf.«

»Das gehört nicht zur Sache«, erwiderte ihr Bruder, »du warst mit deinem Gatten zusammen und demnach die einzige Frau an Bord.«

»Aber du selbst brachtest doch Mrs. Harville, ihre Schwester, ihre Base und die drei Kinder von Portmouth nach Plymouth. Wo blieb denn da deine außerordentlich verfeinerte Ritterlichkeit?«

»Sie ertrank in meiner Freundschaft, Sophia. Ich würde der Frau eines jeden meiner Kameraden helfen, wenn ich könnte, und ich würde alles, was Harville gehört, vom Ende der Welt mitbringen, wenn er es wünschte. Aber bilde dir nicht ein, daß ich es an sich nicht für ein Übel halte.«

»Verlaß dich drauf, sie fühlten sich alle wohl.«

»Deswegen gefallen sie mir doch nicht besser. Eine solche Anzahl von Frauen und Kindern hat nicht das *Recht*, sich an Bord wohl zu fühlen.«

»Mein lieber Frederick, du redest recht müßig! Was sollte wohl aus uns armen Seemannsfrauen werden, die so oft hinter ihren Männern her von einem Hafen zum anderen gebracht werden wollen, wenn jeder so dächte wie du?«

»Du siehst, meine Gefühle hinderten mich nicht daran, Mrs. Harville und ihre ganze Familie nach Plymouth zu bringen.«

»Ich höre dich aber nicht gern wie einen Grandseigneur reden, der jede Frau schlechthin für eine Zierpuppe hält und keine vernünftigen Frauen gelten läßt. Keine von uns erwartet, nur auf glattem Wasser zu segeln.«

»Ach! Meine Liebe«, warf der Admiral ein, »wenn er erst eine Frau hat, wird er schon eine andere Weise singen. Wenn er erst verheiratet ist und wir das Glück haben, einen Krieg zu erleben, wird er ebenso handeln wie du und ich und viele andere vor uns. Er wird jedem dankbar sein, der ihm seine Frau mitbringt.«

»Haha, bestimmt sogar!«

»Jetzt ist es um mich geschehen«, rief Kapitän Wentworth, »wenn erst verheiratete Leute mich angreifen. Wenn sie behaupten: ›Oh, sei erst einmal verheiratet, und du wirst ganz anderen Sinnes sein‹, kann ich nur sagen: ›Nein, gewiß nicht.‹

Aber bekanntlich beharren sie auf ihrer Meinung, und dagegen läßt sich nichts ausrichten.«

Er stand auf und ging davon.

»Wie weitgereist müssen Sie sein, Madam!« wandte sich Mrs. Musgrove an Mrs. Croft.

»Oh, gewiß Madam, in den fünfzehn Jahren meiner Ehe; aber manche Frauen sind noch mehr gereist. Ich habe viermal den Atlantik überquert, war einmal in Ostindien – aber nur einmal – und noch an verschiedenen nähergelegenen Orten, wie Cork, Lissabon und Gibraltar. Aber über den Kanal bin ich nie gekommen – und auch nicht nach Westindien. Sie wissen ja, daß wir Bermuda oder Bahama nicht zu Westindien rechnen.«

Mrs. Musgrove machte keine Einwendung; sie konnte nicht einmal behaupten, diese Inseln in ihrem ganzen Leben überhaupt je erwähnt zu haben.

»Und ich versichere Ihnen, Madam«, fuhr Mrs. Croft fort, »nichts übertrifft die Unterkunft eines Kriegsmannes – ich spreche natürlich von den höheren Chargen. Auf einer Fregatte sind Sie natürlich stärker eingeschränkt, obgleich jede vernünftige Frau auch dort vollkommen glücklich sein kann. Und ich kann ruhig sagen, die glücklichsten Zeiten meines Lebens habe ich an Bord eines Schiffes verbracht. Solange wir zusammen waren, war nichts zu befürchten. Gott sei Dank! Ich verfügte immer über eine ausgezeichnete Gesundheit, mir schadet kein Klima. Die ersten vierundzwanzig Stunden auf See bringen mich immer etwas aus dem Gleise, aber danach ist jede Seekrankheit überstanden. Nur ein einziges Mal litt ich wirklich an Leib und Seele, nur ein einziges Mal fühlte ich mich nicht gut. Nur in jenem Winter, als ich allein in Deal lebte, hatte ich das Empfinden von Gefahr. Damals kreuzte der Admiral (zu jener Zeit noch Kapitän) in der Nordsee, und ich lebte in ständiger Furcht, litt an allen Arten eingebildeter Leiden, weil ich nichts mit mir anzufangen wußte und keine Ahnung hatte, wann ich das nächstemal von ihm hören würde.

Aber solange wir zusammen sein konnten, hat mir nie etwas gefehlt, nicht das geringste stieß mir zu.«

»Ei, dessen bin ich sicher. Ja, gewiß doch, ich bin ganz Ihrer Meinung, Mrs. Croft«, antwortete Mrs. Musgrove herzlich. »Nichts ist schlimmer als Trennung, ich bin ganz Ihrer Meinung. *Ich* weiß, was das heißt; denn Mr. Musgrove wohnt immer den Gerichtssitzungen bei, und ich bin so froh, wenn sie vorüber sind und er wieder heil zu Hause ist.«

Der Abend klang mit einem Tanz aus. Wie immer bot Anne hierzu ihre Dienste an, und obgleich sich ihre Augen am Instrument wiederholt mit Tränen füllten, war sie mit ihrer Beschäftigung zufrieden und wünschte nichts Besseres, als unbeobachtet zu bleiben.

Eine vergnügte, fröhliche Gesellschaft, und niemand schien frohsinniger zu sein als Kapitän Wentworth. Alles stand ihm nach ihrem Gefühl zu Gebote, um seine Stimmung zu heben; die allgemeine Aufmerksamkeit und Verehrung und besonders die Bemühungen all der jungen Damen. Die Damen Hayters, jener mit den Musgroves verwandten Familie, waren augenscheinlich auch zu der Ehre zugelassen, sich in ihn zu verlieben. Und Henrietta und Louisa schienen so völlig mit ihm beschäftigt, daß nur die scheinbare Duldsamkeit füreinander glaubhaft machen konnte, sie seien nicht ausgesprochene Rivalinnen. Konnte es verwundern, wenn diese allgemeine, diese eifrige Bewunderung ihn ein wenig verwöhnt hätte?

Solche Gedanken beschäftigten Anne, während ihre Finger eine halbe Stunde lang mechanisch über die Tasten glitten, ebenso fehlerlos wie unbewußt. *Einmal* fühlte sie seinen Blick – vielleicht bemerkte er ihre veränderten Züge oder versuchte in ihnen die Überreste dessen zu entdecken, was ihn einst bezaubert hatte. Und *einmal* war ihr gewiß, daß er sie erwähnt hatte. Sie erkannte es erst bei der Antwort, und es ging ihr auf, daß er seine Partnerin gefragt hatte, ob Miß Elliot nie tanze. Die Antwort hatte gelautet: »Oh! Nein, nie; sie hat das Tanzen ganz aufgegeben; sie spielt lieber, sie wird des Spielens nie müde.« Ein anderes Mal sprach er sie sogar an, als sie, da man nicht mehr tanzte, vom Klavier zurückgetreten war. Er hatte sich hingesetzt und eine Melodie gesucht, die er den Damen Musgrove vorspielen wollte. Unabsichtlich kehrte sie zum Instrument zurück. Bei ihrem Anblick erhob er sich sofort und sagte mit geflissentlicher Höflichkeit:

»Ich bitte um Verzeihung, Madam, dies ist Ihr Platz«, und obgleich sie sich sofort mit entschiedener Verneinung zurückzog, war er nicht zu bewegen, den Platz wieder einzunehmen.

Anne verlangte es nicht nach ähnlichen Blicken oder Reden. Seine kalte Höflichkeit, seine feierliche Grazie waren schwerer zu ertragen als alles andere.

Neuntes Kapitel

Kapitän Wentworth war nach Kellynch gekommen, als kehre er nach Hause zurück. Er würde solange bleiben, wie es ihm gefiel, denn er war der Gegenstand geschwisterlicher Liebe für den Admiral wie für dessen Frau. Bei seiner Ankunft hatte er noch beabsichtigt, zum Besuch seines Bruders recht bald nach Shropshire weiterzureisen; aber die Anziehungskraft von Uppercross bewog ihn zu einem Aufschub. Sein Empfang dort war von so viel Freundlichkeit und Schmeichelei begleitet, von allem, was ihn bezaubern mußte. Die Alten waren so gastfreundlich, die Jungen so angenehm, daß er vorerst dablieb, wo er einmal war, und sich die Reize und Vorzüge von Eduards Frau für später aufhob.

Seine tägliche Parole lautete: Uppercross. Die Musgroves konnten ihn kaum bereitwilliger einladen, als er dieser Aufforderung nachkam, namentlich vormittags, wenn er in Kellynch keine Gesellschaft fand; denn der Admiral und Mrs. Croft verbrachten die Vormittage meist gemeinsam im Freien. Sie beschäftigten sich mit ihren neuen Besitzungen, ihrem Gras und ihren Schafen und trödelten in einer für dritte unerträglichen Weise herum, wenn sie nicht in einer Gig ausfuhren, die sie erst kürzlich angeschafft hatten.

Bisher hatte es unter den Musgroves und ihren Anhängern nur eine Meinung über Kapitän Wentworth gegeben: die einer unerschütterlichen, warmen Bewunderung. Aber diese vertrauten Beziehungen hatten sich kaum angeknüpft, als Charles Hayter in ihren Kreis zurückkehrte, den das einigermaßen störte und dem der Kapitän ziemlich im Wege war.

Charles Hayter, der älteste aller Vettern, war ein sehr liebenswürdiger, freundlicher Mann. Vor Kapitän Wentworths Auftauchen hatte zwischen ihm und Henrietta offensichtlich eine ehrliche Neigung bestanden. Er lebte als Geistlicher bei seinen Eltern, kaum zwei Meilen von Uppercross entfernt, da er bei seiner in der Nachbarschaft liegenden Pfarre nicht zu wohnen brauchte. Während einer kurzen Abwesenheit blieb seine Schöne in der kritischen Zeit ohne die Obhut seiner Aufmerksamkeiten, und nach seiner Rückkehr bemerkte er zu seinem großen Schmerz ein vollkommen verändertes Wesen und einen Kapitän Wentworth.

Mrs. Musgrove und Mrs. Hayter waren Schwestern. Beide vermögend, waren sie erst durch ihre Ehen in ein sehr unterschiedliches Ansehen geraten. Mr. Hayter besaß ein kleines Vermögen; aber es war unbedeutend im Vergleich mit dem von Mr. Musgrove. Während die Musgroves zu den ersten Kreisen des Landes zählten, fanden die jungen Hayters in der Gesellschaft kaum Beachtung wegen der niederen und zurückgezogenen Lebensweise ihrer Eltern und ihrer eigenen mangelhaften Erziehung. Die einzige Ausnahme bildete natürlich dieser älteste Sohn, der das Leben eines Gelehrten und Herrn führte und an Bildung und Betragen alle anderen überragte.

Die beiden Familien standen seit jeher auf sehr herzlichem

Fuß miteinander, da auf der einen Seite kein Stolz und auf der anderen kein Neid herrschte und die Damen Musgrove sich ihrer Überlegenheit nur soweit bewußt waren, als es ihnen Freude bereitete, ihre Basen zu fördern. Vater und Mutter hatten ohne Mißfallen Charles' Zuneigung für Henrietta bemerkt. Sie fanden, es sei eine gute Partie für sie; aber nur, wenn Henrietta ihn liebe und Henrietta *schien* ihn zu lieben.

Dem war auch so, ehe Kapitän Wentworth kam; aber seitdem war Vetter Charles abgetan.

Welche der beiden Schwestern Kapitän Wentworth vorzog, war noch zweifelhaft, zumindest für Annes Beobachtung. Henrietta war vielleicht die niedlichste, Louisa aber die fröhlichere. Und es stand nicht fest, ob ihn der sanftere oder lebhaftere Charakter mehr anzog.

Mr. und Mrs. Musgrove schienen allem seinen Lauf zu lassen, sei es, daß sie wenig bemerkten, oder dem Taktgefühl ihrer beiden Töchter und dem der jungen Männer vertrauten, die sich diesen näherten. Wenn man im Herrenhaus keine Vermutungen hegte, so war das in Klein-Uppercross anders. Kapitän Wentworth hatte sich erst wenige Male der Gesellschaft der Damen Musgrove erfreut, als durch die Rückkehr von Charles Hayter angeregt, in Annes Gegenwart Schwager und Schwester sich zu der Erörterung bewogen fühlten, ob Louisa oder Henrietta mehr gefalle. Charles sprach Louisa mehr Aussicht zu, Mary Henrietta; aber sie stimmten in dem Punkt überein, es wäre äußerst erfreulich, wenn er wirklich eine von ihnen heiraten würde.

Charles hatte »in seinem ganzen Leben keinen angenehmeren Mann« getroffen. Nach des Kapitäns Andeutungen hatte ihm der Krieg nicht weniger als zwanzigtausend Pfund eingebracht. Hier war bereits ein Vermögen vorhanden, ungeachtet der Aussicht auf die Möglichkeiten in einem zukünftigen Kriege. Außerdem war er überzeugt, Kapitän Wentworth sei dazu geschaffen, sich als Seeoffizier auszuzeichnen. Es wäre eine vorzügliche Partie für eine seiner Schwestern!

»Das wäre es wirklich«, erwiderte Mary. »Du lieber Himmel! Wenn er zu irgendwelchen besonderen Ehren aufsteigen sollte! Wenn er zum Baronet ernannt würde! ›Lady Wentworth‹ hört sich sehr gut an. Es wäre etwas Außergewöhnliches für Henrietta! Dann hätte sie vor mir den Vorrang, und Henrietta würde das nicht bedauern. Sir Frederick und Lady Wentworth! Es wäre zwar nur eine neue Ernennung, und ich halte an sich nicht viel vom Neuadel.«

Mary gefiel es, Henrietta für die Bevorzugte zu halten, schon um Charles Hayters Absichten durchkreuzt zu sehen. Sie schaute auf die Hayters herab und hielt es nicht für wünschenswert, die bereits bestehende Verwandtschaft zu erneuern. Es war sehr betrüblich, sowohl für sie selbst wie für ihre Kinder.

»Weißt du«, meinte sie, »ich halte Hayter nicht geeignet für Henrietta, und in Anbetracht der von den Musgroves bisher geschlossenen Ehen hat sie kein Recht, sich fortzuwerfen. Ich finde, keine junge Frau hat das Recht zu einer Verbindung, die sich für den überwiegenden Teil der Familie als unangenehm und unvorteilhaft erweisen und schlechte Beziehungen denen bedeuten könnte, die so etwas nicht gewohnt sind. Ich bitte dich, wer ist denn schon Charles Hayter? Nichts als ein Landpfarrer. Eine sehr ungeeignete Heirat für Miß Musgrove von Uppercross.«

Ihr Mann stimmte ihr jedoch in diesem Punkt nicht zu. Er empfand hohe Achtung vor seinem Vetter, Charles Hayter war gleich ihm der älteste Sohn, und er selbst betrachtete die Dinge vom Standpunkt des Erstgeborenen.

»Jetzt redest du Unsinn, Mary«, entgegnete er daher. »Es wäre zwar keine *gute* Partie für Henrietta, aber für Charles besteht die günstige Aussicht, durch Vermittlung der Spicers in den nächsten Jahren in die höhere Geistlichkeit aufzurücken. Und bedenke bitte, daß er der älteste Sohn ist. Wenn sein Vater stirbt, übernimmt er ein nettes Besitztum. Das Gut Winthrop umfaßt zweihundertundfünfzig Morgen und der Hof bei Taunton gehört zu den besten Ländereien der Gegend. Ich pflichte dir bei, jeder andere der Hayter wäre tatsächlich eine schlechte Partie für Henrietta und es ginge wirklich nicht. Aber Charles bildet eine Ausnahme, und er ist ein sehr gutmütiger und netter Bursche. Wenn er Winthrop einmal in die Hand bekommt, wird er etwas ganz anderes aus dem Gut machen, in einem völlig anderen Stil leben und mit diesem Vermögen kein verachtenswerter Mann sein. Es ist gutes, freies Vermögen. Nein, nein, Henrietta könnte es schlechter treffen. Wenn sie Charles Hayter heiratet und Louisa Kapitän Wentworth bekommt, will ich sehr zufrieden sein.«

»Charles kann sagen, was er will«, wandte Mary sich an Anne, als er das Zimmer verlassen hatte, »es wäre entsetzlich, wenn Henrietta Charles Hayter heiraten würde, eine üble Sache für *sie* und noch schlechter für *mich*. Darum ist es nur zu wünschen, Kapitän Wentworth möge ihn recht bald aus ihrem Sinn schlagen, und ich zweifle nicht, daß es schon so weit ist. Gestern schenkte sie Charles Hayter kaum Beachtung. Ich wünschte, du wärest dabei gewesen und hättest ihr Verhalten beobachtet. Und wenn es heißt, Kapitän Wentworth schätze Louisa und Henrietta gleich, dann ist das Unsinn; denn tatsächlich neigt er sich Henrietta zu. Aber Charles ist seines Urteils ja immer so sicher! Wärest du doch gestern dabei gewesen, dann hättest du zwischen uns entscheiden können. Du würdest sicherlich meiner Ansicht beipflichten, wenn du nicht um des Widerspruches willen Charles' Meinung verträtest.«

Ein Essen bei den Musgroves hätte Anne die beste Gelegenheit geboten, aus eigener Anschauung zu urteilen; aber sie war mit der doppelten Ausrede, sie leide an Kopfweh und der kleine Charles an einem Rückfall, zu Hause geblieben. Sie hatte zwar nur Kapitän Wentworth ausweichen wollen; aber zu den

Vorzügen eines friedlichen Abends gesellte sich jetzt noch die Hoffnung, dem Schiedsrichteramt zu entrinnen.

Für Kapitän Wentworth schien es ihr wichtiger, wenn er über seine Meinung selbst ins reine käme, und zwar früh genug, um das Glück keiner der Schwestern zu gefährden oder seiner eigenen Ehre zu schaden, wenn er Henrietta der Louisa oder Louisa der Henrietta vorziehen sollte. Jede von beiden wäre ihm wahrscheinlich eine liebevolle, heitere Gattin. Dachte sie dagegen an Charles Hayter, so wurde ihr Taktgefühl durch die leichte Art einer an sich wohlmeinenden jungen Frau verletzt, und ihr Herz empfand alle hierdurch verursachten Leiden mit. Wenn aber Henrietta sich in der Natur ihrer Gefühle getäuscht hatte, konnte dieser Umschwung gar nicht früh genug erkannt werden.

Charles Hayter verspürte in dem Verhalten seiner Base manch Beunruhigendes und Demütigendes. Ihre Neigung zu ihm bestand zu lange, um sich so schnell zu verlieren und durch zwei Begegnungen jegliche frühere Hoffnung auszulöschen, woraus sich für ihn die Folgerung ergeben hätte, Uppercross zu meiden. Trotzdem war die Veränderung erschreckend, wenn Kapitän Wentworth der mutmaßliche Anlaß war. Vor zwei Sonntagen hatten sie sich getrennt und ihrer beider Wünsche noch übereingestimmt, er möge seine gegenwärtige Pfarre bald verlassen und die von Uppercross übernehmen. Damals schien es ihr sehr am Herzen gelegen zu haben, daß Dr. Shirley, der Rektor, der seit mehr als vierzig Jahren alle Amtspflichten mit großem Eifer erfüllte, jetzt aber dafür zu schwach wurde und einen Hilfsgeistlichen heranzuziehen beabsichtigte. Er wollte diese Pfarrstelle gut ausstatten und sie Charles Hayter übergeben. Es bedeutete einen Vorteil, nach Uppercross, anstatt sechs Meilen in der anderen Richtung zu wandern und eine in jeder Hinsicht bessere Pfarre zu erhalten. Sogar Louisa bedeutete das sehr viel, Henrietta fast alles. Aber ach, als er zurückkehrte, war das Interesse für seinen

Beruf verflogen, und Louisa konnte seinem Bericht über eine soeben mit Dr. Shirley geführte Unterhaltung kaum noch folgen. Sie stand am Fenster und schaute nach Kapitän Wentworth aus, und sogar Henrietta schenkte ihm im besten Falle nur geteilte Aufmerksamkeit. Alle frühere Anteilnahme schien dahin zu sein.

»Nun ja, das freut mich wirklich; aber ich habe immer geglaubt, du bekämst die Stelle, ich dachte, du wärest ganz sicher. Es ist mir nie eingefallen, daß – kurz, du weißt ja, Dr. Shirley *muß* einen Hilfsgeistlichen haben, und du besitzt doch sein Versprechen. – Kommt er schon, Louisa?«

Eines Morgens, kurz nach dem Essen bei den Musgroves, an dem Anne nicht teilgenommen hatte, betrat Kapitän Wentworth den Salon in Klein-Uppercross, wo nur sie sich mit dem kleinen Patienten Charles befand, der auf dem Sofa lag.

Die Überraschung, Anne Elliot fast allein anzutreffen, raubte ihm seine übliche Ruhe. Er fuhr zusammen und konnte nur herausbringen: »Ich hoffte die Damen Musgrove vorzufinden. Mrs. Musgrove sagte mir, sie seien hier!« Dann ging er zum Fenster hinüber, um sich zu sammeln und Klarheit über sein Verhalten zu gewinnen.

»Sie sind oben bei meiner Schwester; aber sie werden wohl in wenigen Augenblicken herunterkommen«, antwortete Anne in ganz natürlicher Verwirrung; und wenn das Kind nicht ihre Hilfe verlangt hätte, wäre sie im nächsten Augenblick aus dem Zimmer gegangen und Kapitän Wentworth ebenso erleichtert gewesen wie sie selbst.

Er blieb am Fenster und sagte ruhig und höflich: »Ich hoffe, es geht dem kleinen Burschen besser.« Dann schwieg er wieder.

Sie mußte neben dem Sofa niederknien und dort bleiben, um den kleinen Patienten zufriedenzustellen. So verharrten sie einige Minuten, als sie zu ihrer großen Erleichterung jemanden den kleinen Vorraum durchqueren hörte. Sie hoffte den

Herrn des Hauses zu erblicken, als sie ihren Kopf wandte; aber es erschien einer, der viel weniger dazu angetan war, die Sachlage zu erleichtern – es war Charles Hayter, dessen Freude, Kapitän Wentworth zu erblicken, wahrscheinlich nicht größer war als die des Kapitäns bei Annes Anblick.

Sie versuchte nur zu sagen: »Guten Tag! Nehmen Sie bitte Platz, die anderen werden im Augenblick hier sein.«

Kapitän Wentworth jedoch trat vom Fenster zurück, einer Unterhaltung anscheinend nicht abgeneigt; aber Charles Hayter machte seinen Bemühungen bald ein Ende, indem er sich an den Tisch setzte und eine Zeitung zur Hand nahm. Daraufhin kehrte Kapitän Wentworth zum Fenster zurück.

Der nächste Augenblick brachte eine neue Vergrößerung des Kreises. Der kleinere Knabe, ein besonders kräftiges, ungezogenes Kind von zwei Jahren, hatte sich von jemand draußen die Tür öffnen lassen, hielt seinen gewichtigen Einzug und steuerte schnurstracks auf das Sofa zu, um zu sehen, was dort vorging, wobei er einen Anspruch auf alles Gute erhob, was zu erhaschen sein mochte.

Da nichts Eßbares zu erlangen war, konnte er nur ein wenig spielen; und da seine Tante ihm nicht erlauben wollte, seinen kranken Bruder zu hänseln, fing er an, sich so fest an die Knieenden zu klammern, daß sie ihn bei ihrer Beschäftigung mit Charles nicht abschütteln konnte. Sie sprach ihm zu, befahl, bat und drohte vergeblich. Einmal gelang es ihr, ihn fortzustoßen; aber dem Jungen machte es nur um so größere Freude, gleich wieder auf ihren Rücken zu steigen.

»Walter«, sagte sie, »geh sofort hinunter! Du bist wirklich unartig. Ich bin sehr böse auf dich.«

»Walter«, rief Charles Hayter, »warum tust du nicht, was man dir sagt? Hörst du nicht, daß deine Tante mit dir spricht? Komm zu mir, Walter! Komm zu Vetter Charles!«

Aber Walter rührte sich nicht um Haaresbreite. Im nächsten Augenblick jedoch fühlte sie sich von ihm befreit; irgend

»Irgend jemand hatte ihn von ihr genommen.«

jemand hatte ihn von ihr genommen, obgleich er ihren Kopf so weit hinuntergebeugt hatte, daß seine kleinen kräftigen Hände von ihrem Hals gelöst und er energisch fortgetragen wurde, noch ehe sie Kapitän Wentworth als ihren Befreier erkannte.

Die Empfindungen verschlugen ihr bei dieser Entdeckung die Sprache. Sie konnte ihm nicht einmal danken, sie konnte sich nur mit äußerst verwirrten Gefühlen über den kleinen Charles beugen. Seine Freundlichkeit, zu ihrer Erlösung vorzutreten, die Art, die Ruhe, in der es sich zugetragen hatte, und die Überzeugung, ihr durch den Lärm aufgedrängt, den er geflissentlich mit dem Kinde machte, als wolle er ihren Dank nicht hören oder als wolle er beweisen, eine Unterhaltung mit ihr sei der letzte seiner Wünsche, verursachten in ihr eine Verwirrung solch unterschiedlicher, aber tief schmerzlicher Erregung, daß sie sich nicht davon erholen konnte, bis der Eintritt von Mary, Louisa und Henrietta ihr ermöglichte, ihnen den kleinen Patienten zu übergeben und das Zimmer zu verlassen. Sie konnte nicht bleiben. Es wäre nur eine Gelegenheit gewesen, die Liebeleien und Eifersüchte dieser vier mit anzusehen. Die waren nun alle beisammen, aber sie konnte um keinen Preis dabei bleiben. Es lag klar auf der Hand, Charles Hayter war dem Kapitän Wentworth nicht sehr geneigt. Es hatte sie tief berührt, daß er mit einer etwas ärgerlichen Stimme nach Kapitän Wentworth' Dazwischentreten meinte: »Du hättest auf *mich* hören sollen, Walter. Ich sagte dir, du solltest deine Tante nicht quälen«; und sie verstand, daß Kapitän Wentworth getan hatte, was eigentlich seine Sache gewesen wäre. Aber weder Charles Hayter noch irgendeines anderen Menschen Gefühle gingen ihr zu Herzen, ehe sie nicht ihre eigenen etwas geordnet hatte. Sie schämte sich ihrer selbst, schämte sich sehr, so verwirrt und von einer solchen Kleinigkeit überwältigt gewesen zu sein. Aber so war es, und es bedurfte einer langen einsamen und nachdenklichen Einkehr, um sich zu erholen.

Zehntes Kapitel

An weiteren Gelegenheiten zu ähnlichen Beobachtungen fehlte es nicht. Bald war Anne oft genug mit allen Vieren gleichzeitig zusammen gewesen, um sich eine Meinung zu bilden. Obwohl sie Louisa für die Bevorzugte hielt, konnte sie sich des Gedankens nicht erwehren, Kapitän Wentworth sei in keine von beiden verliebt. Sie waren wohl beide in ihn verliebt; aber hinsichtlich seiner konnte man nicht von Liebe sprechen. Es war nicht mehr als aufflackernde Bewunderung, die vielleicht in Liebe zu einer von ihnen endete. Charles Hayter fühlte sich übergangen, und doch schien Henrietta dann und wann zwischen den beiden Rivalen zu schwanken. Anne sehnte eine Gelegenheit herbei, allen ihr Tun und Handeln vor Augen zu halten und einige der Übel aufzuzeigen, denen sie zusteuerten. Keinem traute sie Verstellung zu, und es befriedigte sie, daß Kapitän Wentworth sich nicht im geringsten der Schmerzen bewußt zu sein schien, die er bereitete. Er empfand keinen Triumph und hatte wahrscheinlich nie von irgendwelchen Ansprüchen seitens Charles Hayters gehört. Ein Unrecht lag lediglich darin, die Aufmerksamkeit zweier junger Damen gleichzeitig entgegenzunehmen – denn so mußte man es schon nennen.

Nach kurzem Kampf schien Charles Hayter jedoch das Feld zu räumen. Drei Tage vergingen ohne seinen Besuch in Uppercross, eine auffällige Veränderung! Sogar eine förmliche Einladung zum Essen hatte er ausgeschlagen, und da ihn Mr. Musgrove bei dieser Gelegenheit vor etlichen Folianten angetroffen hatte, war das Ehepaar Musgrove überzeugt, es könne nicht alles im Lote sein. Mit besorgter Miene sprachen sie davon, er arbeite sich noch zu Tode. Mary hoffte und glaubte, er habe von Henrietta eine endgültige Absage erhalten, während Charles zuversichtlich hoffte, ihn am nächsten Tage wiederzusehen. Nur Anne empfand, daß Charles Hayter klug handelte.

In dieser Zeit waren Charles Musgrove und Kapitän Wentworth eines Morgens zur Jagd gegangen, als Anne und Mary, friedlich in Klein-Uppercross bei der Arbeit sitzend, von den beiden Schwestern aus dem Herrenhaus am Fenster begrüßt wurden.

Es war ein strahlender Novembertag. Die beiden Damen Musgrove waren durch den Garten gekommen und verhielten lediglich, um das Vorhaben eines langen Spazierganges anzukünden, an dem Mary ihrer Meinung nach doch nicht gern teilnähme. Weil man sie für eine schlechte Fußgängerin hielt, erwiderte Mary im verletztem Ehrgefühl:

»O ja, ich ginge sehr gern mit! Ich liebe lange Spaziergänge.«

Anne entnahm der Miene der beiden Mädchen, daß man gerade das hatte vermeiden wollen, und bewunderte wieder einmal die Familiengewohnheit, alles gemeinsam zu besprechen und zu unternehmen, wie unerwünscht und unbequem es auch sein mochte. Sie versuchte, den Spaziergang zu unterbinden. Vergebens! Sie hielt es schließlich für das beste, die an sie gerichtete wesentlich herzlichere Einladung der Damen Musgrove anzunehmen, da sie sich ihnen nützlich erweisen, ihre Schwester entweder nach Hause bringen oder deren Einmischung in irgendeinen Plan verhindern könnte.

»Woraus schließen Sie eigentlich, daß ich keine langen Spaziergänge mache?« sagte Mary, als sie die Treppe hinaufging. »Jedermann glaubt, ich sei nicht gut zu Fuß! Und doch wäre es Ihnen nicht angenehm, wenn ich abgelehnt hätte. Wenn Sie eigens herkommen, um mich aufzufordern, wie kann man da wohl ablehnen?«

Sie wollten sich soeben auf den Weg machen, als die Herren zurückkamen. Ein junger, undressierter Hund hatte ihnen die Jagd verdorben. So waren sie mit Lust und Laune zu diesem Spaziergang bereit und gesellten sich mit Vergnügen zu den Damen. Hätte Anne diese Fügung vorausgesehen, so wäre sie zu Hause geblieben; aber jetzt war es für einen Rückzug zu spät. Also machten sich alle sechs gemeinsam auf den Weg, in der von den Damen vorgeschlagenen Richtung, die sich offenbar für die Führer dieses Spazierganges hielten.

Anne wollte niemand im Wege sein; wo schmale Feldpfade Aufteilungen nötig machten, blieb sie bei Schwester und Schwager. Ihre Freude an dem Spaziergang verdankte sie dem Wandern an sich, dem prächtigen Tag und dem letzten Lächeln des Jahres auf den braunen Blättern und verwelkten Hecken sowie der Erinnerung an einige dichterische Herbstschilderungen. Diese Jahreszeit mit ihrem seltsamen, unerschöpflichen Einfluß auf Gemüt und Zärtlichkeit hatte fast jedem lesenswerten Dichter einige gefühlvolle Zeilen entlockt. Mit derartigen Überlegungen und Erinnerungen suchte sie ihren Geist zu beschäftigen. Aber in Kapitän Wentworths Bereich konnte sie sich dessen Unterhaltungen mit einer der beiden Damen Musgrove nicht entziehen. Sie fing wenig Bemerkenswertes auf, sondern lediglich jenes lebhafte Geplauder, wie es junge Menschen in vertrautem Verkehr pflegen. Louisa nahm ihn mehr in Anspruch als Henrietta und hatte seiner Aufmerksamkeit mehr zu bieten. Diese Bevorzugung steigerte sich noch nach einer Antwort Louisas; denn nach einer der vielen Lobpreisungen über den schönen Tag, die immer wieder laut wurden, hatte Kapitän Wentworth hinzugefügt:

»Welch herrliches Wetter für den Admiral und meine Schwester! Heute morgen planten sie eine lange Fahrt, vielleicht können wir ihnen von einem dieser Hügel aus zuwinken. Sie äußerten die Absicht, in diesen Teil des Landes zu fahren. Wo mögen sie wohl heute umwerfen? Denn das kommt ziemlich häufig vor! Aber meine Schwester macht sich nichts daraus, ob sie hinausgeschleudert wird oder nicht, ist ihr ziemlich gleichgültig.«

»Oh! Sie übertreiben gewiß!« rief Louisa. »Aber ich würde an ihrer Stelle das gleiche tun. Wenn ich einen Mann liebte, wie Mrs. Croft den Admiral, dann würde ich immer bei ihm bleiben, und nichts könnte uns trennen! Lieber ließe ich mich von ihm umwerfen, als von einem anderen ungefährdet kutschieren.«

Sie sprach voller Begeisterung.

»Ist das die Wahrheit?« rief er und traf den gleichen Ton, »dann bewundere ich Sie!« Und es herrschte für eine Weile Stillschweigen zwischen ihnen.

Anne konnte sich nur schwer ablenken. Für einige Zeit waren die lieblichen Herbstbilder verdrängt – es sei denn, irgendein zärtliches Sonett voll passender Anspielungen auf das schwindende Jahr, auf das schwindende Glück und die gemeinsam entschwundene Jugend segnete ihre Erinnerung. Sie raffte sich auf, als man sie einen anderen Pfad einschlagen hieß, und sagte: »Ist das nicht der Weg nach Winthrop?« Aber man hörte nicht auf sie, wenigstens antwortete niemand.

Jedenfalls aber war Winthrop oder dessen Umgebung ihr Ziel. Nachdem sie noch eine halbe Meile langsam bergan gestiegen waren, durch weite Felder, wo der Pflug bei der Arbeit war und der frische Pfad vom Landmann zeugte, wo sich die süße, poetische Verzagtheit verlor und alles auf den neuen Frühling hinwies, erreichten sie die Kuppe des höchsten Hügels, der Uppercross von Winthrop schied, und bald eröffnete sich der volle Blick auf das am Fuße des Hügels liegende Gut.

Ohne Schönheit und ohne Würde breitete Winthrop sich vor ihnen aus – ein unbedeutendes Haus auf ebenem Grunde, inmitten von Scheunen und Wirtschaftsgebäuden.

Mary rief aus: »Meiner Seel! Hier ist Winthrop – ich kann wohl sagen, ich hatte keine Ahnung davon! Na, ich glaube, wir kehren jetzt wieder um; ich bin entsetzlich müde.«

Henrietta schien es zu verdrießen, daß kein Vetter Charles auf einem der Pfade einherspazierte oder an irgendeinem Gatter lehnte. Sie war bereit, Mary zu willfahren, aber Charles

Musgrove wehrte ab und Louisa ebenso eifrig. Sie nahm ihre Schwester zur Seite und redete heftig auf sie ein.

Inzwischen hatte Charles sehr entschieden seinen Entschluß geäußert, jetzt, in so unmittelbarer Nähe, seiner Tante einen Besuch abzustatten; und er versuchte offensichtlich, wenn auch etwas zaghaft, seine Frau dazu zu bewegen. Aber in diesem Punkte blieb Mary unnachgiebig. Selbst als ihr Mann darauf hinwies, sie könne eine Viertelstunde in Winthrop ausruhen, erwiderte sie sehr bestimmt: »Oh! Nein wirklich nicht! Noch einmal den Hügel hinauf, das würde mir mehr schaden, als eine Ruhepause nützen könnte«, und Blick und Verhalten drückten deutlich ihre endgültige Ablehnung aus.

Nach einigen Überlegungen entschieden die Geschwister Musgrove; Charles und Henrietta sollten Tante und Basen einen kurzen Besuch abstatten, während der Rest der Gesellschaft auf dem Hügel wartete. Louisa schien der Urheber dieses Planes gewesen zu sein. Als sie Henrietta, immer noch auf diese einredend, etwas den Berg hinunter begleitete, schaute Mary verärgert um sich und sagte zu Kapitän Wentworth:

»Solch eine Verwandtschaft ist sehr unerfreulich! Aber ich versichere Ihnen, ich war nicht mehr als zweimal in diesem Hause.«

Er antwortete nur mit einem erzwungenen, zustimmenden Lächeln und warf ihr, bevor er sich abwandte, einen verächtlichen Blick zu, dessen Bedeutung Anne durchaus verstand.

Sie rasteten auf dem Gipfel des Hügels. Es war ein reizender Platz. Louisa kam zurück und Mary war mit ihrem bequemen Sitz auf der Stufe einer Stiege ganz zufrieden, solange die anderen um sie herumstanden. Aber als Louisa den Kapitän veranlaßte, mit ihr in der nahegelegenen Haselhecke nach Nüssen zu suchen, und man die beiden allmählich aus dem

Blick verlor, verging Marys gute Laune. Sie haderte mit ihrem Sitz, war überzeugt, Louisa hätte inzwischen einen weit besseren gefunden, und nichts konnte sie daran hindern, ihrerseits nach einer besseren Sitzmöglichkeit auszuschauen. Sie ging durch das gleiche Gatter, entdeckte aber niemanden. Dieweil fand Anne einen hübschen Platz auf einer trockenen, sonnigen Böschung unter der Haselhecke, in der sie die anderen immer noch vermutete. Mary ließ sich für einen Augenblick nieder; aber es war nicht das Richtige; Louisa hatte sicher an einer anderen Stelle einen besseren gefunden, sie wollte weitergehen und die beiden einholen.

Anne freute sich ihres Platzes, denn sie war wirklich müde. Wenig später vernahm sie in der Hecke den Kapitän und Louisa, die sich plaudernd durch eine rauhe, wilde Schneise näherten. Louisas Stimme erkannte sie zuerst. Sie war mitten in einer angeregten Unterhaltung aus der folgendes an Annes Ohr drang:

»Auf diese Weise habe ich sie soweit gebracht. Sie durften durch solchen Unsinn nicht an dem Besuch gehindert werden. Sollte ich mich durch deren Getue und Einmischung von meinem Entschluß abhalten lassen? Oder überhaupt durch irgendeinen Menschen? Nein, ich denke nicht daran, mich so leicht überreden zu lassen. Wenn ich mir etwas vorgenommen habe, dann führe ich es auch aus. Henrietta schien entschlossen, heute in Winthrop vorzusprechen – und dennoch hätte sie es aus unsinnigem Entgegenkommen beinahe aufgegeben.«

»Sie wäre ohne Ihr Zureden also wirklich umgekehrt?«

»Ja, leider! Ich schäme mich fast, es zu gestehen.«

»Sie kann sich glücklich preisen, Ihren Rat zur Seite zu haben! Ihre Andeutungen werden durch meine eigenen Beobachtungen gelegentlich meines letzten Zusammenseins mit Ihrem Vetter bestätigt. Dem liegt mehr als ein pflichtschuldiger Morgenbesuch bei Ihrer Tante zugrunde. Es wäre betrüblich für beide, wenn ihre Schwester in einer bestimmten Lage, die Stärke und Festigkeit erfordert, nicht genügend Entschlußkraft besäße, um müßigen Einmischungen zu widerstehen. Ihre Schwester ist ein liebenswürdiges Wesen, aber *Ihr* Charakter besitzt Entschiedenheit und Festigkeit, das erkenne ich wohl. Flößen Sie ihr viel von Ihrem Geist ein, wenn Ihnen ihr Glück am Herzen liegt! Aber das haben Sie zweifellos schon immer getan. Es ist das schlimmste Übel, allzu nachgiebiger und unentschlossener Charaktere, daß man die Wirkung anderer Einflüsse nicht berechnen kann. Nie ist man sicher, ob ein einmal gewonnener Eindruck Bestand hat. Jeder Dritte vermag ihn zu erschüttern. Wer das Glück halten will, muß fest bleiben. Hier diese Nuß«, sagte er und pflückte eine von einem hohen Zweig, »um es am Beispiel aufzuzeigen, ist eine schöne, blanke Nuß, die, mit natürlicher Stärke gesegnet, alle Stürme des Herbstes überlebt. Sie hat nicht ein Loch, nicht eine schwache Stelle. Diese Nuß«, fuhr er mit spielerischer Feierlichkeit fort, »ist noch im Vollbesitz allen Glückes, dessen eine Haselnuß fähig ist, während so viele ihrer Schwestern abgefallen sind und zertreten am Boden liegen.« Er kehrte zu seinem bisherigen, ernsten Ton zurück. »Mein erster Wunsch für alle, an denen ich Anteil nehme, ist Festigkeit. Wenn Louisa Musgrove im Winter ihres Lebens schön und glücklich sein will, muß sie an all ihrer jetzigen geistigen Kraft festhalten.«

Er hatte geendet, aber seine Worte blieben ohne Widerhall. Anne wäre auch überrascht gewesen, wenn Louisa auf eine solche Rede eine Erwiderung bereit gehabt hätte – auf Worte solchen Gewichtes, mit solch aufrichtiger Wärme vorgetragen. Sie konnte sich Louisas Empfindungen leicht vorstellen. Anne rührte sich nicht, damit man sie nicht entdecke. Die beiden gingen indes weiter, während sie still sitzen blieb, geschützt von einem Busch niedriger, rankender Stechpalmen. Noch aus einiger Entfernung drangen Louisas Worte herüber.

»Mary ist in vieler Hinsicht recht gutmütig, wenn sie mich auch durch ihren Unsinn und ihren Stolz manchmal sehr herausfordert. Es ist der Elliot-Stolz! sie hat davon ein groß Teil zuviel. Wir hätten es so gern gesehen, wenn Charles statt ihrer Anne geheiratet hätte. Sie wissen doch, daß er Anne heiraten wollte?«

Nach einer Pause erwiderte Kapitän Wentworth:

»Wollen Sie damit sagen, daß sie ihn ausgeschlagen hat?«

»O ja! Gewiß.«

»Und wann war das?«

»Ich weiß es nicht mehr ganz genau; denn Henrietta und ich waren damals noch in Pension. Aber ich glaube, ungefähr ein Jahr, ehe er Mary heiratete. Hätte sie ihn doch erhört! Sie wäre uns allen lieber gewesen. Und Mama und Papa sind der Meinung, es sei Lady Russells Werk gewesen, daß sie ihn nicht nahm. Sie glauben, Charles hätte Lady Russells Anspruch auf Gelehrsamkeit und Bücher nicht genügt, und deswegen habe sie Anne zu einer Ablehnung überredet.«

Das Gespräch verklang in der Ferne, und Anne konnte nichts mehr verstehen. Ihre Verwirrung fesselte sie an den Ort. Sie mußte sich erst von vielem erholen, ehe sie sich wieder regen konnte. Das sprichwörtliche Schicksal des Horchers war ihr zwar nicht im ganzen Umfang zuteil geworden – sie hatte keine schlechte Meinung über sich erlauscht! Aber viel Schmerzliches war ihr zu Ohren gekommen. Sie hatte erfahren, wie Kapitän Wentworth ihren Charakter beurteilte, der soviel Empfinden und Neugier für sie bewiesen hatte, daß es sie in äußerste Erregung versetzen mußte.

Sobald wie möglich ging sie Mary nach und geleitete sie zu ihrem ursprünglichen Standort bei der Steige zurück. Und es gewährte ihr einigen Trost, daß sich die ganze Gesellschaft gleich darauf sammelte und gemeinsam aufbrach. Ihre Seele bedurfte jener Einsamkeit und Ruhe, die nur unter vielen Menschen zu finden ist.

Charles und Henrietta kehrten, wie erwartet, in Gesellschaft von Charles Hayter zurück. Anne versuchte gar nicht erst, die Einzelheiten des Unternehmens zu verstehen. Nicht einmal Kapitän Wentworth schien hier ins Vertrauen gezogen zu werden. In diesem Falle hatte sich der Mann zurückgezogen und die Frau nachgegeben. Beide freuten sich jetzt, wieder zusammen zu sein, darüber bestand kein Zweifel. Henrietta machte den Eindruck, als schäme sie sich trotz ihrer Zufriedenheit ein wenig. Charles Hayter war überglücklich, und sie waren einander herzlich ergeben, als man sich gemeinsam auf den Weg nach Uppercross machte.

Von nun an bestimmte sich Louisa für Kapitän Wentworth. Sie gingen Seite an Seite fast ebenso wie das andere Paar. Auch als eine längere Strecke Wiesenland reichlich Raum für alle bot, verteilte man sich auf gleiche Weise, und es sonderten sich drei Gruppen ab. Anne gesellte sich zu Charles und Mary und war müde genug, um gern Charles linken Arm zu nehmen. Aber obgleich er mit ihr sehr vergnügt war, schmollte er mit seiner Frau. Mary hatte nun die Folgen ihrer Unfreundlichkeit zu tragen. Immer wieder ließ er ihren Arm los, um irgendwelchen Nesseln in der Hecke mit der Peitsche den Kopf abzuschlagen. Als sich Mary endlich darüber beklagte und, wie üblich, über seine wenig chevalereske Haltung mäkelte, sie müsse auf der Heckenseite gehen, während Anne unbelästigt blieb – gab er auch Annes Arm frei und jagte hinter einem plötzlich aufgetauchten Wiesel her. Nun kamen sie kaum mehr von der Stelle.

Diese Wiese wurde in ihrer ganzen Länge von einer Straße begrenzt, die der Fußweg am anderen Ende überschnitt. An diesem Punkt stieß man auf einen in gleicher Richtung fahrenden Wagen, den man schon seit einiger Zeit gehört hatte. Es war die Gig des Admirals Croft, der von seiner Ausfahrt zurückkehrte. Als sie von dem langen Spaziergang der jungen Leute hörten, boten sie der am meisten ermüdeten Dame freundlich einen Sitz an. Es würde ihr eine ganze Meile ersparen und sie führen ohnehin durch Uppercross. Die allgemein gehaltene Einladung wurde allseits abgelehnt. Die Damen Musgrove waren keineswegs müde, und Mary fühlte sich gekränkt, entweder weil man sie nicht zuerst aufgefordert hatte oder weil der Elliotstolz, wie Louisa es nannte, es ihr nicht erlaubte, als Dritte in einer einspännigen Kutsche zu sitzen.

Die Wanderer hatten die Straße überquert und schickten sich schon an, die gegenüberliegende Steige zu nehmen, auch der Admiral brachte soeben sein Pferd wieder in Gang, als Kapitän Wentworth plötzlich von der Hecke zurücktrat und seiner Schwester etwas zuraunte. Aus der Wirkung seiner Worte konnte man entnehmen, um was es sich handelte.

»Miß Elliot, Sie sind bestimmt müde«, rief Mrs. Croft. »Machen Sie uns die Freude, Sie nach Hause bringen zu dürfen. Hier ist reichlich Platz für drei. Wenn wir alle so schlank wären wie Sie, könnten wir gut zu vieren sitzen. Sie müssen wirklich zusagen.«

Anne war noch auf der Straße und schien instinktiv abzulehnen; aber man ließ sie nicht weitergehen. Der Admiral kam seiner Frau mit freundlichem Drängen zu Hilfe. Sie waren nicht abzuweisen. Sie preßten sich auf den kleinstmöglichen Raum zusammen, um ihr eine Ecke frei zu machen; ohne ein Wort zu sagen, wandte Kapitän Wentworth sich Anne zu und zwang sie mit Ruhe, sich in den Wagen heben zu lassen.

Ja, er hatte es erreicht. Sie saß im Wagen, und es kam ihr zum Bewußtsein, daß er sie dorthin gebracht hatte; sein Wille und seine Hände hatten es bewerkstelligt, seiner Aufmerksamkeit hatte sie es zu verdanken, seinem Entschluß, ihr Ruhe zu gönnen. Dieses sein Verhalten beeindruckte sie tief. Das kleine Erlebnis schien der Abschluß alles dessen, was voraufgegangen war. Sie verstand ihn. Er konnte ihr nicht verzeihen; aber er konnte auch nicht gefühllos sein. Obgleich er sie um der Vergangenheit willen verurteilte und diese mit äußerster und ungerechter Abneigung betrachtete, obwohl er sich nicht im geringsten um sie kümmerte, sondern sich einer anderen zuneigte, mochte er sie doch nicht leiden sehen, ohne ihr zu helfen. Das war der Überrest ehemaliger Gefühle und entsprang reiner, wenn auch uneingestandener Freundschaft. Es war der Beweis für sein warmes, liebenswürdiges Herz, an welches sie nicht ohne freudige und gleichzeitig schmerzliche Empfindungen denken konnte. Was wog über, Freude oder Schmerz? Sie wußte es nicht.

Anfangs beantwortete sie schematisch die freundlichen Bemerkungen ihrer Begleiter, und sie hatten schon einen großen Teil des Weges auf der rauhen Straße zurückgelegt, als sie bemerkte, daß man von »Frederick« sprach.

»Eine der beiden Mädchen wird er sicherlich heiraten, Sophie«, meinte der Admiral; »aber ich ahne noch nicht, welche es ist. Er ist ihnen auch wohl lange genug nachgelaufen, um sich nun entscheiden zu können. Ja, ja, das kommt vom Frieden. Herrschte jetzt Krieg, so wäre es längst erledigt! Wir Seeleute, Miß Elliot, können uns in Kriegszeiten keine lange Freite leisten. Wieviel Jahre lagen zwischen unserem ersten Zusammentreffen, meine Liebe, und unserem Einzug in unsere Wohnung in North Yarmouth?«

»Darüber sprechen wir besser nicht, mein Lieber«, erwiderte Mrs. Croft freundlich. »Denn wenn Miß Elliot hört, wie schnell wir einig wurden, wäre sie kaum davon zu überzeugen, daß wir glücklich miteinander sind. Deinen Charakter kannte ich ja schon lange vorher.«

»Nun ja! Und du wurdest mir als ein sehr hübsches Mädchen gerühmt. Worauf hätten wir auch warten sollen? Solche Sachen sollen nicht lange in der Schwebe bleiben. Frederick sollte ein paar Segel mehr setzen und uns eine dieser jungen Damen nach Kellynch bringen. Dort würden sie immer Gesellschaft haben. Beide sind sehr nette junge Damen, ich kann kaum die eine von der anderen unterscheiden.«

»Wirklich recht gutmütige, natürliche Mädchen«, sagte Mrs. Croft in einem Ton ruhigeren Lobes, der in Anne den Verdacht aufsteigen ließ, ihr lebhafterer Verstand halte die beiden ihres Bruders nicht ganz für würdig, »und eine sehr ehrenwerte Familie. Man könnte gar nicht mit besseren Menschen verwandt sein. Mein Lieber, der Pfosten! Wir werden bestimmt den Pfosten mitnehmen!«

Kaltblütig gab sie den Zügeln eine bessere Richtung. So kamen sie glücklich an der Gefahr vorbei, und da Mrs. Croft später noch einmal zur rechten Zeit ihre Hand ausstreckte, gelang es ihr, sie sowohl vor dem Straßengraben als auch vor dem Zusammenstoß mit dem Mistkarren zu bewahren. Vergnügt nahm Anne die Art des gemeinsamen Kutschierens als treffendes Spiegelbild für die allgemeine Führung ihres Lebensschiffleins. Sie wurde schließlich wohlbehalten in Klein-Uppercross abgesetzt.

Elftes Kapitel

Inzwischen rückte Lady Russells Heimkehr näher; sogar der Tag war schon bestimmt, und Anne, die sogleich zu ihr übersiedeln sollte, freute sich auf einen baldigen Umzug nach Kellynch.

Sie würde in dem gleichen Dorfe weilen, in dem Kapitän Wentworth wohnte, in nur einer halben Meile Entfernung von ihm. Sie müßten die gleiche Kirche besuchen, auch ein gewisser Verkehr würde sich zwischen den beiden Familien anknüpfen. Das widerstrebte ihr. Aber andererseits verbrachte er soviel Zeit in Uppercross, daß ihre Übersiedlung nach Kellynch eher ein Entfernen als eine Annäherung war. Sie verbesserte ihre Lage sowohl hinsichtlich dieser Frage als im Wechsel der häuslichen Umgebung, da sie Mary gegen Lady Russell austauschte.

Sie hoffte, Kapitän Wentworth in Kellynch überhaupt ausweichen zu können. Jene Räume waren Zeugen früherer Begegnungen, die ihr nur schmerzlich in die Erinnerung zurückgerufen würden. Darüber hinaus befürchtete sie ein Zusammentreffen zwischen Lady Russell und Kapitän Wentworth. Sie mochten einander nicht leiden, und eine Erneuerung ihrer Bekanntschaft führte jetzt doch zu nichts mehr. Und wenn Lady Russell sie einmal beieinander sähe, könnte sie womöglich finden, er habe zuviel Selbstbeherrschung und sie deren zu wenig.

Diese Gedanken beschäftigten sie im Vorgefühl ihrer Abreise von Uppercross. Der Abschluß ihres Besuches gestaltete sich jedoch wesentlich anders. Nachdem man in Uppercross zwei volle Tage nichts von Kapitän Wentworth gesehen hatte, tauchte er wieder unter ihnen auf, um sich wegen seines Fernbleibens zu rechtfertigen.

Ein Brief seines Freundes, Kapitän Harville, hatte ihn endlich erreicht, der mit seiner Familie den Winter in Lyme verbrachte. Auf diese Weise lebten sie ohne Kenntnis voneinander in einer Entfernung von zwanzig Meilen. Kapitän Harville hatte vor zwei Jahren eine gefährliche Verletzung davongetragen und erholte sich nur schwer. Kapitän Wentworth, von dem Wunsche auf ein Wiedersehen beseelt, begab sich unverzüglich nach Lyme und blieb einen Tag dort. Natürlich entschuldigte man in Uppercross sein Fernbleiben, ehrte seine Freundschaft und empfand lebhaftes Mitgefühl für seinen Freund. Hingegeben lauschte man der Beschreibung der hübschen Umgebung von Lyme und wünschte ernstlich, den Ort aus eigner Anschauung kennenzulernen. Wenig später faßte man den Plan, dorthin zu fahren.

Die jungen Leute waren auf Lyme ganz versessen, und auch Kapitän Wentworth erörterte eine zweite Reise dorthin. Es lag nur siebzehn Meilen von Uppercross entfernt; und obgleich es schon November war, konnte man das Wetter keineswegs schlecht nennen. Louisa, die eifrigste der Eifrigen, war zu der Fahrt entschlossen; sie hatte Freude daran, ihren Willen durchzusetzen, und hielt es für verdienstvoll, den Plan auszuführen. Daher schlug sie alle Wünsche ihrer Eltern in den Wind, welche die Reise bis zum Sommer aufzuschieben empfahlen. Also fuhr man nach Lyme: Charles, Mary, Anne, Henrietta, Louisa und Kapitän Wentworth.

Der erste übereilte Plan sah die Abfahrt für den Morgen und die Rückkehr für den Abend vor; aber dem hatte Mr. Musgrove um seiner Pferde willen nicht zugestimmt. Bei etwas vernünftiger Überlegung reichte ein Novembertag nicht aus, um einen neuen Ort kennenzulernen, wenn man nach Art des Geländes für Hin- und Rückweg sieben Stunden benötigte. Sie sollten daher über Nacht bleiben und am nächsten Tag nicht vor dem Essen zurückkehren. Das war eine wesentliche Verbesserung; und obgleich man sich rechtzeitig zum Frühstück in Groß-Uppercross versammelte und auch sehr pünktlich aufbrach, war der Nachmittag schon so weit vorgeschritten, als die beiden Wagen – Mr. Musgroves Kutsche mit den vier Damen und Charles mit Kapitän Wentworth im Kabriolett – den langen Abhang nach Lyme hinunterfuhren und in die noch steilere Hauptstraße einbogen.

Nachdem man in einem der Gasthäuser Unterkunft gefunden und ein Essen bestellt hatte, galt ihr erster Weg dem Strand. Zu dieser Jahreszeit bot Lyme weder Vergnügen noch Unterhaltung wie im Sommer. Die Hotels waren geschlossen, fast alle Gäste abgereist. Außer den Ortsansässigen war kaum ein Familie geblieben. Da an den Gebäuden nichts zu bewundern war, wurde das Auge des Fremden von der eigenartigen Lage der Stadt angezogen, von der Hauptstraße, die geradeswegs ins Wasser zu führen schien, dem Weg zur Kaimauer, welche die hübsche kleine, während der Saison von Badekarren und Menschen bevölkerte Bucht umgürtet, von der Kaimauer selbst und ihren vielfältigen Verbesserungen und von der wundervollen Felsenkette, die den Osten der Stadt krönt. Da war die Umgebung; Charmouth auf ansteigendem Gelände inmitten weiter Hügel mit seiner lieblichen zurückweichenden Bucht, von dunklen Klippen im Hintergrunde überragt, und seine Felsblöcke am Strand, wo man, in unermüdlicher Betrachtung verharrend, das Spiel der Gezeiten beobachten kann. Da war inmitten seiner Waldungen das heitere Dörfchen Hochlyme und vor allem Pinny mit seinen grünen Klüften zwischen romantischen Felsen, wo vereinzelter Waldbestand und überreiche Obstgärten anzeigten, daß viele Generationen vergangen sein mußten, seit der erste Zerfall der Riffe den Boden für solche Pracht bereitete, für eine so wundervolle und liebliche Landschaft, welche der Insel Wight sehr nahe kommt. Diese Orte muß man immer wieder aufsuchen, um den ganzen Reiz von Lyme zu erfassen.

Man ging an den jetzt verlassenen und traurig anmutenden Vergnügungsplätzen vorbei, stieg noch weiter hinab und befand sich bald am Gestade. Sie verweilten wie jeder Neuankömmling angesichts dieses Blickes auf die See. Dann schritten sie der Strandmauer, ihrem eigentlichen Ziel zu; denn in einem kleinen Haus am Fuße einer verwitterten Mole unbekannten Alters wohnten die Harvilles. Kapitän Wentworth trennte sich von ihnen, um seinen Freund zu besuchen. Die anderen gingen weiter; auf der Kaimauer würde man sich wieder treffen.

Sie waren des Erstaunens und Bewunderns keineswegs müde, und nicht einmal Louisa schien die Trennung von Kapitän Wentworth für lang empfunden zu haben, als man ihn mit drei Gefährten herankommen sah, nämlich Kapitän Harville, dessen Frau und deren Gast, Kapitän Benwick.

Kapitän Benwick war vor geraumer Zeit erster Offizier auf der »Laconia« gewesen. Das, was Kapitän Wentworth bei seiner ersten Rückkehr von Lyme über ihn berichtet, das Lob, das er diesem ausgezeichneten jungen Mann und Offizier gezollt hatte, wurde durch eine Schilderung seines Privatlebens ergänzt, wodurch Benwick bei den Damen erst recht gewann. Benwick war mit Kapitän Harvilles Schwester verlobt gewesen und betrauerte jetzt ihren Verlust. Ein paar Jahre hatten sie auf Vermögen und Beförderung gewartet. Das Vermögen kam; denn seine Prisengelder als Leutnant waren groß. Die Beförderung kam endlich auch; aber Fanny Harville erlebte es nicht mehr. Sie war im Sommer vorher gestorben, während er auf See war. Kapitän Wentworth sagte, kein Mann könne einer Frau enger verbunden sein als der arme Benwick oder tiefer von einem derartigen Schicksalsschlag betroffen werden. Benwick schien besonders zu schwerem Dulden verdammt zu sein. Tiefstes Empfindungsvermögen trat zu einem ernsten und verschlossenen Wesen und eine ausgesprochene Neigung für Bücher und sitzende Beschäftigung. Um die spannende Geschichte abzuschließen: die Freundschaft zwischen ihm und den Harvilles hatte sich durch das Ereignis, das alle ihre Aussichten auf verwandtschaftliche Verbindung zerstörte, wenn möglich noch vertieft. Seitdem lebte Kapitän Benwick bei ihnen. Kapitän Harville hatte dieses Haus für ein halbes Jahr gemietet. Gesundheit und Vermögen zwangen ihn, billig und an der See zu leben. Die herrliche Landschaft und die winterliche Abgeschiedenheit von Lyme waren auch für den Gemütszustand Kapitän Benwicks wie geschaffen, und er erregte überall Anteilnahme und Freundlichkeit.

»Und dennoch«, folgerte Anne insgeheim, als man jetzt auf die Ankömmlinge zuschritt, »ist sein Herz vielleicht nicht so kummervoll wie meines. Seine Aussichten werden nicht für immer zerstört sein. Er ist jünger als ich, wenn nicht an Jahren, so doch an Gefühlen; er ist jünger, weil er ein Mann ist. Er wird sich wieder aufraffen und mit einer anderen glücklich werden.«

Nun trafen sie zusammen und wurden miteinander bekannt gemacht. Kapitän Harville, ein großer, dunkler Mann mit einem klugen, wohlwollenden Gesicht, hinkte ein wenig und wirkte durch seine ausgeprägten Züge, und weil er etwas leidend aussah, wesentlich älter als Kapitän Wentworth. Kapitän Wentworth war der jüngste von den dreien, und man sah es ihm auch an. Er war ein junger Mann im Vergleich zu den anderen. Kapitän Benwick hatte ein angenehmes Gesicht und eine melancholische Miene, gerade wie es sein sollte, und hielt sich von der Unterhaltung zurück.

Kapitän Harville war ein vollkommener Edelmann, natürlich, warm und freundlich, wenn er sich auch nicht mit Kapitän Wentworth messen konnte. Mrs. Harville war nicht ganz so vornehm wie ihr Mann, aber anscheinend ebenso gutmütig. Sie hegte den Wunsch, die ganze Gesellschaft als ihre eigenen Freunde zu betrachten, weil sie Kapitän Wentworths Freunde waren, und sie bat gastfreundlich, doch mit ihnen zu Abend zu speisen. Das im Gasthof bestellte Essen wurde schließlich, wenn auch ungern als Entschuldigung anerkannt. Aber sie schien fast verletzt zu sein, daß Kapitän Wentworth mit einer solchen Gesellschaft Lyme besuchte, ohne sie als selbstverständliche Gäste ihres Hauses zu betrachten.

In alledem äußerte sich sehr viel Liebe für Kapitän Wentworth. Diese übergroße Gastfreundschaft war so bezaubernd und der üblichen abwägenden Art bei Einladungen und Abendgesellschaften so unähnlich, daß Anne aus einer engeren Bekanntschaft mit seinem Kameraden keine Erleichterung für ihren Gemütszustand erwarten durfte. ›Das wären alles meine Freunde gewesen‹, dachte sie und mußte gegen eine tiefe Niedergeschlagenheit ankämpfen.

Als man die Kaimauer verließ, kehrten sie gemeinsam bei ihren neuen Freunden ein und fanden so kleine Räume vor, wie nur Menschen, deren Einladung von Herzen kommt, zur Unterbringung so vieler Gäste für ausreichend halten können.

Sogar Anne war für einen Augenblick erstaunt; aber dieses Gefühl wich bald angenehmeren Gedanken, als sie all die erfinderischen Vorrichtungen und hübschen Anordnungen Kapitän Harvilles erblickte, der aus dem tatsächlich vorhandenen Raum das Menschenmögliche herausholte, um den Mängeln der gemieteten Einrichtungen abzuhelfen und Fenster und Türen gegen die zu erwartenden Winterstürme zu sichern. Die mannigfaltige Einrichtung der Zimmer war für Anne mehr als vergnüglich. Gegen die üblichen, nüchternen Möbelstücke, die der Hauswirt zur Verfügung stellte, stachen einige fein gearbeitete Gegenstände aus seltenen Edelhölzern ab sowie einige Antiquitäten und überreiche Kostbarkeiten, die Kapitän Harville auf seinen Reisen erworben hatte. Alles war die Frucht seiner Mühen, das Ergebnis seiner Liebhabereien. Alles atmete Ruhe und häusliches Glück. Es offenbarte ihr viel und bedeutete ihr mehr als lediglich eine freundliche Abwechslung.

Kapitän Harville war nicht belesen; aber er hatte manch ausgezeichnete Verbesserung erfunden und sehr hübsche Gestelle angefertigt für eine beachtliche Sammlung wertvoller Bände, das Eigentum Kapitän Benwicks. Sein Leiden hinderte ihn an körperlicher Übung; aber ein praktischer und erfinderischer Geist schien ihm ständige Beschäftigung im Hause zu bieten. Er zeichnete, lackierte, zimmerte und leimte, er verfertigte Spielzeug für seine Kinder, versah Filetnadeln mit Verbesserungen und wagte sich an das Knüpfen eines großen Fischernetzes, wenn alles andere erledigt war.

Als sie das Haus verließen, äußerte Anne, Zeuge eines großen Glückes gewesen zu sein. Und die zufällig neben ihr gehende Louisa brach begeistert in Bewunderung und Entzücken über den prächtigen Charakter der Seeleute aus und deren Freundlichkeit, Kameradschaftlichkeit, Offenheit und Geradheit. Und immer wieder beteuerte sie ihre Überzeugung, Seeleute besäßen mehr Wert und Gefühl als jeder andere Stand

»Er zimmerte und leimte.«

Englands. Nur sie wüßten zu leben und nur sie verdienten Achtung und Liebe.

Sie kehrten ins Gasthaus zurück und kleideten sich zum Essen um. Ihr Plan hatte sich bereits gut bewährt, und er wies keinen Fehler auf. Dennoch entschuldigte sich der Besitzer des Gasthauses fortwährend, die Zeit sei »so gänzlich außer der Saison«, es herrsche »kein Badebetrieb in Lyme« und man habe »keine Gesellschaft erwartet«.

Um diese Zeit war Anne bereits gegen die Gesellschaft von Kapitän Wentworth so unempfindlich, wie sie es anfänglich nie für möglich gehalten hatte.

Es bedeutete ihr nichts, mit ihm am gleichen Tische zu sitzen und die üblichen Höflichkeiten zu wechseln – weiter kamen sie allerdings nie.

Die Damen konnten sich vor dem nächsten Morgen nicht noch einmal treffen, denn die Nächte waren zu dunkel. Aber Kapitän Harville hatte für den Abend seinen Besuch versprochen. Er kam und brachte sogar seinen Freund mit. Und das war mehr, als man erwarten durfte; war man sich doch darüber einig, Kapitän Benwick habe sich allem Anschein nach durch die Anwesenheit so vieler Fremder bedrückt gefühlt. Er wagte sich aber doch wieder unter sie, obgleich seine Gemütsverfassung ganz und gar nicht zu der Heiterkeit der übrigen Gesellschaft paßte.

Während die Kapitäne Wentworth und Harville miteinander plauderten und beim Rückblick auf frühere Zeiten zur Unterhaltung der anderen eine Menge Anekdoten erzählten, fiel es Anne zu, in einiger Entfernung bei Kapitän Benwick zu sitzen und, von ihrem gütigen Charakter getrieben, eine Bekanntschaft anzuknüpfen. Er war schüchtern und zerstreut; aber die reizende Zartheit ihres Wesens, die Freundlichkeit ihres Verhaltens blieben nicht wirkungslos und belohnten Annes anfängliche Mühe reichlich. Der junge Mann hatte offensichtlich eine beachtliche Liebe zur Literatur, wenn auch die

Lyrik überwog. Und sie war überzeugt, ihm wenigstens einen Abend der Unterhaltung über Dinge geschenkt zu haben, an denen seine täglichen Gefährten wahrscheinlich keinen Anteil nahmen, und konnte außerdem hoffen, ihm mit einigen Vorschlägen wirklich zu dienen, die ihm Pflicht und Segen vorstellten, gegen seinen Kummer anzukämpfen, wie es ihre Plauderei eben mit sich gebracht hatte. Denn er schien ihr zwar schüchtern, aber nicht verwirrt zu sein. Anscheinend war er froh, seiner Gefühlswelt einmal Ausdruck geben zu können. Man sprach von der Dichtkunst, den geistigen Strömungen des gegenwärtigen Zeitalters, erörterte die beiderseitigen Meinungen über die besten Dichter, suchte zu ergründen, ob »Marmion« oder »Das Fräulein vom See« vorzuziehen, wie der »Giaur« oder die »Braut von Abydos« einzustufen seien und wie man das Wort »Giaur« aussprechen solle. Die zartesten Lieder des einen Dichters und die leidenschaftlichen Darstellungen hoffnungsloser Qualen des anderen waren ihm geläufig, er wiederholte mit bebendem Empfinden verschiedene Zeilen über ein zerbrochenes Herz oder ein durch Kummer verwüstetes Gemüt, und seine Miene flehte um ihr Verständnis, daß sie zu hoffen wagte, die Lyrik beschäftige ihn nicht ausschließlich. Sie bezeichnete es als das Unglück der Poesie, daß sie selten ohne Gefahr von denen genossen würde, die sich ihr ganz verschrieben haben, und daß gerade starke Gefühle am sparsamsten gekostet werden sollten.

In seinen Zügen las sie, daß diese Anspielung auf seine Lage ihn nicht schmerzte, sondern eher freute, das ermutigte sie, auf dem eingeschlagenen Weg fortzufahren. Und sich ihrer größeren geistigen Reife wegen dazu befugt fühlend, wagte sie, ihm vor allem Prosa für seine tägliche Übung zu empfehlen. Und auf seine Fragen mehr ins einzelne gehend, wies sie auf die Werke der besten Moralisten, die schönsten Briefsammlungen, die Memoiren wertvoller und schicksalgequälter Charaktere hin, wie sie ihr nach Maßgabe des Augenblicks geeignet erschienen, die Seele durch ethische und religiöse Beispiele aufzurütteln und zu stählen.

Kapitän Benwick lauschte aufmerksam und dankbar für ihre Anteilnahme. Und obgleich er den Kopf schüttelte und seufzte, als bezweifle er, ob Bücher überhaupt helfen könnten, einen Kummer wie den seinen zu überwinden, schrieb er die ihm empfohlenen Titel nieder und versprach, sie zu beschaffen und zu lesen.

Nach Ablauf des Abends konnte sich Anne eines Gefühls der Belustigung nicht erwehren, daß sie nach Lyme gekommen war, um einem ihr bis dahin unbekannten jungen Mann Geduld und Entsagung zu predigen. Und bei ernsthafter Überlegung drängte sich ihr die Befürchtung auf, sie habe sich wie manch anderer großer Moralprediger über einen Punkt ausgelassen, in welchem ihr eigenes Verhalten einer Prüfung nur sehr schlecht standhalte.

Zwölftes Kapitel

Anne und Henrietta trafen sich am nächsten Morgen als erste der Gesellschaft und gingen noch vor dem Frühstück ans Meer. Sie schlenderten zum Strand hinunter, um dem Steigen der Flut zuzusehen, welche eine feine südöstliche Brise mit all der Großartigkeit hereinbrachte, die ein flaches Ufer zuläßt. Sie priesen den Morgen, rühmten die See, freuten sich der köstlich erfrischenden Luft – und schwiegen, bis Henrietta plötzlich wieder anhub:

»Ich bin fest davon überzeugt, daß die Seeluft mit ganz geringen Ausnahmen allen Menschen gut tut. Auch Dr. Shirley hat sie nach seiner Krankheit im vorigen Frühling größte Dienste geleistet. Er erklärt selbst, der Monat in Lyme habe ihm wohler getan als alle Medizin, und an der See fühlte er sich wie verjüngt. Deswegen verstehe ich nicht, daß er sich nicht für immer an der Küste niederläßt. Er sollte Uppercross verlassen und nach Lyme übersiedeln. Findest du nicht auch, Anne? Mußt du mir nicht beipflichten, daß es für ihn und Mrs. Shirley nichts Besseres geben kann? – Sie hat Verwandte hier, weißt du, und viele Bekannte, die ihr das Leben recht heiter gestalten könnten. Und sie würde sicher gern an einem Orte wohnen, wo ständig ärztliche Hilfe zur Hand ist, falls sich der Schlaganfall wiederholt. Ich finde es wirklich sehr traurig, daß so ausgezeichnete Menschen wie die Shirleys, die ihr ganzes Leben lang nur Gutes getan haben, ihre letzten Tage an einem Ort wie Uppercross verbringen, wo sie doch, abgesehen von unserer Familie, wie von aller Welt abgeschnitten leben. Seine Freunde sollten ihm auch dazu raten. Ob er aber seine Gemeinde verläßt? In seiner Amtsauffassung ist er so genau und gewissenhaft, ich möchte fast sagen übergewissenhaft. Findest du nicht, Anne, daß man es übergewissenhaft nennen muß? Hältst du es nicht auch für übertriebene Pflichtauffassung, wenn ein Geistlicher seine Gesundheit einem Dienst opfert, den ein anderer ebensogut erfüllen könnte? Und dazu wäre er in Lyme nur siebzehn Meilen entfernt und nahe genug, um bei jedem Sonderfall erreichbar zu sein.«

Anne lächelte während dieser Rede wiederholt. Sie ging bereitwillig auf das Thema ein und nahm an den Gefühlen der jungen Dame so wohlwollend Anteil wie gestern an denen des jungen Mannes. Sie brachte vernünftige und passende Erwägungen vor, pflichtete Dr. Shirleys Anspruch auf Ruhe bei, fand es wünschenswert, einen tätigen, achtbaren jungen Mann als Hilfsgeistlichen hinzuzuziehen, und wies freundlicherweise auf den Vorzug hin, wenn dieser Geistliche verheiratet sei.

»Ich wünschte«, sagte Henrietta, höchst befriedigt über die Aussprüche ihrer Gefährtin, »ich wünschte, Lady Russell wohnte in Uppercross und wäre mit Dr. Shirley befreundet.

Lady Russell soll ja von so starkem Einfluß sein und einen Menschen zu allem veranlassen können. Ich bin recht bange vor ihr, wie ich dir schon einmal gesagt habe, wirklich bange, weil sie so sehr gescheit ist; aber ich bin voll bewundernder Achtung und wünsche uns nur eine solche Nachbarin in Uppercross.«

Anne fand Henriettas Art der Dankbarkeit so belustigend wie den Umstand, daß der Lauf der Dinge und die neuen Interessen Henriettas Lady Russell überhaupt bei einem Mitglied der Familie Musgrove in Gunst zu bringen vermochten. Ihr blieb aber nur zu einer allgemeinen Antwort Zeit, als durch das Herannahen von Louisa und Kapitän Wentworth diesem Gespräch ein Ende gesetzt wurde. Auch sie machten einen kleinen Bummel bis zum Frühstück. Da sich Louisa gleich darauf entsann, einkaufen zu wollen, forderte sie die ganze Gesellschaft auf, mit ihr zur Stadt zurückzugehen. Alle standen zu ihrer Verfügung.

An der Treppe, die vom Strand zur Uferstraße führte, schickte sich soeben ein Herr an hinabzusteigen. Er trat höflich zurück, um ihnen Platz zu machen. Sie stiegen hinauf und gingen an ihm vorbei, dabei ruhte sein Blick mit einem solchen Maß ernsthafter Bewunderung auf Anne, für das sie nicht unempfindlich bleiben konnte. Sie sah auch wirklich außerordentlich gut aus. Ihre ungewöhnlich regelmäßigen, lieblichen Züge hatten durch den Seewind, der ihr ins Gesicht wehte, die Blüte und Frische der ersten Jugend und ihre Augen ein strahlendes Leuchten.

Es war offenkundig, daß dieser Herr sie sehr bewunderte – ein vollendeter Herr nach seinem Gebaren. Kapitän Wentworth blickte sich sogleich nach ihr um, woran sie erkannte, daß auch er es bemerkt hatte. Er warf ihr einen kurzen heiteren Blick zu, der zu sagen schien: »Auf den Mann haben Sie Eindruck gemacht – und selbst ich sehe in diesem Augenblick etwas von der früheren Anne Elliot.«

»Ein Herr trat höflich zurück, um ihnen Platz zu machen.«

Nachdem Louisa ihre Besorgungen erledigt hatte und man noch ein wenig umhergeschlendert war, kehrte man in das Gasthaus zurück. Und als Anne kurz danach, von ihrem Zimmer kommend, zum Speisesaal hinübereilte, wäre sie beinahe mit demselben Herrn wieder zusammengestoßen. Ihrer Vermutung nach war er ebenso wie sie selbst ein Fremder, und der gut aussehende Diener, der sich in der Nähe der beiden Gasthöfe herumtrieb, wäre wohl der seine. Beide, Herr und Diener, trugen Trauerkleidung, das bekräftigte ihre Annahme. Und dieses zweite Zusammentreffen, so kurz es war, bestätigte ihr durch die Miene des Fremden, daß er sie für sehr hübsch hielt. Die Eile und Angemessenheit seiner Entschuldigungen verriet einen Mann von äußerst gutem Benehmen. Er mochte wohl dreißig Jahre zählen und war von nicht gerade hübschem, aber angenehmem Äußern. Anne hätte gar zu gern gewußt, wer er war.

Das Frühstück war fast beendet, als der Klang eines Wagens die halbe Gesellschaft ans Fenster lockte, wohl der erste, den sie während ihres Aufenthaltes in Lyme bemerkten. »Ein herrschaftlicher Wagen, ein Kabriolett, aber es wird nur vom Hof zum Portal vorgefahren. Es reist wohl jemand ab. Es wird von einem Diener in Trauer gelenkt.«

Das Wort »Kabriolett« ließ Charles Musgrove aufspringen. Es drängte ihn zu einem Vergleich mit seinem eigenen. Der Diener in Trauer erweckte Annes Neugier, und so waren alle sechs am Fenster versammelt, als der Besitzer des Kabrioletts unter den Verbeugungen und Höflichkeiten des ganzen Gasthofes heraustrat, einstieg und davonfuhr.

»Oh!« rief Kapitän Wentworth, mit einem Seitenblick auf Anne, »demselben Herrn sind wir vorhin begegnet.«

Die Damen Musgrove stimmten ihm zu. Nachdem ihm alle freundlich den Hügel hinauf nachgesehen hatten, kehrten sie zum Frühstück zurück. Wenig später betrat der Kellner den Raum.

»Ach bitte«, forschte Kapitän Wentworth, »können Sie uns den Namen des Herrn nennen, der soeben abgereist ist?«

»Jawohl, mein Herr, es handelt sich um Mr. Elliot, ein sehr wohlhabender Herr, er kam gestern von Sidmouth. Sie haben vielleicht den Wagen gehört, mein Herr, als Sie bei Tische saßen; er fährt nun über Crewkherne nach Bath und London.«

»Elliot!« Man sah einander an, wiederholte seinen Namen, ehe man bei den schnellen Worten des Kellners alles völlig verstanden hatte.

»Meiner Seel!« rief Mary. »Das muß unser Vetter sein. Unser Mr. Elliot, ganz bestimmt! Charles, Anne, ist es nicht so? In Trauer, seht ihr, genau wie unser Mr. Elliot. Wie seltsam! Im gleichen Gasthaus mit uns! Anne, es kann doch unser Mr. Elliot sein, Vaters Erbe? Ach, bitte«, und sie wandte sich wieder dem Kellner zu, »haben Sie nicht gehört – hat der Diener nicht gesagt, ob er zu der Familie von Kellynch gehört?«

»Nein, Madam, er hat keine bestimmte Familie erwähnt. Aber er sagte, sein Herr sei sehr reich und würde später Baron.«

»Seht ihr wohl, da habt ihr's!« rief Mary ganz verzückt. »Genau, wie ich gesagt habe! Der Erbe von Sir Walter Elliot! – Verlaßt euch drauf, das werden seine Diener schon sorgfältig unters Volk bringen! Aber Anne, denk nur, wie außergewöhnlich! Ach, hätte ich ihn mir doch genauer angesehen! Ich wünschte, wir hätten früher erfahren, wer er war, damit er uns hätte vorgestellt werden können. Wie schade, daß wir uns nicht kennenlernten! – Findest du nicht, daß er wie ein echter Elliot aussah? Ich habe ihn kaum angesehen, ich besah mir die Pferde. Aber ich finde, er hatte doch etwas von den Elliots. Daß mir sein Wappen nicht auffiel, wundert mich! Oh! Der Mantel hing über dem Wagenschlag und verbarg das Wappen, so war es, sonst hätte ich es sicher beachtet – und auch die Livree. Hätte der Diener keine Trauerkleidung getragen, so hätte man ihn an der Livree erkennen müssen.«

»In Anbetracht all dieser außergewöhnlichen Umstände müssen wir es für eine Fügung der Vorsehung halten, daß Sie nicht mit Ihrem Vetter bekannt wurden«, sagte Kapitän Wentworth.

Sobald Anne Marys Aufmerksamkeit auf sich lenken konnte, versuchte sie, diese zu überzeugen, daß das Verhältnis zwischen ihrem Vater und Mr. Elliot seit vielen Jahren nicht so gut sei, um eine Bekanntschaft wünschenswert zu erachten.

Gleichzeitig bedeutete es ihr aber eine geheime Genugtuung, ihren Vetter gesehen und erfahren zu haben, daß der zukünftige Besitzer von Kellynch zweifellos ein Edelmann war und klug zu sein schien. Ihre zweite Begegnung mit ihm erwähnte sie nicht. Glücklicherweise ging Mary auf die morgendliche Begegnung nicht weiter ein, seine höflichen Worte an Anne auf dem Flur hätte Mary sicherlich als Zurücksetzung empfunden, da sie selbst nicht einmal in seine Nähe gekommen war. Nein, dieses kleine verwandtschaftliche Zwischenspiel mußte ein Geheimnis bleiben.

»Natürlich wirst du in deinem nächsten Brief nach Bath unsere Begegnung mit Mr. Elliot erwähnen«, sagte Mary. »Ich finde, Vater sollte es erfahren. Bitte vermerke alles darüber.«

Anne vermied eine gerade Antwort, aber hielt es für völlig überflüssig, über diesen Vorfall zu berichten. Sie wußte, welche Beleidigung ihrem Vater vor vielen Jahren zugefügt worden war; Elisabeths besonderen Anteil daran ahnte sie nur dunkel. Ohne Zweifel rief der Gedanke an Mr. Elliot in beiden nur eine gewisse Reizbarkeit hervor. Mary selbst schrieb keine Zeile nach Bath. Die ganze Aufgabe des spärlichen und unbefriedigenden Briefwechsels mit Elisabeth fiel Anne zu.

Nach dem Frühstück fanden sich Kapitän Harville mit Frau und Kapitän Benwick zu einem letzten Spaziergang durch Lyme ein. Um eins gedachte man nach Uppercross aufzubrechen und bis dahin zusammenzubleiben und sich so lange wie möglich im Freien zu ergehen.

Auf der Straße gesellte Kapitän Benwick sich zu Anne. Die Unterhaltung vom vergangenen Abend hatte ihn vor ihrer Gesellschaft nicht abgeschreckt. So wanderten sie gemeinsam einige Zeit dahin, sprachen über die Werke von Scott und Lord Byron und erreichten ebensowenig wie jedes andere Leserpaar über die Verdienste der beiden volle Übereinstimmung, bis durch irgendeine Umgruppierung in der Gesellschaft verursacht, statt Kapitän Benwick Kapitän Harville an ihrer Seite ging.

»Sie haben ein gutes Werk getan, Miß Elliot«, sagte er leise, »indem Sie den armen Burschen so gelöst haben. Ich wünschte ihm öfter solche Gesellschaft. Das abgeschlossene Leben ist schlecht für ihn, ich weiß es. Aber was können wir dazu tun? Wir können uns nicht trennen.«

»Mit der Zeit vielleicht«, erwiderte Anne. »Die Zeit vermag so viel, und bedenken Sie, Kapitän Harville, Ihres Freundes Leid ist noch jung – wenn ich nicht irre, geschah es erst im letzten Sommer.«

»Ja, das ist nur zu wahr«, entgegnete er seufzend, »erst im Juni.«

»Und er erfuhr es vielleicht nicht einmal so bald.«

»Erst Anfang August, als er vom Kap heimkehrte – er hatte gerade das Kommando über den ›Grappler‹ bekommen. Ich war in Plymouth und erwartete voller Bangen ein Lebenszeichen von ihm. Er schickte seine Papiere hierher; aber der ›Grappler‹ sollte Portsmouth anlaufen. Dorthin mußte die Nachricht weitergegeben werden; aber wer sollte es ihm mitteilen? Ich nicht. Lieber hätte ich mich auf den höchsten Mast hieven lassen. Niemand war dazu besser geeignet als der gute Kerl dort«, und er zeigte auf Kapitän Wentworth. »Die ›Laconia‹ war eine Woche vorher in Plymouth eingelaufen; und es bestand keine Aussicht, daß sie wieder in See steche. Wentworth nahm es auf sich und kam um Urlaub ein. Ohne die Genehmigung jedoch abzuwarten, reiste er Tag und Nacht, bis er Portsmouth erreichte, ruderte augenblicklich zum ›Grappler‹ hinüber und blieb für eine ganze Woche bei dem armen Burschen. Das tat er. Niemand anders hätte den armen James retten können. Daran mögen Sie ermessen, wie er uns ans Herz gewachsen ist, Miß Elliot!«

Anne war sich dessen voll bewußt und drückte das auch in ihrer Antwort aus, soweit ihre Gefühle es zuließen und es den seinen zuträglich war; denn er schien zu sehr erschüttert, um noch einmal auf den Gegenstand zurückzukommen. Und als er wieder zu sprechen begann, wandte er sich einem anderen Thema zu.

Mrs. Harville meinte, der Spaziergang bis zu ihrem Haus genüge für ihren Mann, und legte damit die Richtung dieser letzten Wanderung fest. Man wollte die Harvilles bis zu ihrer Haustür begleiten, umkehren und selbst abreisen. Nach ihren Berechnungen würde das gerade die ihnen zur Verfügung stehende Zeit ausfüllen. Als man sich jedoch dem Kai näherte, überwog der Wunsch, darauf noch etwas entlangzulaufen, so daß man noch eine Viertelstunde hinzufügte. Man verabschiedete sich am Ziel aufs freundlichste von Kapitän Harville und seiner Frau und trennte sich nach dem gebührenden Austausch von Einladungen und Versprechungen. Darauf kehrten sie, immer in Begleitung von Kapitän Benwick, zurück – der bis zum letzten Augenblick an ihnen zu hängen schien –, um der Kaimauer gebührend Lebewohl zu sagen.

Wieder gesellte sich Kapitän Benwick zu Anne. So blieb es natürlich nicht aus, daß Lord Byrons »dunkelblaue Wogen« beim Anblick des Meeres zitiert wurden; solange ihre Aufmerksamkeit ihn fesselte, gewährte sie ihm diese gern. Bald jedoch wurde sie zwangsläufig in andere Richtung abgelenkt.

Auf dem oberen Teil der Mauer herrschte ein zu starker Wind, und man beschloß, die Stufen zur tieferen Promenade hinabzusteigen. Während alle sich damit begnügten, ruhig und vorsichtig die steile Stiege hinabzuklimmen, sprang Louisa mit Kapitän Wentworths Hilfe über die Treppe hinunter. Auf all ihren Spaziergängen war sie an seiner Hand von den Steigen herabgesprungen, weil das Gefühl des Fliegens sie so entzückte. Aber dieses Pflaster war für ihre Füße zu hart, und er war ihrem Wunsch abgeneigt. Er half ihr jedoch, sie kam heil herunter und lief sogleich wieder die Stufen hinauf, um in kindlicher Freude noch einmal zu springen. Er riet ihr ab, der Aufprall sei zu heftig; aber er warnte und riet vergebens. Lächelnd sagte sie: »Ich bin entschlossen und werde es tun.« Er streckte seine Hände aus; aber sie war um eine halbe Sekunde zu voreilig, fiel auf das Pflaster der unteren Mauer und blieb reglos liegen.

Keine Wunde, kein Blut, keine sichtbare Prellung! Aber ihre Augen waren geschlossen, sie atmete nicht und ihr Gesicht war bleich wie der Tod. Kaltes Entsetzen ergriff alle Umstehenden!

Kapitän Wentworth hob sie auf, kniete nieder und hielt sie in seinen Armen. Er betrachtete sie in schweigender Qual, mit einem Gesicht, das ebenso bleich war wie das ihre. »Sie ist tot! Sie ist tot!« schrie Mary auf, hing sich an den Arm ihres Mannes und, ungeachtet seines eigenen Entsetzens, machte sie ihn noch obendrein unbeweglich. Henrietta sank unter der Bürde der schrecklichen Gewißheit in Ohnmacht und wäre auf die Stufen gefallen, wenn nicht Kapitän Benwick und Anne sie aufgefangen und gestützt hätten.

»Will mir denn niemand helfen?« stieß Kapitän Wentworth hervor, als sei seine Kraft am Ende.

»Gehen Sie zu ihm, gehen Sie zu ihm!« rief Anne. »Um des Himmels willen, helfen Sie ihm! Ich kann Henrietta allein stützen. Lassen Sie mich und gehen Sie zu ihm! Reiben Sie ihre Hände, reiben Sie ihre Schläfen! Hier sind Salze, nehmen Sie, nehmen Sie!«

Kapitän Benwick gehorchte und auch Charles war zur Stelle, der sich im gleichen Augenblick von seiner Frau befreit hatte. Man richtete Louisa auf und stützte sie fester, alles

»Kapitän Wentworth hob sie auf, kniete nieder und hielt sie in seinen Armen.«

wurde nach Annes Angaben durchgeführt, aber vergebens. Währenddessen sagte Kapitän Wentworth, der gegen die Wand taumelte, um sich aufrecht zu halten:

»O Gott, Ihr Vater und ihre Mutter!«

»Einen Arzt!« rief Anne.

Er fing ihr Wort auf, das ihn wachzurütteln schien. Er sagte: »Natürlich einen Arzt, sofort«, und stürzte davon, als Anne eifrig vorschlug:

»Kapitän Benwick! Wäre es nicht besser, wenn Kapitän Benwick ginge? Er weiß, wo ein Arzt zu finden ist.«

Jeder, der des Denkens fähig war, erkannte den Vorteil dieses Einfalls, und im nächsten Augenblick – all das geschah in wenigen Sekunden – hatte Kapitän Benwick die totenähnliche Gestalt ganz dem Bruder übergeben und begab sich in größter Eile zur Stadt.

So bekümmert die zurückbleibende Gesellschaft auch war, es wäre schwer festzustellen gewesen, welcher von den dreien, die ihrer Sinne mächtig waren, am schwersten litt: Kapitän Wentworth, Anne oder Charles, der als wirklich liebevoller Bruder sich kummervoll über Louisa beugte und seine Augen von der einen Schwester nur abwendete, um die andere in völliger Ohnmacht zu sehen oder der hysterischen Erregung seiner Frau zu begegnen, die ihn um Hilfe anrief, ohne daß er sie ihr bringen konnte.

Anne, die sich unter Aufbietung all ihrer Kraft, ihres ganzen Eifers und aus Instinkt geborener Überlegung um Henrietta bemühte, versuchte von Zeit zu Zeit, Mary zu beruhigen, Charles zu ermuntern und Kapitän Wentworths Gefühle zu beschwichtigen.

»Anne, Anne«, rief Charles, »was muß jetzt geschehen? Was um alles in der Welt müssen wir als Nächstes tun?«

Kapitän Wentworths Augen ruhten ebenfalls auf ihr.

»Wäre es nicht besser, sie ins Gasthaus zu bringen? Ich finde, man sollte sie vorsichtig zum Gasthaus tragen.«

»Ja, ja, zum Gasthaus«, wiederholte Kapitän Wentworth verhältnismäßig ruhig und bemüht, etwas zu unternehmen. »Ich werde sie selbst tragen. Musgrove, kümmern Sie sich um die anderen.«

Inzwischen hatte sich die Kunde von dem Unfall unter den Arbeitern und Bootsleuten am Strande verbreitet. Einige strömten herbei, um zu helfen, wenn es gewünscht würde, auf jeden Fall aber, um den Anblick einer toten jungen Dame zu genießen, nein, von zwei toten jungen Damen; denn der Bericht erwies sich als doppelt so schön wie zu Anfang. Man übergab Henrietta einigen der bestaussehenden dieser guten Leute, denn obgleich sie ihr Bewußtsein fast wiedererlangt hatte, bedurfte sie doch noch der Hilfe. Auf diese Weise machte man sich auf den Weg, Anne an Henriettas Seite und Charles bei seiner Frau. Mit unaussprechlichen Gefühlen schritten sie über das gleiche Pflaster zurück, auf dem sie erst vor kurzem, vor ach so geringer Zeit gekommen waren.

Noch auf der Mauer eilten ihnen die Harvilles entgegen, die Kapitän Benwick am Haus vorbeihasten sahen und seinem Ausdruck entnahmen, daß etwas geschehen sein mußte. Man war sofort aufgebrochen, hatte sich im Vorübergehen umgehört und sich die Unfallstelle zeigen lassen. Wie entsetzt Kapitän Harville auch war, er brachte Verstand und Nerven mit und war sogleich nützlich. Ein zwischen ihm und seiner Frau gewechselter Blick entschied das Notwendigste. Man sollte sie in ihr Haus bringen und dort die Ankunft des Arztes erwarten. Sie ließen keine Einwände gelten. Man gehorchte und weilte bald unter dem gastlichen Dache. Während Louisa unter Mrs. Harvilles Weisung in die oberen Räume gebracht und in deren eigenes Bett gelegt wurde, ließ ihr Mann Stärkungen und Belebungsmittel allen denen angedeihen, die deren bedurften.

Louisa hatte ihre Augen einmal geöffnet, aber gleich wieder geschlossen, ohne anscheinend das Bewußtsein wiedererlangt zu haben. Es war immerhin ein Lebenszeichen, das ihre Schwester etwas beruhigte. Henrietta vermochte sich zwar nicht im gleichen Raum mit Louisa aufzuhalten; aber das Schwanken zwischen Furcht und Hoffnung bewahrte sie vor einem neuen Schwächeanfall. Und auch Mary wurde ruhiger.

Schneller als erwartet, erschien der Arzt. Während seiner Untersuchung steigerte sich die allgemeine Unruhe wiederum, er bezeichnete den Fall nicht als hoffnungslos. Sie hatte eine sehr schwere Gehirnerschütterung erlitten; aber ihm waren schwerere Verletzungen bekannt, von denen der Patient sich erholt hatte. Er war keineswegs hoffnungslos, sondern fast zuversichtlich.

Es war mehr, als man zu hoffen gewagt hatte. Das Entzücken über dieses Ergebnis und die tiefe und stille Freude nach ein paar gen Himmel gerichteten Ausrufen der Dankbarkeit ist allzu verständlich.

Anne war überzeugt, Kapitän Wentworths Tonfall und Blick bei seinem Ausruf: »Gott sei Dank!« nie wieder zu vergessen, ebensowenig die Art, wie er später, über die gekreuzten Arme gebeugt, am Tische saß, als überwältigten ihn die widerstreitendsten Empfindungen, die er zu beruhigen suche.

Die Gesellschaft stand vor der Notwendigkeit, ihre eigenen Angelegenheiten zu klären. Man konnte wieder miteinander sprechen und beraten. Es stand außer Zweifel, daß Louisa hierbleiben mußte, wie ungern man auch die Harvilles mit einer solchen Last behelligte. Diese jedoch brachten alle Bedenken zum Schweigen, und soweit es möglich war, auch die Dankbarkeit. Sie hatten schon längst alles erwogen und vorbereitet. Kapitän Benwick mußte sein Zimmer freigeben und sich anderwärts eine Unterkunft suchen. Sie bedauerten nur, daß das Haus nicht mehr Menschen beherbergen konnte; dennoch versuchten sie, wenigstens noch zwei oder drei Gäste unterzubringen, indem man die Kinder in die Zimmer der Dienstboten umsiedelte und irgendwo eine Hängematte anbrachte. Vielleicht wünschte doch der eine oder andere zu bleiben, wenn sich auch niemand wegen der Pflege von Louisa zu sorgen brauchte, die Mrs. Harville ganz allein übernehmen wollte. Mrs. Harville war eine kundige Pflegerin, und ihr erfahrenes Kindermädchen stand ihr nicht nach. Unter Obhut dieser beiden würde es Louisa nicht an Pflege fehlen. Dies alles wurde mit soviel Wärme und Aufrichtigkeit vorgebracht, daß man nicht widerstehen konnte.

Charles, Henrietta und Kapitän Wentworth berieten miteinander; doch es war geraume Zeit nur ein Austausch von Ratlosigkeit. Uppercross – es war notwendig, daß jemand nach Uppercross die Nachricht übermittelte; wie sollte man es Mr. und Mrs. Musgrove beibringen, es war schon so spät am Tage, schon eine Stunde später, als für die Abreise vorgesehen. Es war unmöglich, noch rechtzeitig anzukommen. Eine Weile schienen sie keiner anderen Überlegung fähig zu sein, bis Kapitän Wentworth sich aufraffte:

»Wir müssen uns entschließen, jede Minute ist kostbar. Einige von uns müssen sofort nach Uppercross aufbrechen. Musgrove, entweder fahren Sie oder ich.«

Charles stimmte zu; aber er selbst war entschlossen zu bleiben. Er werde Kapitän und Mrs. Harville so wenig wie möglich zur Last fallen; aber er bringe es nicht übers Herz, seine Schwester in einem solchen Zustand zu verlassen. Das war also beschlossen. Henrietta erklärte zuerst das gleiche, war jedoch bald zu einer anderen Meinung zu überreden. Welchen Dienst könnte sie schon leisten – sie, die allein bei Louisas Anblick vor Sorge fast hilflos wurde? Sie mußte zugeben, daß sie nichts nützen konnte; und dennoch wollte sie nicht weichen, bis der Gedanke an ihre Eltern sie nachgeben ließ. Sie willigte ein und war nun bedacht, schnell nach Hause zu kommen.

Die Unterredung war bis zu diesem Punkt gediehen, als Anne, aus Louisas Zimmer kommend, Wentworths Worte vernahm:

»Es ist also abgemacht, Musgrove! Sie bleiben und ich begleite ihre Schwester nach Hause. Und die anderen; was wird mit den anderen? Eine Dame sollte zu Mrs. Harvilles Hilfe hierbleiben, ich glaube, das genügt. Mrs. Charles Musgrove wird es selbstverständlich zu ihren Kindern drängen. Aber wenn Anne bleiben möchte; niemand ist so geeignet, so befähigt wie Anne!«

Sie hielt einen Augenblick vor Erregung inne, daß man über sie sprach. Als sie das Einverständnis der anderen vernahm, trat sie ein.

»Sie wollen sicherlich hier bleiben und sie pflegen«, rief Wentworth ihr entgegen. Er wandte sich ihr zu und sprach mit Feuer und doch mit einer Güte und Milde, die fast die Vergangenheit wiederherzustellen schien. Sie errötete tief; er sammelte sich wieder und ging hinaus. – Sie erklärte sich gern bereit und war glücklich darüber, zu bleiben. Ein Bett auf dem Fußboden in Louisas Zimmer würde ihr genügen, wenn Mrs. Harville damit einverstanden wäre.

Noch eine Kleinigkeit, und alles war geordnet. Wenn es auch ganz wünschenswert war, daß Mr. und Mrs. Musgrove durch die bereits entstandene Verspätung auf einen Zwischenfall vorbereitet wären, würde es doch, falls man die Pferde von Uppercross für die Heimfahrt nahm, zu einer wesentlichen Verlängerung der Wartezeit führen. Daher empfahl Kapitän Wentworth – und Charles stimmte zu –, heute das Fuhrwerk des Gasthofes zu benutzen und mit Mr. Musgroves Wagen erst am nächsten Morgen heimzukehren. Das ermöglichte obendrein einen Bericht über Louisas Befinden während der Nacht.

Kapitän Wentworth eilte fort, um alles vorzubereiten. Die beiden Damen sollten ihm unverzüglich folgen. Als Mary von dem Plan hörte, war aller Frieden dahin. Sie gebärdete sich so jämmerlich und heftig über die Ungerechtigkeit, anstelle von Anne fortgeschickt zu werden – Anne, die Louisa nichts bedeutete, während sie deren Schwägerin war und das erste Anrecht hatte, an Henriettas Stelle zurückzubleiben! Warum konnte sie nicht ebenso nützlich sein wie Anne? Und nach Hause zurückkehren ohne Charles, ohne ihren Mann? Nein, das war wirklich zu unfreundlich! Kurz gesagt, sie brachte mehr Klagen vor, als ihr Mann lange ertragen konnte, und da sich niemand widersetzen mochte, als er nachgab, blieb nur die Möglichkeit, Anne gegen Mary auszutauschen.

Nie hatte sich Anne widerwilliger den eifersüchtigen und unüberlegten Forderungen Marys gebeugt; aber es mußte sein. Und so brachen sie zur Stadt auf, Charles führte seine Schwester und Kapitän Benwick Anne. Im Dahineilen tauchten flüchtig die kleinen Ereignisse auf, deren Zeugen die gleichen Pfade in den früheren Morgenstunden gewesen waren. Da hatten sie Henriettas Plänen über Dr. Shirleys Umsiedlung aus Uppercross gelauscht und ein wenig später zum erstenmal Mr. Elliot gesehen. Doch nach einem kurzen Gedanken beschäftigte sie sich wieder mit Louisa und denen, die in deren Wohlergehen gänzlich aufgingen.

Kapitän Wentworth war Anne gegenüber äußerst aufmerksam; und nach der Aufregung des Tages, die alle einander näher gebracht hatte, empfand Anne für ihn eine zunehmende Neigung, und der Gedanke bereitete ihr sogar Freude, dies könne zu einer Fortsetzung ihrer Bekanntschaft führen.

Kapitän Wentworth schaute schon nach ihnen aus, und ein vierspänniger Reisewagen wartete zu ihrer Bequemlichkeit am tiefsten Punkt der Straße; aber seine offensichtliche Überraschung und sein Ärger angesichts dessen, daß man die eine Schwester gegen die andere getauscht hatte – der Wechsel seiner Haltung, das Erstaunen, der in seinem Gesicht aufsteigende und bei Charles Bericht zurückgedrängte Ausdruck bereiteten Anne einen ziemlich demütigenden Empfang oder ließen sie doch zumindest erkennen, daß man sie lediglich als nützlich für Louisa betrachtet hatte.

Sie bemühte sich, ruhig und gerecht zu bleiben. Ohne mit den Gefühlen einer Emma gegen ihren Henry wetteifern zu wollen, hätte sie Louisa mit mehr Hingabe gepflegt, als man schlechthin von ihr erwarten konnte. Um Wentworths willen hätte sie so gehandelt, und sie hoffte nur, er möge nicht länger so gering von ihr denken, als schrecke sie vor einem Freundesdienst zurück.

Inzwischen hatte Wentworth beiden Damen in den Wagen geholfen und zwischen ihnen Platz genommen. Auf diese Weise, unter diesen für Anne so überraschenden und erregenden Umständen verließ sie Lyme. Wie würde diese lange Fahrt verlaufen, wie würde sie sich verhalten, sie wußte es nicht. Es entwickelte sich jedoch alles ganz natürlich. Er war Henrietta ergeben und wandte sich immer an sie. Und wenn er überhaupt sprach, so geschah es nur, um ihre Hoffnung zu stützen und ihr Gemüt zu trösten. Im großen und ganzen waren seine Stimme und sein Gebaren betont ruhig. Sein Hauptaugenmerk galt dem Bemühen, Henrietta jede Erregung fernzuhalten. Nur einmal, als sie den unüberlegten, unglücklichen Spaziergang auf die Kaimauer bedauerte und bitter darüber klagte, daß man ihn überhaupt unternommen hatte, brach es aus ihm fast vollkommen überwältigt hervor: »Sprechen Sie nicht davon, ich bitte Sie! Hätte ich ihr doch in dem unheilvollen Augenblick nicht nachgegeben! Hätte ich doch nur gehandelt, wie ich sollte! Aber sie war so eifrig und bestimmt! Kleine, süße Louisa!«

Anne überlegte, ob ihm wohl jetzt ein Zweifel an der Richtigkeit seiner früheren Meinung aufsteige, derzufolge Beständigkeit des Glückes nur von Charakterfestigkeit abhing, oder ob er nicht entdecke, daß auch diese, gleich anderen Eigenschaften Maß und Grenzen haben müsse. Ob es ihm wohl entging, daß ein nachgiebiges Gemüt zum Glück ebenso sehr beitrage wie ein entschiedener Charakter.

Sie kamen schnell voran, und Anne war überrascht, die

vertrauten Hügel und Dinge schon so bald wiederzusehen. Die tatsächlich angeschlagene Geschwindigkeit, noch durch die Furcht vor dem Ende der Fahrt erhöht, ließ die Strecke wesentlich kürzer erscheinen, als man die Gegend von Uppercross erreichte. Seit geraumer Weile herrschte zwischen ihnen völliges Schweigen. Henrietta lehnte in einer Ecke, ein Halstuch verhüllte ihr Gesicht und ließ hoffen, daß sie sich in den Schlaf geweint habe. Beim letzten Hügel hörte Anne sich plötzlich von Kapitän Wentworth angesprochen. Mit leiser, vorsichtiger Stimme sagte er:

»Ich habe mir überlegt, wie wir es am besten einrichten. Sie darf nicht zuerst hineingehen, es würde sie zu sehr erregen. Vielleicht ist es das beste, Sie blieben mit ihr im Wagen zurück, während ich die Nachricht überbringe. Glauben Sie, man solle es so machen?«

Sie nickte. Er war zufrieden und sagte nichts mehr. Aber die Erinnerung an diese Frage blieb für sie eine Freude, ein Beweis der Freundschaft und der Achtung vor ihrem Urteil und ein großes Glück. Wenn auch eine Art Abschied darin lag, es bedeutete ihr darum nicht weniger.

Nach dem niederschmetternden Bericht, den Louisas Eltern so gefaßt, wie man nur hoffen konnte, entgegengenommen hatten, nachdem auch Henrietta sich beruhigt im Familienkreis fühlte, äußerte Wentworth seine Absicht, im gleichen Wagen nach Lyme zurückzukehren. Nach der Fütterung der Pferde machte er sich auf den Weg.

Den Rest ihrer Tage in Uppercross, es waren nur noch zwei, verbrachte Anne ganz im Herrenhaus; und zu ihrer großen Freude konnte sie sich dort wirklich nützlich machen, einmal als augenblickliche Gefährtin, zum anderen bei allen Vorbereitungen für die Zukunft, die bei Mr. und Mrs. Musgroves bekümmertem Gemütszustand manche Schwierigkeiten boten.

Früh am nächsten Morgen erhielten sie Bericht aus Lyme. Louisas Zustand war unverändert. Wenige Stunden später brachte Charles eine ausführlichere Nachricht mit. Er war einigermaßen heiter. Man durfte zwar nicht auf schnelle Genesung hoffen, aber alles entwickelte sich so gut, wie der Fall es erlaubte. Es fiel ihm schwer, für die freundlichen Bemühungen der Harvilles die richtigen Worte zu finden, besonders über Mrs. Harvilles aufopfernde Pflege. Es blieb wirklich nichts mehr zu tun für Mary, und so hatte man ihn und Mary dazu überredet, am vergangenen Abend ins Gasthaus zurückzukehren. Heute morgen war Mary wieder sehr erregt gewesen. Nach seiner Abreise unternähme sie einen Spaziergang mit Kapitän Benwick, der ihr hoffentlich gut tue. Er wünschte fast, sie wäre mit ihm nach Hause gefahren. Mrs. Harville ließ wirklich niemand etwas zu tun übrig.

Charles wollte noch am gleichen Nachmittag nach Lyme zurückkehren. Sein Vater wäre am liebsten mit ihm gefahren; aber dem stimmten die Damen nicht zu. Das hätte den anderen nur noch Schwierigkeiten bereitet und seinen eigenen Kummer vergrößert. Man schmiedete einen weit besseren Plan, ließ von Crewkherne eine Postkutsche kommen, und Charles nahm in dem alten Kindermädchen einen viel nützlicheren Helfer mit. Sie hatte alle Musgrove-Kinder aufgezogen – und saß nun, nachdem auch das Nesthäkchen, der junge Harry, zur Schule ging, im Kinderzimmer, stopfte alle Strümpfe und verband alle Blasen und Wunden, deren sie habhaft werden konnte. Sie war überglücklich, ihr liebes Fräulein Louisa pflegen zu dürfen.

Am nächsten Tag nahm Charles Hayter es auf sich, nach Lyme zu reiten, und auch sein Bericht war noch immer ganz zufriedenstellend. Man glaubte bereits, Louisas Bewußtsein kehre zurück. Dieser Bericht stimmte auch darin mit den früheren überein, daß Kapitän Wentworth sich in Lyme eingerichtet zu haben schien.

Anne sollte am folgenden Tag Uppercross verlassen, und alle sahen dieser Änderung ungern entgegen. Wie sollte man ohne sie fertig werden? Sie konnten einander so schlecht trösten. Und es wurde so viel darüber geredet, daß Anne es für das beste hielt, Musgroves zu einer sofortigen Reise nach Lyme zu überreden. Sie stieß auf keinen Widerstand. Man würde schon morgen fahren, sich im Gasthof einmieten oder ein Haus pachten und so lange in Lyme bleiben, bis Louisa gesund heimkehren konnte. Man mußte den freundlichen Leuten, bei denen sie wohnte, etwas zur Seite stehen. Vielleicht könnte man wenigstens Mrs. Harville in der Betreuung ihrer Kinder entlasten. Binnen kurzem waren alle so beschwingt über diesen Entschluß, daß Anne sich ihrer Anregung freute und keine bessere Beschäftigung für den letzten Tag ihres Aufenthaltes in Uppercross fand, als bei den allgemeinen Vorbereitungen zu helfen und die Musgroves sobald wie möglich auf den Weg zu bringen, obwohl sie selbst dadurch vereinsamt zurückblieb.

Sie war die Letzte, außer den kleinen Buben in Klein-Uppercross, die Allerletzte von allen denen, die Uppercross mit seinen zwei Häusern bevölkert und belebt und ihm seinen heiteren Charakter verliehen hatten. Welch ein Wechsel in diesen wenigen Tagen!

Wenn Louisa gesundete, würde alles wieder gut werden, mehr Fröhlichkeit als bisher einkehren, und in wenigen Monaten würden die jetzt verlassenen, nur von der schweigenden, nachdenklichen Anne bewohnten Räume wieder angefüllt sein mit Glück und Freude, mit Wärme und Liebe und allem, was Anne Elliot so unähnlich war.

An diesem dunklen Novembertag verhüllte ein dichter Regen jeden Ausblick, der sich sonst vom Fenster aus bot, und eine Überlegungen und völliger Muße gewidmete Stunde genügte, um den Klang von Lady Russells Kutsche höchst willkommen zu machen. Und doch verließ sie das Herrenhaus nicht ohne traurige Gefühle. Als sie Klein-Uppercross mit seiner schwarzen, triefenden und trostlosen Veranda einen Abschiedsblick zuwarf und durch die beschlagenen Fenster die letzten einfachen Hütten betrachtete, war ihr Herz bedrückt. Die Erinnerungen machten ihr Uppercross und die dort wieder aufgelebten, einst schmerzenden, jetzt aber gemilderten Empfindungen teuer. Manchmal hatte sie sanfte Gefühle verspürt, ein Hauch von Freundschaft und Versöhnung, die zwar nie wiederkehren, die aber auch nie aufhören würden, ihr lieb und teuer zu sein. All das ließ sie zurück und nahm nur die Erinnerung daran mit.

Anne war seit September nicht wieder in Kellynch gewesen. Es hatte sich nicht als nötig erwiesen, und die wenigen sich bietenden Möglichkeiten hatte sie geflissentlich gemieden. Als sie jetzt wieder ihren Platz in den modernen und eleganten Räumen von Kellynch Lodge zur Freude der Dame des Hauses einnehmen sollte, betrat sie den heimatlichen Boden seit langem zum ersten Male wieder.

Lady Russells Wiedersehensfreude war mit ein wenig Furcht gemischt. Sie wußte, welchen Gast Uppercross so häufig gesehen hatte. Aber glücklicherweise hatte Anne an Gewicht zugenommen und sich vorzüglich erholt. Und angesichts von Lady Russells Komplimenten hierüber und der Erinnerung an die Bewunderung ihres Vetters Elliot hoffte sie freudig, mit einem zweiten Frühling der Jugend und Schönheit beglückt zu werden.

Im Laufe der Unterhaltung entging ihr eine gewisse Veränderung nicht. Das, was ihr Herz beim Verlassen von Kellynch bedrückt hatte, war im Kreise der Musgroves verblaßt und jetzt nur noch von geringer Bedeutung. Sie hatte Bath, Vater und Schwester und deren Sorgen fast völlig aus dem Sinn verloren. Und als Lady Russell die alten Hoffnungen und Befürchtungen, ihre Genugtuung über das am Camdenplatz gemietete Haus und ihr Bedauern über Mrs. Clays Anwesenheit erörterte, kreisten Annes lebhafte Gedanken um Louisa Musgrove und die Bekannten in Lyme. Wieviel stärker nahm sie Anteil an dem Leben und der Freundschaft der Harvilles und Kapitän Benwicks als an ihres eigenen Vaters Haus am Camdenplatz oder der Freundschaft ihrer Schwester zu Mrs. Clay. Sie zwang sich nahezu, Lady Russell Anteilnahme an Dingen vorzutäuschen, die an sich Anspruch auf ihre Aufmerksamkeit hatten.

Als sie dann – es kam wohl oder übel dazu – sich dem Unfall in Lyme zuwandten, empfanden beide eine gewisse Verlegenheit. Dennoch war eine Unterhaltung darüber unvermeidlich. Lady Russell stellte einige Fragen, bedauerte die Unvernunft und beklagte das Ergebnis. Kapitän Wentworths Name fiel zwangsläufig. Anne stellte sich ungeschickter an als Lady Russell und war sich dessen wohl bewußt. Sie konnte den Namen nicht aussprechen und dabei Lady Russells Blick ertragen. Als sie aber zu dem Mittel griff, ihre Gedanken über seine Neigung für Louisa darzulegen, bereitete ihr die Erwähnung seines Namens keinen Kummer mehr.

Lady Russell hörte ruhig zu und wünschte den beiden Glück, wenngleich ihr Herz die bittere Freude genoß, in der die angenehme Verachtung lag, daß ein Mann, der mit dreiundzwanzig Jahren Anne Elliots Wert anscheinend gewürdigt hatte, acht Jahre später den Reizen einer Louisa Musgrove erlag.

Die ersten drei oder vier Tage verstrichen recht friedlich.

Außer einigen Nachrichten aus Lyme ereignete sich nichts von Bedeutung. Diese kleinen Meldungen, die Anne zufällig erreichten, berichteten recht erfreulich über Louisas Zustand. Jetzt ließ Lady Russells Höflichkeit sie nicht länger ruhen, die schwachen Selbstvorwürfe der vergangenen Tage wurden immer eindringlicher im Ton: »Ich muß Mrs. Croft meine Aufwartung machen. Wirklich, es drängt! Anne, hast du Mut, mich zu begleiten und in diesem Hause Besuch zu machen? Es wird uns beiden eine harte Prüfung bedeuten.«

Anne schrak nicht davor zurück, im Gegenteil, die Einwendung war ihr vollkommen ernst.

»Ich glaube, Sie leiden mehr darunter als ich, und Ihre Gefühle haben sich mit der Veränderung weniger abgefunden als die meinen. Da ich in der Nachbarschaft geblieben bin, habe ich mich allmählich schon daran gewöhnt.«

Sie hätte noch mehr darüber zu sagen vermocht; denn sie besaß eine hohe Meinung von den Crofts und beglückwünschte ihren Vater wegen seiner Mieter. Sie gaben in der Gemeinde ein gutes Beispiel, verwandten sich mit Rat und Tat für die Armen, und Anne konnte sich trotz Schmerz und Beschämung in ihrem Inneren des Gefühls nicht erwehren, Kellynch sei von denen verlassen worden, die seiner nicht wert waren, und nun in bessere Hände als die seiner Besitzer übergegangen. Dieses Wissen barg natürlich einen Stachel; aber es schloß jenen Kummer aus, den Lady Russell beim Betreten des Hauses und Durchschreiten der wohlbekannten Räume empfinden mußte.

Nicht einmal in solchen Augenblicken empfand Anne: »Diese Gemächer dürften nur uns gehören. Oh, wie sind sie doch in ihrer Bestimmung gesunken! Wie unwürdig nun bewohnt! Wie durfte eine so alte Familie hinausgejagt werden! Nun nehmen Fremde unseren Platz ein!« Nein, nur wenn sie sich des Lieblingsplatzes ihrer Mutter erinnerte, fühlte sie sich bedrückt.

Mrs. Croft begegnete ihr immer mit solcher Freundlichkeit, als fühle sie sich besonders zu Anne hingezogen, und als sie Anne in Kellynch empfing, war sie besonders aufmerksam.

Der traurige Vorfall in Lyme beherrschte bald das Gespräch. Wenn man die letzten Berichte über die Patientin verglich, schienen beide Damen ihr Wissen aus der gleichen Quelle ableiten zu können. Jedenfalls stammte sie aus der gleichen Stunde des gestrigen Morgens, als Kapitän Wentworth in Kellynch gewesen war – zum ersten Male übrigens seit dem Unfall. Anne war um diese Zeit Nachricht übermittelt worden; doch vermochte sie deren Herkunft nicht genau festzustellen. Anne erfuhr, Wentworth habe nur ein paar Stunden verweilt, sei wieder nach Lyme zurückgekehrt und beabsichtige vorläufig nicht, es wieder zu verlassen. Er hatte sich auch nach Anne erkundigt, und wie sie vernahm, recht eingehend. Er hatte die Hoffnung ausgedrückt, die Anstrengungen möchten Fräulein Elliot nicht allzu sehr zugesetzt haben – Strapazen, die er als besonders schwer hingestellt hatte. Das war in der Tat sehr liebenswürdig und freute sie fast mehr als irgend etwas anderes.

Der traurige Vorfall konnte von den beiden klugen und sicheren Frauen auf Grund der Berichte nur in einer Weise gedeutet werden. Es stand für sie fest, daß er das Ergebnis allzu großer Unvernunft und allzu großer Gedankenlosigkeit war. Die Folgen erregten äußerste Besorgnis, und der Gedanke war entsetzlich, an Miß Musgroves völliger Wiederherstellung vorerst noch zweifeln zu müssen. Welche Folgen mochte die Gehirnerschütterung wohl noch haben? Und der Admiral faßte alles in dem Ausruf zusammen:

»Ach ja, es ist wirklich eine recht böse Geschichte! Und eine ganz neue Art von Minnedienst für einen jungen Mann, seiner Herzensdame die Hirnschale zu zertrümmern! Ist es nicht so, Fräulein Elliot? Erst den Schädel einschlagen und dann ein Pflaster auflegen!«

Admiral Crofts Ausdrucksweise entsprach nicht ganz Lady Russells Feingefühl; aber Anne war entzückt. Seine Herzensgüte und die Klarheit seines Charakters waren unwiderstehlich.

»Ach, es muß Ihnen wohl sehr schwer fallen«, sagte er plötzlich aus seiner Nachdenklichkeit auffahrend, »hierher zu kommen und uns vorzufinden. Ich hatte es noch gar nicht bedacht, wie ich gestehe. Es muß sehr schwer sein! Aber bitte, halten Sie sich doch nicht so an den guten Ton. Wenn es Ihnen Spaß macht, stehen Sie ruhig auf und machen Sie einen Rundgang durch das ganze Haus.«

»Ein andermal gern, vielen Dank, aber nicht jetzt.«

»Nun denn, wie es Ihnen beliebt. Sie dürfen jederzeit durch den Park hereinschlüpfen. Hier, gleich neben der Tür hängen unsere Regenschirme, ein guter Platz, nicht wahr? Aber« – und er gebot sich merklich Einhalt – »Ihnen wird es nicht so vorkommen; denn Ihre Schirme befanden sich immer im Zimmer des Butlers. Ja, so ist es nun mal im Leben. Des einen Wege sind so gut wie die des anderen; aber jeder zieht seine eigenen vor. Und so müssen Sie auch selbst entscheiden, ob Ihnen ein Rundgang durch das Haus zusagt oder nicht.«

Anne glaubte den Vorschlag ablehnen zu dürfen und tat es voller Dankbarkeit.

»Wir haben auch noch einige andere kleine Veränderungen getroffen«, fuhr der Admiral fort, »sehr geringfügige allerdings. Wir sprachen Ihnen ja schon in Uppercross von der Tür zum Waschhaus. Das ist eine große Verbesserung. Das reinste Wunder, daß eine Familie überhaupt so lange die Unbequemlichkeit, wie sie zu öffnen war, ertragen hat. Sie werden Sir Walter wohl von unseren Maßnahmen berichten. Sagen Sie, Mr. Shepherd hält es für die größte Verbesserung, die das Haus je erfahren hat. Wirklich, das muß ich zu unserer Ehre gestehen, die wenigen Veränderungen, die wir vorgenommen haben, bedeuten tatsächlich alle einen Gewinn. Die Ehre gebührt meiner Frau. Ich habe sehr wenig dazu beigetragen, sondern nur einige der großen Spiegel aus dem Ankleidezimmer Ihres Herrn Vaters entfernen lassen. Ein herzensguter Mann und sicherlich auch ein wirklicher Edelmann – aber ich glaube, Fräulein Elliot«, und er sah sehr nachdenklich drein, »ich glaube, er achtet für sein Alter etwas viel auf sein Äußeres. So viele Spiegel! O mein Gott! Unmöglich, sich selbst aus dem Wege zu gehen! Und darum bat ich Sophie um Hilfe, und bald hatten wir sie anderweitig untergebracht. Jetzt fühle ich mich erst richtig wohl. – Meinen kleinen Rasierspiegel in einer Ecke und einen großen in der anderen, dem ich aber nie zu nahe trete.«

Anne war wider Willen belustigt und um eine Antwort verlegen.

In der Befürchtung, nicht höflich genug gewesen zu sein, bemerkte der Admiral:

»Wenn Sie wieder an ihren guten Vater schreiben, Miß Elliot, sprechen Sie ihm bitte meine und Mrs. Crofts Empfehlungen aus, und sagen Sie ihm, daß wir uns gut eingelebt und nicht den geringsten Mangel entdeckt haben. Der Kamin des Frühstückszimmers raucht ein wenig; aber ich versichere Ihnen, nur wenn der Nordwind etwas heftiger bläst, und das kommt im ganzen Winter kaum dreimal vor. Wir haben inzwischen fast alle Häuser hier herum besucht und können es wohl beurteilen. Seien Sie sicher, keines gefällt uns besser als dieses. Bitte, richten Sie es mit meinen Empfehlungen aus. Es wird ihn sicher freuen, das zu hören.«

Lady Russell und Mrs. Croft fanden aneinander großen Gefallen. Aber die Bekanntschaft, die dieser Besuch anzuknüpfen versprach, sollte fürs erste nicht weiter gedeihen; denn bei der Erwiderung verrieten die Crofts ihre Absicht, zum Besuch von Verwandten im Norden der Grafschaft auf mehrere Wochen zu verreisen. Sie seien wahrscheinlich noch nicht zurück, wenn Lady Russell nach Bath abreise.

So war jede Gefahr für Anne behoben, Kapitän Wentworth in Kellynch Hall oder bei ihrer Freundin zu begegnen. Sie fühlte sich vollkommen sicher und lächelte über die vielen Befürchtungen, die sie an diesen Gedanken verschwendet hatte.

Vierzehntes Kapitel

Charles und Mary waren trotz Mr. und Mrs. Musgroves Abreise zwar viel länger in Lyme geblieben, als sie dort nach Annes Beurteilung erwünscht waren, aber die ersten der Familie, die wieder zu Hause eintrafen. Und nach ihrer Rückkehr fuhren sie sehr bald nach Kellynch Lodge hinüber. – Louisa konnte sich schon wieder ein wenig aufrichten. Ihr Kopf war ganz klar, hatte aber eine große Empfindlichkeit zurückbehalten, und ihre Nerven waren bis zum Äußersten erregbar. Es ging ihr zwar beachtlich besser, es war aber noch nicht abzusehen, wann sie wieder nach Hause übersiedeln konnte. Ihre Eltern durften noch nicht hoffen, sie mit heimzunehmen, als sie zum Weihnachtsaufenthalt der jüngeren Kinder nach Hause zurückkehren mußten.

Man hatte eine gemeinsame Wohnung gemietet, Mrs. Musgrove die Harvilleschen Kinder nach Möglichkeit betreut und Uppercross allerlei beisteuern müssen, um den Harvilles manche Last abzunehmen, während diese erwartet hatten, daß man jeden Tag bei ihnen die Hauptmahlzeiten einnähme. Kurz, man schien sich auf beiden Seiten den Rang ablaufen zu wollen, selbstlos und gastfreundlich zu sein.

Mary hatte sich wieder unpäßlich gefühlt; aber aus ihrem langen Bleiben war zu entnehmen, es habe für sie mehr zu genießen als zu leiden gegeben. Sie war der Meinung, Charles Hayter käme zu häufig nach Lyme. Und wenn man bei den Harvilles speiste, bemängelte sie den Umstand, daß nur ein

Mädchen servierte. Im Anfang hatte Mrs. Harville der alten Mrs. Musgrove immer den Vortritt gelassen; aber als sie dann gehört hatte, wessen Tochter Mary war, hatte sie sich sehr reizend bei dieser entschuldigt. Jeden Tag hatte es eine andere Abwechslung gegeben, man war so viel unterwegs zwischen den beiden Wohnungen, holte Bücher aus der Bibliothek und wechselte sie oft aus, daß die Waage sehr zu Lymes Gunsten ausschlug. Man hatte Mary nach Charmouth mitgenommen, sie hatte sogar gebadet und war zur Kirche gegangen, und in Lyme waren viel mehr Menschen in der Kirche zu sehen als in Uppercross – und wenn man dazu noch das Bewußtsein der eigenen Nützlichkeit rechnete, so waren es doch zwei recht angenehme Wochen.

Anne erkundigte sich nach Kapitän Benwick, Marys Gesicht umwölkte sich sogleich, während Charles lachte.

»Oh! Kapitän Benwick geht es sehr gut! Aber er ist ein sehr seltsamer junger Mann. Ich weiß nie, was er eigentlich will. Wir luden ihn ein, uns für zwei oder drei Tage zu begleiten, Charles versprach ihm, mit ihm auf die Jagd zu gehen, und er schien ganz entzückt davon. Ich nahm also an, es sei alles geregelt. Aber siehe da! Am Dienstag abend bat er recht verlegen um Entschuldigung, er jage nie, man hätte ihn völlig mißverstanden. Er versprach dieses und jenes, und zum Schluß wollte er überhaupt nicht mitkommen. Er fürchtete wohl, es könne langweilig werden. Und dabei habe ich doch immer geglaubt, bei uns in Klein-Uppercross ginge es lebhaft genug her für einen Mann mit gebrochenem Herzen wie Kapitän Benwick.«

Charles lachte wieder und sagte: »Nun Mary, du weißt sehr gut, wie es wirklich war. Es lag lediglich an dir«, und er wandte sich an Anne, »er glaubte, dich in der Nähe anzutreffen, wenn er mit uns käme. Seiner Meinung nach lebt alle Welt in Uppercross. Und als er erfuhr, daß Lady Russell nur drei Meilen weit weg wohnt, sank ihm das Herz, und er hatte nicht mehr den

Mut, uns zu begleiten. Das ist die reine Wahrheit, auf meine Ehre. Und Mary weiß es.«

Aber Mary gab das in sehr unliebenswürdiger Form zu. Ob sie Kapitän Benwick nach Geburt und Rang nicht für berechtigt hielt, sich in eine Elliot zu verlieben, oder es nicht zulassen wollte, daß Anne Uppercross größere Anziehungskraft verlieh als sie selbst – das zu entscheiden bleibt dem Leser überlassen. Annes Gutmütigkeit erlitt jedoch durch das Gehörte keine Einbuße. Sie gestand kühnlich ein, daß sie sich geschmeichelt fühle, und fuhr in ihren Erkundigungen fort.

»Oh! Er spricht viel von dir«, rief Charles, »und zwar in Ausdrücken . . .«

Mary unterbrach ihn. »Ich muß schon sagen, Charles, ich hörte ihn Anne kaum zweimal erwähnen. Ich muß schon sagen, Anne, er redet überhaupt nicht von dir.«

»Nein«, gab Charles zu, »im allgemeinen auch nicht, aber dennoch bewundert er dich ziemlich offensichtlich. Sein Kopf ist ganz voll von irgendwelchen Büchern, die er auf deine Empfehlung hin liest und die er gern mit dir besprechen möchte. In einem hat er irgend etwas gefunden, von dem er meint – oh! nun fällt es mir doch nicht mehr ein; aber es war etwas sehr Feines –, ich war dabei, wie er es Henrietta auseinandersetzte. Und dann sprach man von dir in den höchsten Tönen! Aber gewiß, Mary, so war es wirklich! Ich hörte es mit eigenen Ohren und du warst im Nebenzimmer. Eleganz, Liebenswürdigkeit, Schönheit; Anne Elliots Vorzüge kannten keine Grenzen!«

»Und das spricht gewiß nicht für ihn«, rief Mary hitzig. »Seine Braut ist erst im letzten Juni gestorben. Ein solches Herz zu besitzen bedeutet keinen Gewinn, nicht wahr, Lady Russell? Sie stimmen mir sicher zu.«

»Ehe ich mich festlege, muß ich schon Kapitän Benwick kennenlernen«, sagte Lady Russell lächelnd.

»Dazu werden Sie gewiß in Kürze Gelegenheit haben, Madam«, versicherte Charles. »Wenn er auch nicht den Mut aufbrachte, sich uns anzuschließen und dann wieder hierher zu einem Anstandsbesuch aufzubrechen, so wird er doch eines Tages allein nach Kellynch kommen, seien Sie dessen gewiß! Ich erläuterte ihm Entfernung und Weg aufs genaueste. Und dann erzählte ich ihm auch, daß die Kirche recht sehenswert ist; denn für so etwas hat er Sinn. Ich hielt es für einen guten Vorwand, und er lauschte mir mit Herz und Sinnen. Seinem ganzen Verhalten entnahm ich, daß Sie ihn bald erwarten dürfen. Ich habe ihn also hiermit angemeldet, Lady Russell.«

»Jeder Bekannte von Anne wird mir immer willkommen sein«, entgegnete Lady Russell freundlich.

»Oh! Annes Bekanntschaft?« warf Mary ein. »Da möchte ich ihn schon lieber *meine* Bekanntschaft nennen; denn während der letzten vierzehn Tage habe ich ihn doch täglich gesehen.«

»Nun denn, als euren gemeinsamen Bekannten heiße ich Kapitän Benwick herzlich willkommen.«

»Sie werden nichts besonders Angenehmes an ihm finden, versichere ich Ihnen, Madam. Er ist einer der langweiligsten jungen Männer, die je gelebt haben. Er ist manchmal von einem Ende des Strandes zum anderen mit mir gewandert, ohne auch nur ein Wort zu sagen. Er ist keineswegs wohlerzogen, und ich bin überzeugt, er wird Ihnen nicht gefallen.«

»Da sind wir nicht einer Meinung, Mary«, entgegnete Anne. »Ich glaube, Lady Russell wird ihn schätzen. Sie wird in seinem Gemüt so viel Angenehmes finden, daß sie bald die Mängel seines Benehmens übersieht!«

»Das sage ich auch, Anne«, meinte Charles. »Ich bin sogar überzeugt, er wird Lady Russell zusagen. Er ist gerade nach Lady Russells Geschmack. Man gebe ihm ein Buch, und er wird den ganzen Tag lesen.«

»Ja, das wird er!« spöttelte Mary. »Er wird sich in sein Buch vergraben und nicht merken, wenn ihn jemand anspricht oder wenn man eine Schere fallen läßt oder sonst etwas geschieht. Glaubst du, das würde Lady Russell gefallen?«

Lady Russell konnte sich eines Lachens nicht erwehren. »Auf mein Wort«, sagte sie, »ich hätte nicht geglaubt, daß meine Meinung von einem Menschen so widerstreitende Vermutungen zulassen könne, da man mich doch sonst so bestimmt und kühl findet. Ich bin wirklich neugierig auf den Menschen, der solch widersprechende Urteile herausfordert. Hoffentlich gelingt es, ihn zu einem Besuch zu bewegen. Und wenn er kommt, Mary, kannst du dich darauf verlassen, daß du meine Meinung über ihn erfährst. Aber vorher will ich kein Urteil fällen.«

»Er wird Ihnen nicht gefallen, dafür kann ich mich verbürgen.«

Lady Russell wechselte das Thema, und Mary berichtete mit Lebhaftigkeit von ihrer seltsamen Begegnung – oder vielmehr, wie sie Mr. Elliot verfehlte.

»Diesen Mann wünsche ich auf keinen Fall zu sehen«, erwiderte Lady Russell. »Sein Verhalten zu dem Oberhaupt der Familie hat mich sehr gegen ihn eingenommen.«

Diese entschiedene Ansicht dämpfte Marys Eifer und ließ sie mitten in ihrem Loblied auf die Elliots innehalten.

Über Kapitän Wentworth wurde genügend gesprochen, obgleich sich Anne nicht getraute, Fragen über ihn zu stellen. Wie erwartet, hatte sich sein Gemütszustand in letzter Zeit wesentlich gebessert. In dem Maße wie es mit Louisa aufwärtsging, beruhigte auch er sich. Er war wieder ein ganz anderer als in der ersten Woche. Er hatte Louisa noch nicht wieder gesehen. Da er fürchtete, sein Besuch könne böse Folgen für sie haben, drängte er nicht darauf, sondern schien sich im Gegenteil mit dem Gedanken zu tragen, auf ein oder zwei Wochen fortzureisen, bis sie gekräftigt sei. Er sprach davon, mit Kapitän Benwick für eine Woche nach Plymouth zu fahren. Dieser aber neigte anscheinend mehr dazu, nach Kellynch hinüberzureiten, wie Charles bis zuletzt immer wieder betonte.

Es besteht kaum ein Zweifel darüber, daß Lady Russell und auch Anne seit dieser Zeit dann und wann an Kapitän Benwick dachten. Lady Russell hielt jedes Läuten der Türglocke für seinen Herold, und auch Anne kehrte selten von einem einsamen Spaziergang auf das Grundstück ihres Vaters oder von einem Armenbesuch in das Dorf ohne die geheime Frage zurück, ob er inzwischen angekommen sei. Kapitän Benwick jedoch kam nicht. Entweder war seine Neigung doch nicht so groß, wie Charles es darstellte, oder er war zu schüchtern. Und nachdem man ihm eine Woche Zeit gelassen hatte, entschied Lady Russell, er sei doch des Interesses nicht würdig, das er erregt hatte.

Die Musgroves kehrten heim, um ihre vergnügten Jungen und Mädchen für die Weihnachtsferien in Empfang zu nehmen, und brachten Mrs. Harvilles kleines Volk mit, das den Lärm in Uppercross noch belebte, den in Lyme indes verringerte. Henrietta blieb bei Louisa; aber die übrige Familie hielt ihren Einzug in die alten Räume.

Als Lady Russell und Anne dort ihre Aufwartung machten, fand Anne die Geselligkeit in Uppercross wieder recht lebhaft. Obgleich weder Louisa und Henrietta noch Charles Hayter und Kapitän Wentworth zugegen waren, spiegelte der Raum einen erfreulichen Gegensatz zu den vergangenen Erlebnissen.

Die kleinen Harvilles scharten sich um Mrs. Musgrove, die sie besorgt gegen die Tyrannei der beiden Buben aus Klein-Uppercross beschützte, welche eigentlich nur zu dem Zweck gekommen waren, um mit ihnen zu spielen. An einem Tisch saßen mehrere schwatzende Mädchen und schnitten Figuren aus Seide und Goldpapier, ein anderer bog sich unter dem Gewicht von Platten mit Braten und kalten Pasteten. Lebhafte Buben hieben nach Kräften ein, und ein prasselndes Weih-

»Es war ein entzückendes Familienidyll.«

nachtsfeuer, dessen Knistern im allgemeinen Lärm nicht unterging, rundete das Bild ab. Selbstverständlich fanden sich während ihres Besuches auch Charles und Mary ein. Mr. Musgrove, bemüht, Lady Russell besonders auszuzeichnen, setzte sich für zehn Minuten an deren Seite und sprach mit erhobener Stimme auf sie ein, ohne jedoch meist den Lärm zu übertönen, den die Kinder auf seinen Knien vollführten. Es war ein entzückendes Familienidyll.

Anne urteilte nach ihrer eigenen Veranlagung, wenn sie in einem solchen häuslichen Wirbelwind ein schlechtes Nervenstärkungsmittel betrachtete, welches Louisas Zustand ziemlich erschüttern müsse. Aber Mrs. Musgrove winkte Anne an ihre Seite, um herzlich für alle Hilfeleistung zu danken. Die kurze Zusammenfassung ihrer Erlebnisse schloß sie mit der Bemerkung – während ihr glückstrahlender Blick durch den Raum schweifte –, nach dem schmerzlichen Erlebnis dünke ihr nichts so wohltätig als ein wenig ruhige Heiterkeit im eigenen Hause.

Louisas Genesung machte jetzt schnelle Fortschritte. Ihre Mutter hielt es durchaus für möglich, daß sie noch vor Ablauf der Ferien wieder nach Hause kommen könne. Die Harvilles würden sie zu gegebener Zeit begleiten und dann in Uppercross eine Weile zu Gast bleiben. Kapitän Wentworth indes befand sich im Augenblick in Shropshire zum Besuch seines Bruders.

»Hoffentlich denke ich in Zukunft immer daran«, bemerkte Lady Russell, sobald sie glücklich in ihrem Wagen saßen, »in Uppercross nicht während der Weihnachtsferien Besuch zu machen!«

Jeder hat seine eigene Neigung, im Lärm sowohl wie in anderen Dingen, und Töne schaden zwar nicht, aber peinigen unter Umständen, und das mehr durch ihren Charakter als durch ihre Fülle. Als Lady Russell wenige Tage später, an einem feuchten Nachmittag, in Bath einfuhr und inmitten der anderen Kutschen und unter dem Gepolter von Karren, Rollwagen und den ihre Waren anpreisenden Kuchen- und Milchverkäufern von der alten Brücke zum Camdenplatz rollte, klagte sie keineswegs. Diese Geräusche waren vielmehr ein Teil der winterlichen Vergnügungen, unter deren Einfluß sich ihr Gemüt belebte. Wenn sie es auch nicht aussprach, so fühlte sie doch gleich Mrs. Musgrove, daß nach einem so langen Landaufenthalt nichts so wohl tue wie ein wenig ruhige Heiterkeit.

Anne teilte diese Gefühle keineswegs. Sie lehnte Bath sehr entschieden, wenn auch schweigend ab, und nach dem ersten verschwommenen Eindruck von den großen Gebäuden, die vom Regen dampften, verlangte es sie nicht danach, diese deutlicher zu sehen. Die Fahrt durch die Straßen war ihr unangenehm, und doch ging es ihr zu schnell. Denn wer würde sich wohl über ihre Ankunft freuen? Und mit liebevollem Bedauern dachte sie zurück an die Betriebsamkeit in Uppercross und die Abgeschiedenheit von Kellynch.

Elisabeths letzter Brief hatte eine Nachricht von einigem Gewicht gebracht. Mr. Elliot hielt sich in Bath auf, hatte am Camdenplatz Besuch gemacht und war sogar ein zweites und drittes Mal wiedergekommen. Er war ausgesprochen aufmerksam gewesen. Wenn Elisabeth und der Vater sich nicht täuschten, bemühte er sich erheblich um ihre Bekanntschaft und betonte die verwandtschaftliche Bindung, wie er sie früher vernachlässigt hatte. Wenn es sich bewahrheitete, war es jedenfalls sehr verwunderlich. Lady Russell war bereits äußerst neugierig auf ihn und weit entfernt von dem erst kürzlich gegenüber Mary gemachten Ausspruch, er sei »ein Mann, den sie keineswegs zu sehen wünsche«. Nun brannte sie sogar auf seine Bekanntschaft, und wenn er schon wirklich wie ein pflichtbewußter Sproß sich um Versöhnung bemühte, so mußte man ihm auch verzeihen, daß er sich vom väterlichen Stamm gelöst hatte.

Anne beschäftigte diese Nachricht nicht in der gleichen Weise; aber auch sie freute sich, Mr. Elliot wieder zu begrüßen, und das war mehr, als sie hinsichtlich vieler anderer Menschen in Bath empfand.

Sie trennte sich am Camdenplatz von Lady Russell, die zu ihrer eigenen Wohnung in der River Street weiterfuhr.

Fünfzehntes Kapitel

Sir Walter hatte am Camdenplatz ein sehr schönes Haus gemietet, in vornehmer, ausgezeichneter Lage, wie es sich für einen Mann von Ansehen ziemt, und er wie Elisabeth hatten sich dort zur vollsten Zufriedenheit eingerichtet.

Anne betrat das Haus mit sinkendem Herzen, als ginge sie einer Gefangenschaft von vielen Monaten entgegen. »Oh!« sprach sie bei sich, »wann werde ich es wieder verlassen?« Die unerwartete Herzlichkeit des Willkommens tat ihr jedoch wohl. Vater und Schwester freuten sich über das Wiedersehen, und da sie darauf brannten, ihr Haus und Einrichtung zu zeigen, begegneten sie ihr mit Freundlichkeit. Als man sich zu Tische setzte, vermerkte man als besonderen Vorzug, daß sie in ihrer Runde die Vierte war.

Mrs. Clay war sehr liebenswürdig und lächelte ständig. Aber man nahm ihre Elogen und ihr Lächeln als ziemlich selbstverständlich hin, so daß es Anne nicht so überraschte wie das völlig unerwartete Entgegenkommen der anderen. Sie befanden sich augenscheinlich in ausgezeichneter Laune, von deren Ursache sie bald hören sollte. Dagegen verspürten sie nicht die geringste Lust, ihr zu lauschen. Nachdem man ein paar Schmeicheleien darüber zu hören gehofft hatte, wie sehr sie in Kellynch vermißt wurden, mit denen Anne jedoch nicht aufwarten konnte, blieben nur noch wenige Erkundigungen übrig, und sie bestritten die Unterhaltung wieder ganz allein. Uppercross forderte ihnen keinerlei Anteilnahme ab, Kellynch nur wenig, alles drehte sich nur um Bath.

Zu ihrer großen Freude erfüllte Bath ihre Erwartungen in jeder Hinsicht. Ihr Haus war ohne Zweifel das schönste rings am Camdenplatz, und ihre Salons übertrafen die anderen an Stil und Eleganz der Einrichtung. Man bemühte sich allerseits um ihre Bekanntschaft. Alle Welt wünschte sie zu besuchen. Von oberflächlichen Bekannten hatten sie sich bereits zurückgezogen, und dennoch wurden beständig Karten von Leuten abgegeben, die ihnen gänzlich unbekannt waren.

Hier gab es Unterhaltung in Menge! Verwunderte es Anne also, wenn Vater und Schwester sich wohl fühlten? Es verblüffte sie nicht im geringsten, doch preßte es ihr einen Seufzer ab, daß ihr Vater die Erniedrigung dieser Veränderung nicht empfand, nicht den Pflichten und Würden des Grundbesitzers nachtrauerte und in der Enge der Stadt nur seiner Eitelkeit frönte. Und sie mußte gleichzeitig lächeln und sich wundern, als Elisabeth die Flügeltüren aufwarf und, sich der Größe des Raumes rühmend, begeistert aus dem einen Salon in den anderen hinüberschritt. Sie, die Herrin von Kellynch Hall, war jetzt auf die Enge zwischen zwei Mauern stolz, die kaum dreißig Fuß auseinander lagen.

Aber das war noch nicht alles, was sie glücklich machte. Da war noch Mr. Elliot, über den Anne eine Menge berichtet wurde. Man hatte ihm nicht nur verziehen, man war sogar entzückt über ihn. Seit fast vierzehn Tagen weilte er in Bath. Im November, auf seinem Weg nach London hier durchkommend, hatte er von Sir Walters Umsiedlung gehört, aber es sich des kurzen Aufenthaltes wegen nicht zunutze machen können. Nach seiner Rückkehr gab er sofort seine Karte im Hause am Camdenplatz ab. Er ließ dem ersten Bemühen unzählige weitere um ein persönliches Treffen folgen und bat schließlich so unumwunden und bereitwillig um Verzeihung, daß das früher gute Einvernehmen vollständig wiederhergestellt wurde.

Sie fanden keinen Tadel an ihm, zumal er für alle früheren Vernachlässigungen ausreichende Erklärungen vorbrachte. Alles beruhte auf Mißverständnissen. Er hatte eine Abweisung befürchtet, wenn er es auch jetzt nicht zu begründen wußte, und lediglich seine Scheu hatte ihn zurückgehalten. Als man andeutete, wie abfällig und leichtsinnig er von der Familie und der Elliotschen Ehre gesprochen hätte, wurde er ganz aufgebracht. Er, der sich stets gerühmt hätte, ein Elliot zu sein, dessen Ansichten über verwandtschaftliche Beziehungen nur allzu streng seien für den freisinnigen Ton der heutigen Zeit? Er war wirklich äußerst überrascht. Aber sein Charakter und sein allgemeines Verhalten würden diese Vorwürfe entkräftigen. Er verwies Sir Walter an all seine Bekannten. Jedenfalls zeugte die Mühe, die er auf die erste Gelegenheit zu einer Versöhnung verwandte, um wieder als Glied der Familie zu gelten, für seine makellosen Anschauungen.

Die Umstände seiner Heirat ließen ebenfalls eine mildere Beurteilung zu. Hiervon hatte Mr. Elliot nie selbst gesprochen. Aber sein bester Freund, ein Oberst Wallis, ein höchst ehrenwerter Mann, ein vollendeter Edelmann – »und gar nicht häßlich«, fügte Sir Walter hinzu –, der in den Marlborough Häusern groß auftrat, und auf seinen eigenen ausdrücklichen Wunsch durch Mr. Elliot bei ihnen eingeführt worden war, hatte diejenigen Einzelheiten über dessen Ehe durchblicken lassen, die ein vollkommen anderes Licht darauf warfen.

Oberst Wallis war mit Mr. Elliot und dessen Frau seit langem befreundet und kannte sich in der Angelegenheit bestens aus. Frau Elliot war sicherlich nicht von hoher Herkunft, aber sehr wohlerzogen, talentiert, reich, und über alle Maßen in ihren Mann verliebt. Sie hatte den Mann gesucht, darin lag der Reiz. Ohne ihre Anziehungskraft würde ihr Geld Elliot nicht im geringsten angezogen haben, und sie mußte eine sehr schöne Frau gewesen sein, davon war Sir Walter überzeugt. Dieser Punkt gab den Ausschlag. Eine sehr schöne Frau mit großem Vermögen und noch dazu in ihn verliebt! Diesen Umständen billigte Sir Walter völlig ausreichende Entschuldigung zu, obgleich Elisabeth es nicht in gleich günstigem Licht betrachtete.

Mr. Elliot hatte wiederholt vorgesprochen und einmal bei ihnen gespeist, offensichtlich entzückt über diese Auszeichnung; denn im allgemeinen gaben sie keine Einladungen zum Dinner. Kurz, er war über jeden Beweis vetterlicher Aufmerksamkeit erfreut, und sein ganzes Glück bestand darin, mit dem Camdenplatz auf vertrautem Fuße zu leben.

Anne hörte zu, wenn auch ohne jedes Verständnis. Den Ausführungen ihrer Angehörigen mußte man, wie sie wußte, Zugeständnisse machen, große Zugeständnisse; denn alles wurde von ihnen beschönigt oder übersteigert. Gewiß stammte alles Übertriebene und Unsinnige der geschilderten Versöhnung nur aus der Ausdrucksweise der Erzähler. Und dennoch dünkte es Anne, als verfolge Mr. Elliot irgendeine Absicht damit, nach so langen Jahren wieder in Gnaden von ihnen aufgenommen zu werden. An weltlichen Gütern hatte ihm eine Freundschaft mit Sir Walter nichts zu bieten, ebenso wie durch anhaltende Mißstimmung nichts aufs Spiel gesetzt wurde. Aller Wahrscheinlichkeit nach war er bereits jetzt der Reichere von beiden. Das Gut von Kellynch war ihm ebenso sicher wie der damit verbundene Titel. Er war ein kluger Mann! Und er hatte das Aussehen eines *sehr* klugen Mannes! Warum lag ihm aber soviel daran? Es gab nur die Erklärung, daß es um Elisabeths willen geschah. Vielleicht hatte früher eine gewisse Neigung bestanden und Bequemlichkeit und Zufall hatten ihn in andere Richtung geführt. Jetzt, da er sich erlauben konnte, nach seinem Belieben zu handeln, mochte er ihr seine Aufmerksamkeit zuwenden wollen. Gewiß war Elisabeth sehr hübsch, verfügte über wohlerzogene, elegante

Umgangsformen, und von ihrem Charakter mochte Mr. Elliot kaum etwas wissen, da er sie nur von früheren Gesellschaften her kannte, und damals war sie selbst noch sehr jung. Wie ihre Laune und ihr Verstand die Prüfung seines jetzt geschliffeneren Geistes überstehen mochte, war eine andere Angelegenheit, und eine recht zweifelhafte obendrein. Sie wünschte ehrlich, er möchte nicht allzu heikel, nicht allzu aufmerksam sein, falls Elisabeth die Dame seines Herzens wäre. Elisabeth neigte dazu, sich als solche zu betrachten, und wurde in diesem Glauben durch ihre Freundin Mrs. Clay unterstützt, wie einige bei dem Gespräch über Mr. Elliots häufige Besuche gewechselte Blicke verrieten.

Anne erwähnte die kurzen Begegnungen mit ihm in Lyme; aber niemand achtete sonderlich darauf. »O ja! Vielleicht war es wirklich Mr. Elliot. Man wußte es nicht. Er kann es gewesen sein, vielleicht.« Sie schenkten ihr kein Gehör. Sie wollten ihn selbst beschreiben, besonders Sir Walter, der dessen edler Erscheinung, Eleganz und modischen Kleidung, dessen gut geschnittenem Gesicht und klugem Auge, Gerechtigkeit widerfahren ließ, wenn er auch gleichzeitig seinen so ausgeprägten Unterkiefer beklagte, ein Fehler, den das Alter noch unterstrichen zu haben schien. Auch war nicht zu verheimlichen, daß die letzten zehn Jahre jeden seiner Züge zu seinem Nachteil verändert hatten. Mr. Elliot dachte anscheinend, er (Sir Walter) sähe noch genau so aus wie bei ihrer letzten Begegnung; aber Sir Walter hatte sich leider nicht in der Lage gesehen, das Kompliment zu erwidern, was ihn recht in Verlegenheit gebracht hatte. Er wollte jedoch nicht klagen. Mr. Elliot war immer noch besser anzusehen als die meisten Männer, und so hatte er nichts dagegen, sich überall mit ihm sehen zu lassen.

Den ganzen Abend widmete man Mr. Elliot und seinen Freunden in den Marlborough Häusern. »Oberst Wallis war ungeduldig darauf bedacht, bei uns eingeführt zu werden! Und Mr. Elliot lag ebenso viel daran!« Und es gab auch eine Mrs.

Wallis, allerdings kannte man sie nur vom Hörensagen, da sie ihre Niederkunft erwartete. Aber Mr. Elliot sprach von ihr als von »einer äußerst reizenden Frau, die wohl wert sei, am Camdenplatz vorgestellt zu werden«. Und sobald sie sich erholt hätte, würde man ihre Bekanntschaft machen. Sir Walter hielt sehr viel von Mrs. Wallis. Sie sei eine äußerst hübsche Frau, ja sogar schön. Er sehnte sich danach, sie kennenzulernen. Er hoffte, sie würde ihn für so viele unansehnliche Gesichter entschädigen, denen er ständig auf der Straße begegnete. Das Schlimmste an Bath war die große Anzahl häßlicher Frauen. Er wollte damit zwar nicht sagen, daß es keine hübschen Frauen gebe; aber die häßlichen überwögen bei weitem. Auf seinen Spaziergängen hatte er wiederholt festgestellt, daß einer hübschen Frau mindestens dreißig oder fünfunddreißig Greuel folgten. In einem Geschäft in der Bondstreet beobachtete er einmal nicht weniger als siebenundachtzig vorübergehende Frauen, unter denen nicht eine einzige ein erträgliches Gesicht aufwies. Es war wohl ein sehr frostiger Morgen gewesen, es herrschte sogar scharfer Frost, und diese Probe besteht unter Tausenden wohl kaum eine Frau. Aber trotzdem überwogen die häßlichen Frauen in Bath. Und die Männer erst! Sie waren noch viel schlimmer! Gleich Vogelscheuchen bevölkerten sie die Straßen! An der Wirkung, die ein gut aussehender Mann hervorrief, war deutlich zu erkennen, wie wenig die Frauen an einen solchen Anblick gewöhnt waren. Sir Walter konnte nirgendwo mit Oberst Wallis Arm in Arm erscheinen – der trotz seines rötlichen Haares eine schöne militärische Erscheinung war –, ohne daß sich die Augen aller Frauen auf sie richteten. Die Aufmerksamkeit galt bestimmt Oberst Wallis. Bescheidener Sir Walter! Seine Bescheidenheit schlüpfte jedoch nicht unbemerkt durch; denn seine Tochter und Mrs. Clay deuteten an, Oberst Wallis' Gefährte habe wahrscheinlich eine ebenso gute Figur gemacht wie dieser und bestimmt keine roten Haare gehabt.

»Arm in Arm mit Oberst Wallis.«

»Wie sieht denn eigentlich Mary aus?« fragte Sir Walter auf der Höhe guter Laune. »Als ich sie zum letztenmal sah, hatte sie eine rote Nase; aber das kommt hoffentlich nicht alle Tage vor.«

»O nein, das muß wohl ganz zufällig gewesen sein. Im allgemeinen erfreut sie sich einer sehr guten Gesundheit und sieht seit Michaelis auch sehr gut aus.«

»Wenn ich wüßte, daß es sie nicht zu Spaziergängen bei scharfem Wind verleitet, was sie häßlich macht, so würde ich ihr einen neuen Umhang und einen neuen Hut schenken.«

Anne überlegte eben den Einwand, daß ein neues Kleid oder eine neue Haube einen derartigen Mißbrauch von vornherein ausschließen würde, als die Unterhaltung durch Klopfen an der Tür unterbrochen wurde. »Es klopft! Und so spät! Es ist ja zehn! Sollte es noch Mr. Elliot sein?« Er war am Landsdown Crescent zum Essen eingeladen, wie man wußte. Möglicherweise befand er sich auf dem Heimweg und erkundigte sich nur nach ihrem Befinden. Eine andere Erklärung gab es nicht. Mrs. Clay wollte sogar bestimmt Mr. Elliots Art zu klopfen erkannt haben. – Mrs. Clays Vermutung traf zu, und mit all dem Aufwand, den ein Butler und ein Lakai hervorzurufen vermögen, wurde Mr. Elliot ins Zimmer geführt.

Anne erkannte ihn wieder und hielt sich während der Begrüßung ein wenig zurück. Mr. Elliot entschuldigte sich bei Elisabeth wegen der ungewöhnlichen Besuchsstunde; aber er hätte nicht vorüberfahren können, ohne sich zu erkundigen, ob die Damen vom vergangenen Tage keine Erkältung davongetragen hätten. Seine Anfrage war sehr höflich und wurde ebenso höflich erwidert. Dann kam die Reihe an Anne. Sir Walter erwähnte seine jüngste Tochter: Mr. Elliot möge ihm gestatten, ihm diese vorzustellen. Anne lächelte und errötete sehr reizend. Mr. Elliot hatte die hübschen Züge keineswegs vergessen, und Anne erkannte freudig an seiner kaum merklichen Überraschung, daß er gar nicht gewußt hatte, wer sie war.

Er war sehr erstaunt und ebenso erfreut. Seine Augen leuchteten auf und mit vollkommener Bereitwilligkeit begrüßte er diese Base, spielte auf die Vergangenheit an und bat inständig, ihn ebenfalls als Verwandten aufzunehmen. Er war ebenso hübsch wie in Lyme. Während er sprach, gewannen seine Züge noch, und sein Benehmen war so korrekt, so glatt, so unbefangen und so besonders liebenswürdig, daß sie ihn nur mit einem einzigen anderen Manne vergleichen konnte. Sie waren einander keineswegs ähnlich, aber vielleicht ebenbürtig.

Er setzte sich zu ihnen und belebte ihre Unterhaltung wesentlich. Es bestand kein Zweifel an seiner Klugheit – zehn Minuten Unterhaltung genügten, um das zu bestätigen. Sein Tonfall, seine gewählte Sprache, die Wahl des Themas und das Wissen, wann er innehalten mußte – alles ließ auf einen klugen Verstand schließen. Man verglich die beiderseitigen Ansichten über den Ort und erwähnte den Umstand, daß man zufällig im gleichen Hotel gewohnt hatte. Er beschrieb seinen Reiseweg, wünschte etwas von ihrer Route zu erfahren und drückte sein Bedauern aus, es bei dieser Gelegenheit versäumt zu haben, ihr seine Aufwartung zu machen. Sie schilderte ihm kurz ihre Begleiter und den Grund ihres Aufenthaltes in Lyme. Darüber steigerte sich sein Bedauern. Er hatte jenen Abend im angrenzenden Zimmer verbracht und auf die herüberschallende Lustigkeit gehorcht. Er hatte die reizendste Gesellschaft vermutet – und daran teilzunehmen gewünscht. Aber er habe nicht die leiseste Ahnung gehabt, sich mit einem gewissen Anrecht bei ihnen einführen zu können. Hätte er doch nur Erkundigungen eingezogen! Der Name Musgrove hätte ihm genug Anhalt gegeben. Doch habe er die Angewohnheit, in einem Gasthaus nie Fragen zu stellen, ein Grundsatz, dem er schon als junger Mann gehuldigt habe.

»Die Ansichten eines jungen Mannes Anfang der Zwanzig, über das, was ihn wirklich zu einem Herrn stempelt«, meinte er, »sind seltsamer als die eines anderen Wesens, und die albernen Mittel, deren er sich bedient, entsprechen der Plattheit seiner Anschauungen.«

Aber er durfte sich mit seinen Überlegungen nicht nur an Anne wenden, wie er nur zu gut wußte. Er zog auch die anderen wieder ins Gespräch und kam nur mehr in gelegentlichen Wendungen auf Lyme zurück.

Seine Fragen entlockten ihr jedoch einen Bericht von den Ereignissen kurz nach seiner Abreise. Nach Erwähnung des Unfalls verlangte er die ganze Geschichte zu hören, und darüber erwachte auch Sir Walters und Elisabeths Interesse. Aber der Unterschied in der Art der Fragestellung war augenfällig. In dem Bemühen, die Ereignisse wirklich zu verstehen und Annes Gefühle nachzuempfinden, war Mr. Elliot nur mit Lady Russell vergleichbar.

Er verweilte wohl eine Stunde. Die kleine elegante Uhr auf dem Kaminsims schlug mit silbernem Klingen elf, und in der Ferne sang der Nachtwächter sein Lied, als man bemerkte, daß Mr. Elliot sich schon so lange aufgehalten hatte.

Anne hatte niemals zu hoffen gewagt, daß ihr erster Abend am Camdenplatz so angenehm verlaufen würde.

Sechzehntes Kapitel

Mehr als über Mr. Elliots Liebe zu Elisabeth suchte Anne sich über ihres Vaters Gefühle für Mrs. Clay zu vergewissern. Als Anne am nächsten Morgen zum Frühstück herunterkam, bemerkte sie, daß diese soeben unter einem passenden Vorwande ihre Abreise angekündigt hatte. Mrs. Clays Einwände mochten wohl dahingehen, daß Annes Anwesenheit ihre Gesellschaft überflüssig mache; denn Elisabeth erwiderte soeben flüsternd: »Das darf für Sie kein Grund sein. Ich jedenfalls empfinde es nicht so. Sie bedeutet mir nichts im Vergleich zu Ihnen«, und

»Er verstieg sich zu einigen Schmeicheleien über ihr Aussehen.«

Sir Walter sagte: »Meine liebe Madam, das darf nicht sein, bisher haben Sie doch gar nichts von Bath gehabt. Sie sind immer für uns dagewesen. Jetzt dürfen Sie uns nicht davonlaufen. Sie müssen unbedingt noch bleiben, um Mrs. Wallis kennenzulernen, die schöne Mrs. Wallis. Ich weiß wohl, daß Ihrem feinen Empfinden der Anblick von Schönheit wirklich Freude bereitet.«

Seine Worte wirkten so ernsthaft, daß Anne nicht im geringsten über Mrs. Clays heimlichen Blick verwundert war, den sie ihr und Elisabeth zuwarf. Das Gesicht ihrer Schwester zeigte vielleicht eine gewisse Wachsamkeit; aber das Lob des zarten Empfindens schien ihr nicht die geringste Nachdenklichkeit zu verursachen. Mrs. Clay blieb nichts übrig, als sich den vereinten Bitten zu fügen und zu bleiben.

Als Anne im Laufe des Morgens zufällig einmal mit ihrem Vater allein war, verstieg er sich zu einigen Schmeicheleien über ihr Aussehen. Er fand ihre Gestalt und ihre Wangen weniger mager, ihre Haut wesentlich frischer und von besserer Farbe. Ob sie sich irgendeines Schönheitsmittels bedient habe? »Wohl etwas Gowland!« vermutete er. Anne verneinte. Das versetzte ihn wirklich in Erstaunen und er fügte hinzu: »Du kannst nichts Besseres tun, als so weiter machen, wie du begonnen hast. Ich möchte dir aber dennoch Gowland empfehlen, den regelmäßigen Gebrauch von Gowland während der Frühlingsmonate. Mrs. Clay hat es auf meine Empfehlung hin ebenfalls angewandt, und du hast ja selbst gesehen, wie es ihr geholfen hat. Ihre Sommersprossen sind ganz verschwunden.«

Wenn doch Elisabeth das hören könnte! Vielleicht wäre ihr ein solch persönliches Lob doch aufgefallen, zumal nicht im geringsten zu bemerken war, daß sich die Sommersprossen überhaupt vermindert hatten. Aber jeder ist seines Glückes Schmied. Das Übel dieser Ehe wäre wesentlich geringer, wenn Elisabeth ebenfalls heiraten würde. Anne fände dann schon bei Lady Russell ein Zuhause.

Selbst Lady Russells ruhiges Gemüt und höfliches Wesen erfuhren in dieser Beziehung eine sehr harte Probe, wenn sie zum Camdenplatz kam. Ihr bedeutete die Bevorzugung Mrs. Clays und Annes Zurücksetzung eine ständige Herausforderung. Auch wenn sie nicht dort zu Besuch war, ärgerte sie sich immer noch so sehr, da derjenige, der in Bath das Heilwasser trinkt, alle Neuigkeiten erfährt.

Als sie jedoch Mr. Elliot kennenlernte, wurde sie nachsichtiger gestimmt oder empfand gleichgültiger für die anderen. Sein Benehmen war eine unmittelbare Empfehlung; und als sie sich erst mit ihm unterhielt, fand sie unter der oberflächlichen Tünche einen so guten Kern, daß sie, wie sie Anne später erzählte, fast ausgerufen hätte: »Kann das Mr. Elliot sein?« Es gab keinen angenehmeren und achtbareren jungen Mann. In ihm vereinigte sich alles: klarer Verstand, gesunde Anschauungen, Weltgewandtheit und ein warmes Herz. Er hatte ausgeprägten Familiensinn und Familienehre, ohne übertriebenen Stolz oder Schwäche. Er lebte mit der Großzügigkeit eines vermögenden Mannes, aber ohne übersteigerten Aufwand. In wichtigen Angelegenheiten verließ er sich auf sein eigenes Urteil, ohne jedoch die öffentliche Meinung in irgendeinem Punkt des gesellschaftlichen Dekorums abzulehnen. Er war ruhig, aufmerksam, mäßig und ehrlich; nie gingen Laune oder Eigensucht mit ihm durch. Er besaß Verständnis für das, was liebenswürdig und reizend war, und wußte die Vorzüge häuslichen Glücks richtig einzuschätzen, was Menschen mit eingebildeter Begeisterung und heftiger Erregung selten wirklich gelingt. Er war in seiner Ehe sicherlich nicht glücklich gewesen. Lady Russell erkannte es, und Oberst Wallis bestätigte es. Aber dieses Unglück hatte seinen Sinn nicht verbittert und – wie sie recht bald argwöhnte – hinderte ihn nicht daran, eine zweite Werbung zu erwägen. So wog Lady Russells Freude an Mr. Elliot viel schwerer als der ganze Unmut über Mrs. Clay.

Schon längst war Anne darauf gestoßen, daß ihre Meinung

gelegentlich von der ihrer ausgezeichneten Freundin abwich. Deshalb äußerte sie keine Verwunderung, als Lady Russell in Mr. Elliots Bemühungen um eine Versöhnung nichts Verdächtiges oder Unbeständiges erblickte. Sie fand es völlig natürlich, daß Mr. Elliot in reiferen Jahren danach verlangte, mit dem Oberhaupt der Familie auf gutem Fuße zu leben. Bei vernünftigen Menschen mußte es ihn in ein günstiges Licht setzen und war für einen klar Denkenden die selbstverständliche Auswirkung der Zeit nach einer Jugendtorheit. Anne erkühnte sich dennoch zu einem Lächeln und dem Einwurf: »Elisabeth!« Lady Russell horchte auf, betrachtete Anne eine Weile und erwiderte vorsichtig: »Elisabeth? Nun ja, die Zeit wird es lehren.«

Dieser Formulierung fügte Anne sich nach kurzer Beobachtung. Im Augenblick gab es noch keine Entscheidung, und in diesem Hause ging Elisabeth immer voran. Als »Miß Elliot« war sie derart an die allgemeine Auszeichnung gewöhnt, daß Aufmerksamkeit für eine andere ganz ausgeschlossen schien. Außerdem war Mr. Elliot noch keine sieben Monate Witwer. Ein gewisses Zögern seinerseits wäre daher nur zu verständlich. Beim Anblick des Trauerflors um seinen Hut fand Anne die angestellten Erwägungen fast unentschuldbar. Wenn seine Ehe auch nicht übermäßig glücklich gewesen war, so hatte sie doch so viele Jahre gewährt, und sie verstand es nicht, wie man sich so schnell von der Vergangenheit befreien konnte.

Wie sich auch alles lösen mochte, er war fraglos ihr angenehmster Bekannter in Bath. Niemand war ihm vergleichbar, sie sprach nur zu gern dann und wann mit ihm über Lyme. Gleich ihr schien auch er den Wunsch zu hegen, sie oft wiederzusehen und näher kennenzulernen. Und wenn sie sich die Einzelheiten ihrer ersten Begegnung vergegenwärtigten, deutete er an, sie damals mit Ernst betrachtet zu haben. Sie wußte das wohl und mußte gleichzeitig an den Blick eines anderen Menschen denken.

Sie waren nicht immer einer Meinung. Er legte Rang und Beziehungen größeren Wert bei als sie selbst. Nicht nur aus Freundlichkeit, sondern gewiß aus einem anderen Grunde nahm er so regen Anteil an den Sorgen der Verwandten in einer Angelegenheit, die Anne der Beachtung für unwürdig hielt. Die Badezeitung berichtete eines Morgens über die Ankunft der verwitweten Vicomtesse Dalrymple mit Tochter, der wohledlen Miß Carteret. Für viele Tage war alle Behaglichkeit am Camdenplatz dahin. Die Dalrymples waren zwar – nach Annes Ansicht bedauerlicherweise – Verwandte der Elliots; aber es bestand einige Schwierigkeit, sich in der richtigen Form bei ihnen einzuführen. Wenn Anne auch nie ihren Vater und ihre Schwester im Umgang mit dem Hochadel gesehen hatte, so war sie doch einer besseren Haltung und größerer Selbstschätzung gewiß gewesen. Aber sie bewiesen wenig wahren Stolz und sprachen tagaus tagein von »unseren Basen Lady Dalrymple und Miß Carteret« oder »unsere Verwandten, die Dalrymples«.

Sir Walter war vor Jahren einmal dem verstorbenen Vicomt in einer Gesellschaft begegnet; aber von der übrigen Familie hatte er nie jemand zu Gesicht bekommen. Die jetzt bestehende Schwierigkeit rührte daher, daß seit dem Tode jenes erwähnten Vicomts alle Höflichkeitskorrespondenz unterbrochen worden war, da man infolge einer gleichzeitigen ernsten Erkrankung Sir Walters unglücklicherweise in Kellynch versäumt hatte, einen Kondolenzbrief nach Irland zu schicken. Dieses Versehen war den Sündern beim Tode der armen Lady Elliot heimgezahlt worden. Man hatte in Kellynch ebenfalls keinen Kondolenzbrief erhalten. Demzufolge war die Befürchtung nur allzu berechtigt, die Dalrymples möchten die Verwandtschaft als beendet betrachten. Jetzt fragte man sich, wie diese peinliche Angelegenheit zu bereinigen sei und wie man wieder als Verwandte in Gnaden aufgenommen würde. Selbst Lady Russell und Mr. Elliot hielten es nicht für unwesentlich. Familienbeziehungen sollten immer gepflegt werden, und man müsse sich um gute Gesellschaft bemühen. Lady Dalrymple hatte auf drei Monate eine Villa am Lauraplatz gemietet und würde dort ein großes Haus führen. Sie war auch im vergangenen Jahr in Bath gewesen und wurde als reizende Dame bezeichnet. Es war daher wünschenswert, diese Beziehungen wieder anzuknüpfen, wenn sich die Elliots dabei nicht zu viel vergeben müßten.

Seinem eigenen Ermessen folgend, schrieb Sir Walter schließlich einen sehr schönen Brief an seine hochwohlgeborene Base, angefüllt mit Erklärungen, Bedauern und Beschwörungen. Weder Lady Russell noch Mr. Elliot hießen den Brief gut. Aber ihm war der gewünschte Erfolg beschieden, denn er trug Sir Walter drei gekritzelte Zeilen von der verwitweten Vicomtesse ein. Sie fühle sich geehrt und würde sich über die Bekanntschaft herzlich freuen. Damit waren die Sorgen und Nöte dieser Angelegenheit ausgestanden, und man konnte die Früchte ernten. Elliots machten Besuch am Lauraplatz und legten später die Besuchskarten der verwitweten Vicomtesse Dalrymple und der hochedlen Miß Carteret am Camdenplatz so geschickt, daß sie gleich ins Auge sprangen und man zu jedermann von »unseren Basen am Lauraplatz – von unseren Basen, Lady Dalrymple und Miß Carteret« sprechen konnte.

Anne schämte sich zutiefst. Selbst wenn die Damen besonders angenehm gewesen wären, hätte sie sich immer noch der hervorgerufenen Erregung geschämt. Aber sie waren nichts dergleichen, ohne Hoheit des Benehmens, ohne Begabung und Geist. Man nannte Lady Dalrymple »eine reizende Dame«, weil sie für jedermann ein Lächeln und eine herablassende Antwort bereit hatte. Miß Carteret, die gar nichts zu sagen wußte, war so unansehnlich und ungeschickt, daß sie, ohne die Empfehlung ihres Herkommens, am Camdenplatz nie vorgelassen worden wäre.

Lady Russell gestand, Besseres erwartet zu haben; aber dennoch solle man die Bekanntschaft pflegen. Mr. Elliot stimmte zwar Annes Meinung über die Damen bei; aber er maß ihnen Bedeutung zu als Familienbeziehung und als Mittelpunkt guter Gesellschaft. Anne meinte lächelnd:

»Meine Vorstellung von guter Gesellschaft, Mr. Elliot, ist die einer Gemeinschaft kluger, gut unterrichteter Menschen, die eine gewählte Unterhaltung lieben.«

»Sie irren«, erwiderte er freundlich. »Das ist nicht *gute* Gesellschaft, das ist die beste. Gute Gesellschaft fragt nur nach Geburt, Erziehung und Auftreten und ist im Hinblick auf Erziehung nicht einmal anspruchsvoll. Abstammung und Auftreten zählen vor allem. Ein wenig Wissen ist jedoch nicht vom Übel, nimmt sich sogar recht vorteilhaft aus. Sie schütteln ihr Haupt und sind damit nicht zufrieden? Sie sind recht heikel. Aber, meine liebe Base, Sie haben auch mehr Recht dazu, als irgendeine andere Frau meiner Bekanntschaft. Doch was nützt das? Sind Sie darum glücklicher? Ist es nicht vernünftiger, die Gesellschaft der guten Damen vom Lauraplatz zu pflegen und alle Vorteile, die sich damit verbinden, soweit wie möglich zu genießen? Seien Sie sicher, sie werden sich in diesem Winter in der allerersten Gesellschaft von Bath bewegen, und da nun einmal vor allem der Rang zählt und man weiß, daß Sie mit ihnen verwandt sind, wird es Ihrer Familie – unsere Familie darf ich wohl sagen – zu jenem Ansehen verhelfen, das wir alle nur wünschen können.«

»Ja«, seufzte Anne, »man wird allerdings bald wissen, daß wir mit ihnen verwandt sind! Trotzdem hat man viel zu viel Aufhebens um diese Bekanntschaft gemacht. Ich besitze wohl mehr Stolz« – und sie lächelte – »als irgendein Elliot. Aber ich muß gestehen, es verdrießt mich, daß wir uns so eifrig um eine Verwandtschaft bemühen, der die Gegenseite ziemlich gleichgültig ist.«

»Verzeihen Sie mir, liebe Base, Sie stehen Ihrem eigenen Vorteil im Wege. In London vielleicht und bei Ihrer gegenwärtigen ruhigen Lebensweise mag es wohl so sein, wie Sie sagen;

aber in Bath wird die Familie des Sir Walter Elliot immer ein geschätzter und gesuchter Umgang sein.«

»Nun ja«, entgegnete Anne, »ich bin sicherlich stolz, zu stolz vielleicht, um eine freundliche Aufnahme lediglich aus Rücksicht auf den Ort zu genießen.«

»Ich liebe Ihre Entrüstung«, sagte er, »sie ist nur allzu natürlich. Aber Sie sind nun einmal in Bath, und es ist Ihre Pflicht, sich mit all dem Ansehen und der Würde zu umgeben, die Sir Walter Elliot gebührt. Sie sagen, Sie seien stolz. Ich weiß, daß man mich stolz nennt, und ich möchte das nicht missen; denn unser Stolz würde bei näherer Untersuchung das gleiche Ziel offenbaren, wenn auch zweifellos die Art ein wenig voneinander abweicht. Meine liebe Base«, fuhr er mit leiser Stimme fort, obwohl sonst niemand im Zimmer war, »ich bin sicher, daß wir in einem Punkt das gleiche fühlen. Diese Ausdehnung der Gesellschaft ihres Vaters innerhalb der ihm Ebenbürtigen oder Höhergestellten kann insofern nützen, als seine Gedanken von denen abgelenkt werden, die unter ihm stehen.«

Bei diesen Worten blickte er auf den Platz, wo eben noch Mrs. Clay gesessen hatte. Das war deutlich genug. Anne freute sich über sein Mißfallen an Mrs. Clay. Darum gestand ihr Gewissen Mr. Elliot wohl eine Unterstützung der hohen Verwandtschaft ihres Vaters zu; um Mrs. Clay auszustechen, war sie mehr als entschuldbar.

Siebzehntes Kapitel

Während Sir Walter und Elisabeth eifrig ihr Glück am Lauraplatz pflegten, knüpfte Anne eine vollständig anders geartete Bekanntschaft wieder an.

Gelegentlich eines Besuches bei ihrer ehemaligen Erzieherin hatte sie erfahren, daß in Bath eine frühere Schulfreundin lebe, die zwei Empfehlungen aufwies: früher erwiesene Freundlichkeit und gegenwärtiges Mißgeschick. Anne hatte sich in der Schule sehr unglücklich gefühlt und, um die geliebte Mutter trauernd, so heftiges Heimweh empfunden, wie ein empfindsames und nicht besonders heiter veranlagtes Mädchen von vierzehn Jahren. Damals hatte die drei Jahre ältere Miß Hamilton, jetzt Mrs. Smith, die ohne Verwandte und geordnetes Heim war und noch ein weiteres Jahr in der Schule blieb, sich Annes liebevoll angenommen und ihr Elend gemildert, so daß sie nie ohne Dankbarkeit ihrer gedachte.

Miß Hamilton hatte dann die Schule verlassen und wenig später einen, wie es hieß, vermögenden Mann geheiratet. Mehr wußte Anne nicht, als der Bericht der Erzieherin alles viel deutlicher, aber auch wesentlich anders ihr vor Augen führte.

Mrs. Smith war Witwe und verarmt. Ihr Mann hatte ein ausschweifendes Leben geführt und seine Frau vor fast zwei Jahren in sehr verworrenen Verhältnissen zurückgelassen. Sie hatte sich durch alle möglichen Schwierigkeiten durchgekämpft und war zu allem übrigen Kummer von einem heftigen rheumatischen Fieber befallen worden, das sich in ihren Beinen festsetzte und sie zum Krüppel machte. Darum war sie nach Bath übergesiedelt und hatte sich in der Nähe der Warmbäder eingemietet, wo sie in äußerst kümmerlichen Verhältnissen, ohne Dienstboten und dadurch auch fast völlig von jeder Gesellschaft ausgeschlossen, lebte.

Die beiderseitige Freundin verbürgte sich dafür, daß Miß Elliots Besuch Mrs. Smith sehr erfreuen würde. Zu Hause erwähnte Anne nichts von dem Gehörten und von ihrer Absicht, Mrs. Smith aufzusuchen. Man hätte sie doch nicht verstanden. Lediglich Lady Russell befragte sie, und diese teilte Annes Gefühle und fuhr sie zu Mrs. Smiths Wohnung in den Westgate Häusern.

Der Besuch wurde abgestattet, die Bekanntschaft erneuert und die gegenseitige Teilnahme mehr als wieder entfacht. Die ersten zehn Minuten brachten wohl Verlegenheit und Rührung. Man hatte einander zwölf Jahre nicht mehr gesehen, und beide hatten sich sehr unterschiedlich entwickelt. Zwölf Jahre hatten Anne aus einer blühenden, stillen und unfertigen Fünfzehnjährigen in eine kleine elegante Frau von siebenundzwanzig verwandelt, die sich großer Schönheit, wenn auch nicht eines blühenden Aussehens erfreute, und deren Haltung von ebenso bewußter wie unwandelbarer Sanftmut zeugte. Andererseits hatten zwölf Jahre aus dem gut aussehenden, wohlgewachsenen, strahlend gesunden und selbstbewußten Fräulein Hamilton eine arme, kranke, hilflose Witwe gemacht, die jetzt den Besuch ihres früheren Schützlings als Gnade empfand. Aber alle Unbehaglichkeit des Wiedersehens war bald überwunden und ließ nur den prickelnden Reiz ehemaliger Neigung und vergangener Erinnerungen erstehen.

Anne fand, wie kaum anders erwartet, bei Mrs. Smith Klugheit und gute Sitten und gleichzeitig überraschende Bereitschaft zu Gespräch und Lustigkeit. Weder die Zerstreuungen der Vergangenheit – und sie hatte viel in der großen Welt gelebt – noch die Einschränkungen der Gegenwart, weder Krankheit noch Sorgen schienen ihr Herz verbittert oder ihren Mut vernichtet zu haben.

Bei einem zweiten Besuch sprach sie mit großer Offenheit und steigerte Annes Überraschung. Sie konnte sich kaum ein freudloseres Leben als Mrs. Smiths vorstellen. Sie hatte ihren Mann herzlich geliebt – sie hatte ihn begraben. Sie war an Gesellschaft gewöhnt – die Zeiten waren vorüber. Kein Kind fesselte sie ans Leben und schenkte ihr Glück. Sie besaß keine Verwandten, die ihr in schwierigen Lagen hätten beistehen können, und ihr fehlte die Gesundheit, um alles andere erträglich zu gestalten. Ihre Wohnung beschränkte sich auf einen Salon und ein dahinterliegendes dunkles Schlafzimmer. Ohne freundliche Hilfe konnte sie nicht von dem einen ins andere gelangen, und dem ganzen Hause stand nur eine Bedienstete zur Verfügung. Trotz allem fand Anne in deren Tageslauf neben Stunden der Beschäftigung und Freude nur kurze Augenblicke der Sehnsucht und Niedergeschlagenheit. Wie konnte das möglich sein? Sie beobachtete, wachte, dachte nach und stellte fest, daß dies nicht nur auf Seelenstärke und Entsagung zurückzuführen war. Ein nachgiebiger Geist mochte wohl geduldig sein, ein starker Verstand würde wohl Entschlossenheit bieten; aber hier war doch noch mehr. Hier herrschte die Beweglichkeit des Geistes, die Veranlagung, sich trösten zu lassen, die Kraft, bereitwillig vom Bösen zum Guten umzuschwenken und sich Beschäftigung zu suchen, die nur die Natur verleiht. Dies war das köstlichste Geschenk des Himmels, und Anne betrachtete ihre Freundin als eine der wenigen Fälle, in denen ein gnädiges Geschick ein Gegengewicht gegen fast jeden Mangel geschaffen zu haben schien.

Es hatte wohl einmal eine Zeit gegeben, erzählte ihr Mrs. Smith, da sie fast unterlegen wäre. Sie konnte sich jetzt schon nicht mehr eine Kranke nennen im Vergleich mit dem, was sie bei ihrer Ankunft in Bath durchgemacht hatte. Damals war sie wirklich ein bemitleidenswertes Geschöpf gewesen. Denn sie hatte sich auf der Reise erkältet und noch kaum in ihren Räumen eingerichtet, als sie auch schon wieder an ihr Bett gefesselt war und ständig unter schweren Schmerzen litt. Und all das unter Fremden – dazu die unbedingte Notwendigkeit, eine ständige Pflegerin zu beanspruchen, und gerade damals waren ihre Finanzen am wenigsten geeignet, besondere Ausgaben zu ertragen. Sie hatte es dennoch geschafft und konnte wohl sagen, es war nicht zu ihrem Nachteil. Das Bewußtsein, in guten Händen zu sein, hatte ihr Wohlbefinden erhöht. Sie kannte die gesellschaftliche Welt zu gut, um von irgendeiner Seite eine plötzliche und uneigennützige Freundschaft zu erwarten; aber ihre Krankheit hatte ihr gezeigt, daß ihre Hausfrau einen guten Charakter hatte und sie nicht ausnützen würde. Mit ihrer Pflegerin hatte sie besonderes Glück entwickelt, da die Schwester der Hausfrau, eine ausgebildete Krankenpflegerin, hier ein Zuhause hatte, wenn sie nicht beschäftigt war, und gerade frei war, um sich ihrer anzunehmen. »Und sie hat mich nicht nur in bewunderungswürdiger Weise versorgt«, sagte Mrs. Smith, »sondern sie hat sich mir auch als eine unschätzbare Freundin erwiesen. Sobald ich meine Hände wieder gebrauchen konnte, unterwies sie mich im Stricken, und das hat mir wunderbar die Zeit vertrieben. Auch hat sie mich gelehrt, wie man diese kleinen Nähkästen, Nadelkisten und Kartenständer anfertigt, mit denen sie mich immer beschäftigt finden und die mich in die Lage versetzen, dann und wann ein paar sehr arme Familien in der Nachbarschaft ein bißchen Gutes zu tun. Sie hat von Berufs wegen natürlich einen ausgedehnten Bekanntenkreis in reicheren, kaufkräftigen Bevölkerungsschichten und betätigt sich als Vermittlerin für meine Machwerke. Alle Herzen sind geöffnet, wenn sie erst kürzlich heftigen Schmerzen entronnen sind und langsam den Segen der Gesundheit wiedergewinnen. Schwester Rooke versteht es großartig, dafür zu sprechen. Sie ist eine schlaue, gescheite und kluge Frau. Sie erkennt die menschliche Natur. Sie besitzt ein ausgezeichnetes Verständnis und gute Beobachtungsgabe, die sie zu einem wesentlich wertvolleren Gefährten macht als Tausende derer, die nur ›die beste Erziehung der Welt‹ genossen haben, aber nichts Richtiges damit anzufangen wissen. Nennen Sie es Klatsch, wenn Sie wollen; aber wenn Schwester Rooke eine halbe Stunde für mich übrig hat, weiß sie mir bestimmt etwas zu berichten, das gleichzeitig unterhält und bereichert und einen seine Mitmenschen besser kennenlernen läßt. Man hört doch gern, was so vor sich geht, man ist doch gern au fait bezüglich der neuesten Mode und ihrer törichten Kleinigkeiten. Für mich ist ihre Unterhaltung auf jeden Fall ein besonderer Gewinn.«

Anne lag es fern, diese Art des Zeitvertreibs zu kritisieren, so antwortete sie: »Das kann ich wohl glauben. Frauen aus diesen

Kreisen bietet sich manche Gelegenheit, und wenn sie gescheit sind, lohnt es sich schon, ihnen zuzuhören. Welch verschiedenartige menschliche Naturen offenbaren sich ihnen. Sie durchschauen die Menschen nicht nur in ihren Torheiten, sondern sehen sie auch unter allen erdenklich reizvollen und rührenden Umständen. Welche Bilder glühender, uneigennütziger, selbstverleugnender Liebe müssen sich vor ihnen abrollen – Beispiele von Heldentum, Kraft, Geduld und Verzicht, von innerem Widerstreit und von Opfern, die uns am stärksten läutern. Eine Krankenstube wiegt oft den Wert vieler Bücher auf.«

»Ja«, sagte Mrs. Smith ein wenig zweifelnd, »manchmal wohl; aber ich fürchte, im allgemeinen sind die Lehren doch nicht in so gehobenem Stil geschrieben. Hier und da mag die menschliche Natur in Prüfungen wachsen; aber im allgemeinen äußert sich in einem Krankenzimmer doch wohl die Schwäche und nicht die Kraft. Es ist eher Eigensucht und Ungeduld als Großzügigkeit und Stärke, wovon man hört. Es gibt so wenig wirkliche Freundschaft auf Erden! Und unglücklicherweise« – hier sprach sie leise und bebend – »denken die meisten Menschen erst ernsthaft nach, wenn es fast zu spät ist.«

Anne sah wohl das Elend solcher Gefühle. Der Mann hatte sie enttäuscht und seine Frau in einen Kreis geführt, der ihr die Welt in einem schlechteren Licht zeigte, als sie zu verdienen schien. Aber diese trübsinnige Stimmung hielt bei Mrs. Smith nicht lange an, sie schüttelte sie ab und fügte bald in verändertem Ton hinzu:

»So wird die Stelle, die meine Freundin Mrs. Rooke im Augenblick innehat, mir wohl auch nicht viel Interessantes oder Erbauliches bieten. Sie pflegt nur Mrs. Wallis in den Marlborough Häusern – ich glaube ein niedliches, törichtes, kostspieliges, elegantes Frauchen –, und da hat sie natürlich nichts zu berichten als von Spitzen und Toilettenartikeln. Ich gedenke aber doch bei Mrs. Wallis meinen Teil herauszuschlagen. Sie hat reichlich Geld und soll mir all die teuren Sachen abkaufen, die ich gerade fertig habe.«

Anne besuchte ihre Freundin mehrere Male, ehe man am Camdenplatz von ihr erfuhr. Schließlich mußte sie jedoch von ihr berichten. – Eines Morgens kehrten Sir Walter, Elisabeth und Mrs. Clay vom Lauraplatz heim mit einer plötzlichen Einladung von Lady Dalrymple noch für den gleichen Abend, und Anne hatte schon eine Verabredung, den Abend in Westgate zu verbringen. Die Ausrede tat ihr gar nicht leid. Die Einladung wurde sicherlich nur deshalb ausgesprochen, weil Lady Dalrymple stark erkältet war und das Haus hüten mußte; so war sie jetzt um die Verwandtschaft froh, die man ihr vorher aufgezwungen hatte. Also sagte Anne für sich schleunigst ab. Sie sei für den Abend bei einer alten Schulkameradin verabredet. Niemand war zwar wirklich auf Anne erpicht; aber dennoch wurden genug Fragen gestellt, um herauszubekommen, wer diese Schulkameradin war. Elisabeth war geringschätzig und Sir Walter streng.

»In Westgate!« rief er aus. »Und wen besucht Miß Anne Elliot wohl in Westgate? – Eine Mrs. Smith! Eine Witwe Mrs. Smith! Und wer war ihr Mann, bitte? Einer von den fünftausend Mr. Smiths, deren Namen man überall begegnet! Und welchen Vorzugs kann sie sich rühmen? Daß sie alt und kränklich ist. Auf mein Wort, Miß Anne Elliot, Sie haben den ausgefallensten Geschmack! Alles, was andere Menschen abstößt, niedrige Gesellschaft, schäbige Räume, schlechte Luft, entsetzliche Bekannte, sind für dich anziehend. Aber du wirst ja diesen Besuch wohl auf morgen verschieben können. Die alte Dame wird ihrem Tode wohl nicht ganz so nahe sein, daß sie nicht noch auf einen Tag hoffen dürfte. Wie alt ist sie? Vierzig?«

»Noch nicht ganz einunddreißig, Vater. Aber ich kann meine Verabredung nicht rückgängig machen; denn es ist für geraume Zeit der einzige Abend, der uns beiden gleichzeitig paßt. Morgen ist sie im Warmbad, und den Rest der Woche sind wir ja immer vergeben, wie du wohl weißt.«

»Und wie denkt denn Lady Russell über diese Bekanntschaft?« fragte Elisabeth.

»Sie sieht nichts Tadelnswertes daran«, erwiderte Anne. »Im Gegenteil, sie stimmt mir zu und hat mich sogar regelmäßig hingefahren.«

»Über das Erscheinen einer Kutsche wird man wohl in ganz Westgate erstaunt gewesen sein«, bemerkte Sir Walter. »Zwar hat Sir Henry Russells Witwe kein distinguiertes Familienwappen aufzuweisen; aber ihre Kutsche ist dennoch ansehnlich, und es wird wohl auch nicht unbekannt sein, daß Miß Anne Elliot darin spazieren fährt. – Eine Witwe Mrs. Smith, die in Westgate wohnt! Eine arme Witwe zwischen dreißig und vierzig, die sich kaum am Leben erhalten kann! Eine einfache Mrs. Smith, eine Allerwelts-Mrs.-Smith! Von allen Namen ausgerechnet eine Mrs. Smith ist die Freundin einer Miß Anne Elliot und wird von dieser ihren Familienbeziehungen unter den ersten Adelsfamilien Englands und Irlands vorgezogen! Mrs. Smith! Wenn ich den Namen schon höre!«

Mrs. Clay war während der Unterhaltung anwesend und hielt es jetzt für ratsam, das Zimmer zu verlassen. Nun hätte Anne vielerlei zur Verteidigung *ihrer* Freundin vorbringen können, zumal ihre Wünsche sich nicht sehr von denen ihrer Familie unterschieden. Aber die Achtung vor ihrem Vater hielt sie davon ab. Sie schwieg und überließ es ihm, auf den Gedanken zu kommen, daß Mrs. Smith nicht die einzige Witwe zwischen dreißig und vierzig hier in Bath war, die kaum genug zum Leben hatte und keinen adligen Namen besaß.

Jeder hielt sich an seine eigene Verabredung. Natürlich berichtete man Anne am folgenden Morgen, wie reizend der Abend verlaufen sei und wie sehr sie der Gesellschaft gefehlt habe. Denn nicht allein, daß Sir Walter und Elisabeth als einzige Gäste Ihrer Gnaden zu Diensten gestanden hätten, sie waren tatsächlich so glücklich, ihr auch noch andere herbeizuholen, und hätten Mühe gehabt, auch Lady Russell und Mr. Elliot einzuladen. Mr. Elliot habe versprochen, Oberst Wallis früher zu verlassen, und Lady Russell habe ihre sämtlichen Pläne für den Abend abgeändert, nur um Ihrer Gnaden aufzuwarten. Anne hörte alle Neuigkeiten, die solch ein Abend zu bieten vermag, von Lady Russell. Am wichtigsten war ihre Bemerkung, daß sie und Mr. Elliot lebhaft von Anne gesprochen, sie sehr vermißt, aber gleichzeitig gelobt hätten, weil sie aus einem solchen Grunde ferngeblieben war. Annes Anteilnahme an dem Schicksal der jetzt so kranken und armen früheren Schulkameradin schienen Mr. Elliot entzückt zu haben. Er hielt Anne für eine ganz außergewöhnliche junge Frau und nach ihrem Wesen, Gemüt und Veranlagung für ein Vorbild weiblicher Tugenden. Er pries Annes prächtige Eigenschaften in gleichem Maße wie Lady Russell, und Anne hörte von diesen Äußerungen und der Hochschätzung eines klugen Mannes nicht ohne die angenehmen Empfindungen, die Lady Russell zu erwecken beabsichtigte.

Lady Russell hatte ihr Urteil über Mr. Elliot abgeschlossen und war sowohl von seiner Absicht überzeugt, Anne zur gegebenen Zeit für sich zu gewinnen, wie auch davon, daß er sie verdiene. Sie zählte schon die Wochen, welche die durch ein Witwertum geforderte Einschränkung beenden und ihm eine neue Werbung gestatten würden. Anne gegenüber zeigte sie in dieser Angelegenheit nicht halb so viel Sicherheit, wie sie selbst hegte. Sie ließ sich nur zu kleinen Andeutungen herbei, wies auf seine keimende Liebe hin, und wie wünschenswert eine solche Verbindung unter der Voraussetzung gegenseitiger Zuneigung sei. Anne lauschte, ohne sich zu wehren, lächelte, errötete und schüttelte ein wenig den Kopf.

»Du weißt sehr wohl, daß ich nicht kuppele«, sagte Lady Russell; »denn ich bin mir zu sehr der Unsicherheit aller menschlichen Berechnungen und Wirkungen bewußt. Doch wenn dir Mr. Elliot einmal einen Antrag machen sollte und du dann geneigt wärest, ihn zu erhören, halte ich es für durchaus möglich, daß ihr zusammen glücklich werdet. Jedermann wird die Verbindung für sehr vorteilhaft halten – ich glaube aber, daß sie auch sehr glücklich werden könnte.«

»Gewiß, Mr. Elliot ist äußerst angenehm, und ich schätze ihn in mancher Hinsicht sehr hoch«, erwiderte Anne; »aber wir würden nicht zusammen passen.«

Lady Russell ließ das unwidersprochen hingehen und nahm ihre Rede wieder auf: »Ich kann dich mir gut als Herrin von Kellynch vorstellen, die zukünftige Lady Elliot. Ich würde mich freuen, dich auf dem Platz deiner lieben Mutter zu sehen, im Genuß ihrer alten Rechte –, beliebt und tugendsam wie sie. Das wäre die höchste Genugtuung für mich. Du gleichst deiner Mutter in Haltung und Veranlagung; und wenn du auch ihre Stellung und ihren Namen erhalten, an der gleichen Stelle gebieten und wirken solltest – ihr nur insofern überlegen, als man dich noch höher schätzt –, meine liebste Anne, meinem Alter könnte keine größere Freude widerfahren!«

Anne erhob sich und ging zu einem anderen Tisch hinüber. Sie schützte eine Beschäftigung vor, um die Empfindungen zu unterdrücken, die dieses Bild in ihr erregte. Ihre Vorstellungskraft und ihr Herz waren für einige Augenblicke wie verzaubert. Die Vorstellung, den Platz ihrer Mutter einzunehmen, den köstlichen Namen »Lady Elliot« mit sich selbst zu verbinden, wieder in Kellynch zu wohnen, es wieder Heimat, für immer ihre Heimat zu nennen – das war zu schön, um gleich zu widerstehen. Lady Russell schwieg, sie wollte die Angelegenheit selbst wirken lassen. Sie glaubte – ach, hätte doch Mr. Elliot in diesem Augenblick für sich selbst die richtigen Worte sprechen können! –, kurz, sie glaubte, was Anne nicht wahrhaben wollte. Der gleiche Gedanke an den seine eigene Sache vertretenden Mr. Elliot brachte Anne wieder zur Vernunft. Dahin war aller Reiz! Sie könnte ihn nie erhören. Nicht nur, weil ihre Gefühle immer noch alle Männer außer einem ablehnten, sondern es sträubte sich bei reiflicher Überlegung alles in ihr gegen Mr. Elliot.

Sie kannten sich nun schon einen Monat lang; aber sie hatte nicht die befriedigende Überzeugung, wirklich in seinen Charakter eingedrungen zu sein. Er war ein kluger und angenehmer Mann, er sprach gewandt, hatte gesunde Anschauungen, ein gutes Urteilsvermögen und vorzügliche Grundsätze – das war alles offenkundig. Er wußte sicherlich, was recht war; aber sie hätte sich gescheut, für sein Verhalten zu bürgen. Wenn auch nicht der Gegenwart, so mißtraute sie doch der Vergangenheit. Die Namen früherer Freunde, die er gelegentlich erwähnte, die Anspielung an frühere Geschäfte und Liebhabereien erregten ihren Argwohn, seine Vergangenheit könne nicht ganz einwandfrei sein. Er frönte schlechten Angewohnheiten. So zählte es zu seinen Gepflogenheiten, an Sonntagen zu reisen, und er war eine gewisse Zeit seines Lebens – und wahrscheinlich keine kurze – allen ernsthaften Angelegenheiten abhold gewesen. Wenn er auch jetzt ganz anders dachte, wer konnte für die wahren Empfindungen eines klugen, vorsichtigen Mannes einstehen, der inzwischen alt genug geworden war, um die Bedeutung eines guten Charakter zu schätzen? Konnte man je sicher sein, daß auch sein Geist sich gereinigt hatte?

Mr. Elliot war vernünftig, taktvoll und geschliffen; aber er war nicht offen. Er zeigte nie einen Gefühlsausbruch, nie tief empfundenen Unwillen oder freudiges Entzücken über gutes oder böses Verhalten anderer Menschen. Das war in Annes Augen entschieden ein Fehler. Ihr erster Eindruck ließ sich nicht berichtigen. Sie wertete einen aufrichtigen, offenherzigen und ursprünglichen Charakter über alles, und er verfehlte bei ihr niemals seine Wirkung. Sie glaubte sich viel eher auf die Ehrlichkeit derer verlassen zu können, die dann und wann etwas Unüberlegtes oder Gedankenloses sagen, als auf die, deren Geistesgegenwart nie versagte, deren Zunge nie ausglitt.

Mr. Elliots Anpassung war zu allgemein. So widersprechend auch die Charaktere im Hause ihres Vaters waren – er gefiel allen. Er war zu geduldig und stand sich mit jedem einzelnen zu gut. Er hatte ihr gegenüber mit einiger Offenheit über Mrs. Clay gesprochen. Er schien Mrs. Clays Winkelzüge zu durchschauen und zu verachten; und dennoch schätzte Mrs. Clay ihn ebenso hoch wie alle anderen.

Lady Russell sah entweder mehr oder weniger als ihre junge Freundin; denn nichts erregte ihr Mißtrauen. Mr. Elliot dünkte ihr vollendet, und sie malte sich die süße Hoffnung aus, wie er im Laufe des kommenden Herbstes in der Kirche von Kellynch die Hand ihrer geliebten Anne erhalten würde.

Achtzehntes Kapitel

Es war Anfang Februar. Anne lebte schon fast einen Monat in Bath und sehnte sich so recht nach Neuigkeiten aus Uppercross und Lyme. Sie wollte viel mehr hören, als Mary schrieb. Die letzten Nachrichten lagen obendrein schon drei Wochen zurück. Anne wußte lediglich, daß Henrietta wieder zu Hause und Louisa noch in Lyme war, obgleich ihre Genesung gute Fortschritte zu machen schien. Eines Abends, als ihre Gedanken besonders eindringlich bei ihnen allen weilten, wurde ihr ein ungewöhnlich dicker Brief von Mary – und zur Erhöhung ihrer Freude und Überraschung – mit den Empfehlungen von Admiral und Mrs. Croft ausgehändigt.

Die Crofts waren in Bath! Das ließ sie aufhorchen. Diese beiden Menschen, denen sich ihr Herz ganz natürlich zugewandt hatte.

»Was soll das heißen?« rief Sir Walter. »Die Crofts in Bath? Die Crofts, die Kellynch mieteten? Was haben sie dir denn mitgebracht?«

»Einen Brief aus Klein-Uppercross, Papa.«

»Oh! So ein Schreiben ist der bequemste Wegbereiter. Das sichert ihnen eine Einführung. Na, ich würde Admiral Croft auf jeden Fall besucht haben. Ich weiß wohl, was ich meinem Mieter schuldig bin.«

Anne hörte nicht länger zu; sie hätte nicht einmal sagen können, warum die Hautfarbe des armen Admirals mit keinem Wort erwähnt wurde, so sehr nahm der Brief sie in Anspruch.

»Den 1. Februar.

Meine liebe Anne!

Ich entschuldige mich gar nicht erst für mein langes Schweigen, da ich weiß, wie wenig einem in einer Stadt wie Bath überhaupt an Briefen liegt. Du wirst viel zu glücklich sein, um oft an Uppercross zu denken, das so wenig Neuigkeiten zu bieten hat. Weihnachten war es schrecklich langweilig und die Musgroves haben während der ganzen Ferien nicht eine Abendgesellschaft gegeben. Die Hayters rechne ich erst gar nicht. Jetzt sind die Ferien endlich vorbei. Ich glaube, so lange Ferien haben andere Kinder nie gehabt, ich auf jeden Fall nicht. Gestern wurde das Haus geräumt bis auf die kleinen Harvilles. Aber es wird Dich sicher wundern, daß sie überhaupt noch nicht wieder zu Hause waren. Mrs. Harville muß eine merkwürdige Mutter sein, sich so lange von ihnen zu trennen. Ich verstehe das nicht. Meiner Meinung nach sind es gar keine niedlichen Kinder. Aber Mrs. Musgrove scheint sie ebenso gern, wenn nicht sogar lieber zu haben als ihre eigenen Enkelkinder. Und welch scheußliches Wetter haben wir! Bei dem schönen Pflaster in Bath mögt Ihr das gar nicht empfinden, aber auf dem Lande merkt man es um so mehr. Außer Charles Hayter hat mich seit der zweiten Januarwoche keine Menschenseele mehr besucht, und der sprach öfter vor, als mir lieb war. Unter uns gesagt, ich halte es für sehr bedauerlich, daß Henrietta nicht ebenso lange wie Louisa in Lyme blieb; es hätte sie doch ein wenig von ihm ferngehalten.

Heute ist der Wagen abgefahren, um morgen Louisa und die Harvilles herüberzubringen. Man hat uns allerdings erst für einen Tag später zum Essen eingeladen. Mrs. Musgrove fürchtet, Louisa könne von der Reise zu ermüdet sein; aber das ist nicht allzu wahrscheinlich, wenn man bedenkt, wie sie umhegt wird. Und mir hätte es viel besser gepaßt, morgen dort zu speisen. Ich freue mich, daß Mr. Elliot ein so angenehmer Gesellschafter ist. Wie gerne würde ich ihn auch kennenlernen! Aber es ist wie gewöhnlich, wenn etwas Nettes los ist, bin ich nicht dabei. An mich denkt man immer zuletzt! Wie unheimlich lange wohnt doch Mrs. Clay schon bei Elisabeth! Will sie eigentlich nie mehr fortgehen? Aber vielleicht würden wir auch nicht eingeladen, selbst wenn sie das Zimmer freigibt. Schreib mir doch bitte, was Du davon denkst. Ich erwarte natürlich keine Einladung für meine Kinder, weißt Du. Ich könnte sie aber auch sehr gut für einen Monat oder sechs Wochen in Uppercross lassen. Soeben höre ich, daß die Crofts nach Bath reisen; es heißt, der Admiral leide an Gicht. Charles hörte es ganz zufällig; sie besaßen nicht einmal die Höflichkeit, es mich wissen zu lassen; geschweige mir anzubieten, etwas für mich mitzunehmen. Ich finde, sie bessern sich als Nachbarn keineswegs. Wir sehen nichts von ihnen, und das ist wirklich die allergröbste Unaufmerksamkeit. Charles schließt sich meinen Grüßen an, und was sonst noch passend ist.

Deine Dich liebende Mary.

Leider muß ich anfügen, daß es mir keineswegs gut geht, und wie Jemima mir gerade erzählt, soll eine böse Halsentzündung, wie sie beim Metzger gehört hat, im Umlauf sein. Das werde ich bestimmt fangen. Und Du weißt ja, daß meine Halsschmerzen immer schlimmer sind als die anderer Leute.«

So endete der erste Teil des Briefes. Er stak in einem Umschlag, der ebenfalls beschrieben war. Der zweite Teil lautete:

»Ich ließ meinen Brief noch geöffnet, um Dir mitzuteilen, wie Louisa die Reise überstanden hat, und das freut mich jetzt besonders; denn ich habe noch eine Menge Neuigkeiten hinzuzufügen. Zunächst erhielt ich gestern ein Briefchen von Mrs. Croft, in dem sie mir anbot, irgend etwas für Dich mitzunehmen. Es war wirklich ein sehr liebenswürdiges, freundliches Billett, ganz wie es sein sollte. Ich kann also meinen Brief so lang ausdehnen, wie ich will. Der Admiral scheint eigentlich nicht sehr krank zu sein, und ich wünsche ihm aufrichtig, Bath möge ihm so gut bekommen, wie er es erwartet. Ich werde mich wirklich freuen, wenn sie erst wieder daheim sind. Unsere Nachbarschaft mag eine solch angenehme Familie nicht missen. Aber nun zu Louisa. Ich habe Dir etwas mitzuteilen, was Dich nicht wenig überraschen wird. Sie kam am Dienstag mit den Harvilles glücklich hier an. Wir gingen am Abend hinüber, um uns nach ihrem Befinden zu erkundigen, und waren wirklich äußerst erstaunt, Kapitän Benwick nicht anzutreffen, der gleichzeitig mit den Harvilles eingeladen worden war. Und warum fehlte er? Es ist nicht mehr und nicht weniger, als daß er in Louisa verliebt ist; und er wagt sich nicht eher nach Uppercross, bis er eine Antwort von Mr. Musgrove erhalten hat. Trotzdem schon alles vor ihrer Abreise zwischen ihm und ihrem Vater abgemacht war, hatte er durch Kapitän Harville an Mr. Musgrove geschrieben. So ist es, auf meine Ehre! Bist Du nicht erstaunt? Es würde mich jedenfalls überraschen; denn ich hatte keine Ahnung davon. Und auch Mrs. Musgrove behauptet, nicht das geringste gewußt zu haben. Wir freuen uns jedoch alle herzlich darüber. Wenn es auch nicht das gleiche ist, als hätte sie Kapitän Wentworth geheiratet, so ist die Wahl doch unendlich besser, als wenn es Charles Hayter wäre. Mr. Musgrove hat seine Einwilligung erteilt, und man erwartet Kapitän Benwick noch heute. Mrs. Harville meinte, es sei ihrem Mann um seiner Schwester willen recht schwer. Aber dennoch schätzen beide Louisa sehr, und Mrs. Harville und ich stimmen darin überein, daß wir sie um so mehr lieben, seit wir sie gepflegt haben. Charles möchte wissen, was Kapitän Wentworth dazu sagt; aber wenn Du Dich erinnerst, glaubte ich nie wirklich an seine Neigung für Louisa. Ich konnte nie etwas Derartiges feststellen. Und damit ist auch das Gerede beendet, Kapitän Benwick sei Dein Anbeter. Mir war es ja immer unverständlich, wie Charles überhaupt auf solch einen Gedanken kommen konnte. Ich hoffe, Benwick wird jetzt umgänglicher sein. Er ist sicher keine zu gute Partie für Louisa Musgrove; aber es ist doch tausendmal besser, als in die Hayter-Familie zu heiraten.«

Marys Befürchtung, ihre Schwester könne auch nur im geringsten auf eine solche Nachricht vorbereitet sein, war gänzlich unangebracht. Nie war Annes Überraschung größer gewesen! Kapitän Benwick und Louisa Musgrove! Das war zu schön, um wahr zu sein! Und nur mit allergrößter Mühe konnte sie eine ruhige Miene bewahren und die üblichen Augenblicksfragen beantworten. Glücklicherweise waren deren nicht allzu viele. Sir Walter wollte wissen, ob die Crofts vierspännig gereist seien und ob sie wohl in einem Stadtteil wohnen würden, der seinen und Miß Elliots Besuch zulasse. Weiter reichte seine Neugier nicht.

»Wie geht es Mary?« fragte Elisabeth und, ohne auf eine Antwort zu warten, fuhr sie fort: »Und warum kommen wohl die Crofts nach Bath?«

»Des Admirals wegen. Er leidet an Gicht.«

»Gicht und Altersschwäche!« rief Sir Walter. »Der arme alte Herr!«

»Haben sie Verwandte hier?« forschte Elisabeth.

»Ich weiß nicht; aber ich glaube es kaum. In Admiral Crofts Alter und bei seinem Beruf wird er kaum an einem Ort wie diesem Bekannte haben.«

»Ich fürchte«, stellte Sir Walter kühl fest, »Admiral Croft wird hier in Bath nur als Mieter von Kellynch Hall bekannt sein. Elisabeth, dürfen wir es wohl wagen, ihn und seine Frau am Lauraplatz einzuführen?«

»Oh, ich glaube nicht! Bei unserem Verhältnis zu Lady

Dalrymple sollten wir sehr vorsichtig sein und sie nicht mit Bekanntschaften belästigen, die ihr nicht zusagen könnten. Wenn wir nicht verwandt mit ihr wären, hätte das nichts auf sich; aber als Vetter und Base könnte sie sich in irgendeiner Weise verpflichtet fühlen. Wir überlassen es besser den Crofts, sich selbst einen passenden Kreis zu suchen. Hier wandern eine ganze Reihe seltsam aussehender Männer umher, die Seeleute sein sollen. An diese werden die Crofts sich anschließen.«

Hiermit endete Sir Walters und Elisabeths Anteilnahme an dem Brief; und nachdem Mrs. Clay ihren Zoll an taktvollerer Aufmerksamkeit durch Erkundigungen nach Mrs. Charles Musgrove und ihren hübschen kleinen Buben erledigt hatte, war Anne wieder sich selbst überlassen.

In ihrem Zimmer angelangt, versuchte sie, die ganze Sache zu begreifen. Charles mochte wohl recht haben mit seiner Bewertung von Kapitän Wentworths Gefühlen. Vielleicht hatte er das Feld geräumt oder hatte Louisa aufgegeben, vielleicht war seine Liebe vorüber, oder er hatte bemerkt, daß er sie gar nicht liebe. Den Gedanken an Verrat, Leichtsinn oder Ränke zwischen ihm und Benwick erwog sie nicht. Wie sollte auch eine Freundschaft gleich derjenigen der beiden Männer auf diese Weise getrennt werden können!

Kapitän Benwick und Louisa Musgrove! Die heitere, vergnügte, redefreudige Louisa Musgrove und der schwermütige, grüblerische, empfindsame, leseeifrige Kapitän Benwick. Ein jeder schien der Widerpart des anderen zu sein. Ihrer beider Wesen war so verschieden! Was anderes hatte sie zusammengeführt als die Lage der Dinge. Sie hatten mehrere Wochen im gleichen engen Familienkreise verbracht und waren seit Henriettas Abreise fast ausschließlich aufeinander angewiesen. Und die sich von einer Krankheit erholende Louisa war sehr aufgeschlossen und Kapitän Benwick auch nicht untröstlich. Und anstatt einen ähnlichen Schluß zu ziehen wie Mary, bestätigte ihr der Verlauf dieser Ereignisse lediglich seine aufflackernden Gefühle für sie selbst, ohne weitere Schmeicheleien für ihre Eitelkeit daraus zu entnehmen. Jede junge Frau, die sich ihm gewidmet und ihm einiges Empfinden entgegengebracht hätte, wäre der gleichen Beachtung teilhaftig geworden. Er besaß ein liebevolles Herz und mußte jemanden lieben.

Sie sah keinen Grund, warum die beiden nicht glücklich werden sollten. Louisa liebte von Anfang an alles Seemännische, und sie würden sich mit der Zeit schon einander angleichen. Er würde heiterer werden und sie lernen, sich für Scott und Byron zu begeistern. Wahrscheinlich fand sie bereits Gefallen daran, und sie waren einander über die Dichtkunst nähergekommen. Der Gedanke, Louisa Musgrove könne sich in einen Menschen mit literarischen Neigungen und sentimentaler Nachdenklichkeit verwandelt haben, war erheiternd; aber Anne zweifelte keinen Augenblick an dieser Möglichkeit. Der Tag in Lyme, der Sturz von der Kaimauer mochte ihre Gesundheit, ihre Nerven, ihren Geist und ihren Charakter erschüttert haben, ebenso wie er ihr Schicksal gewandelt zu haben schien.

Am Ende der Überlegung stand die Erkenntnis: Wenn eine Frau, die Kapitän Wentworths Wert erkannt hatte, sich einem anderen Manne zuwenden konnte, dann durfte einen dieses Verlöbnis nicht lange wundernehmen. Und wenn Kapitän Wentworth hierdurch keinen Freund verlor, so war das Ereignis auch keineswegs bedauerlich. Nein, es war sicherlich nicht Bedauern, was Annes Herz gegen ihren Willen so heftig schlagen ließ und ihr das Blut in die Wangen trieb bei dem Gedanken, Kapitän Wentworth sei jetzt wieder ungebunden und frei. Sie schämte sich, die in ihr aufsteigenden Gefühle zu prüfen. Sie ähnelten allzu sehr einer unsinnigen Freude.

Sie sehnte sich danach, die Crofts wiederzusehen; aber als sich dieses Zusammentreffen schließlich ergab, war die Neuigkeit offensichtlich noch nicht bis zu ihnen gelangt. Man stattete einen Anstandsbesuch ab, der erwidert wurde, und man erwähnte Louisa Musgrove und Kapitän Benwick, aber ohne das geringste Lächeln.

Die Crofts hatten sich zu Sir Walters Zufriedenheit in der Gay Street eingemietet. Er schämte sich dieser Bekanntschaft keineswegs und redete und dachte sogar mehr an den Admiral, als dieser sich je seiner entsann.

Die Crofts kannten geradesoviel Menschen in Bath, als ihnen angenehm war, und betrachteten den Verkehr mit den Elliots als reine Formsache, von der sie nicht die geringste Freude erwarteten. Sie behielten auch die Gewohnheiten des Landlebens bei und waren unzertrennbar. Er brauchte viel Bewegung, und Mrs. Croft wäre, um ihm zu nützen, um ihr Leben gelaufen. Anne begegnete ihnen auf Weg und Steg. Jeden Morgen, wenn Lady Russell sie auf eine Spazierfahrt mitnahm, dachte sie an die beiden, und jedesmal begegnete sie ihnen. Ihre gegenseitige herzliche Zuneigung boten ihr immer wieder ein anziehendes Bild des Glücks. Mit Vergnügen malte Anne sich ihre Unterhaltung aus, wenn sie so in glücklicher Unabhängigkeit dahinwandelten, und beobachtete ebenso gern den Admiral in Gesellschaft seiner alten Freunde.

Anne wurde zu oft von Lady Russell in Anspruch genommen, um häufig allein spazierengehen zu können. Aber acht oder zehn Tage nach Ankunft der Crofts ergab es sich eines Morgens, daß sie in der Unterstadt ihre Freundin, oder besser gesagt, deren Wagen, verließ, um allein zum Camdenplatz zurückzukehren. Auf der Milsom Street begegnete sie dem Admiral, als er vor dem Schaufenster einer Druckerei stand und, die Hände auf dem Rücken verschränkt, nachdenklich irgendeinen Druck betrachtete. Sie hätte ungesehen vorübergehen können; es reizte sie, ihn anzusprechen, ehe er sie bemerkte. Er freute sich darüber mit üblicher Offenheit und Heiterkeit. »Ah, Sie sind es! Danke, danke! Das nenne ich Aufmerksamkeit! Und ich stehe hier, wie Sie sehen, und starre ein Bild an. An diesem Laden muß ich immer anhalten. Aber

»Es reizte sie, ihn anzusprechen, ehe er sie bemerkte.«

was ist das auch für ein Monstrum von Schiff! Sehen Sie es sich doch nur an. Haben Sie jemals etwas Ähnliches gesehen? Was für komische Kerle die Herren Maler doch sein müssen, wenn sie denken, es könne auch nur ein einziger auf den Gedanken kommen, sein Leben in einer so formlosen alten Nußschale zu gefährden. Und doch sind da zwei Herren, wie mir scheint, sehr vergnüglich hineingepfercht, und betrachten die Klippen und Felsen um sich herum, als würden sie nicht im nächsten Augenblick daran zerschellen, wie es unbedingt der Fall sein wird. Ich möchte nur wissen, wo der Kahn gebaut worden ist!« Er lachte herzlich. »Nicht einmal auf einen Dorfteich würde ich mich damit wagen!« Er wandte sich von dem Bilde ab. »Nun, und welchen Hafen laufen Sie an? Kann ich Ihnen irgendeinen Weg abnehmen, Sie begleiten oder irgendwie nützlich sein?«

»Nein, danke, es sei denn, Sie machten mir die Freude Ihrer Gesellschaft. Für eine kleine Strecke haben wir ja den gleichen Weg. Ich gehe nach Hause.«

»Das tue ich von ganzem Herzen gern und auch noch weiter. Ja, ja, wir werden einen hübschen kleinen Spaziergang machen, und ich werde Ihnen etwas erzählen. Bitte, nehmen Sie meinen Arm. So ist's recht. Ich fühle mich nicht wohl, wenn mir keine Dame zur Seite geht. O Herr, was ist das für ein Schiff!« Und mit einem letzten Blick auf das Bild setzten sie sich in Bewegung.

»Sagten Sie nicht, Sie hätten mir etwas zu erzählen, Herr Admiral?«

»O ja, sofort! Aber hier kommt ein Freund, Kapitän Brigden. Ich werde ihn nur im Vorübergehen grüßen und nicht stehen bleiben. Brigden starrt mich an, weil er jemand anders bei mir sieht als meine Frau. Die arme Seele ist durch ihr Bein ans Haus gefesselt. Sie hat an der Ferse eine Blase, so groß wie ein Taler. Wenn Sie über die Straße blicken, sehen Sie Admiral Brand mit seinem Bruder. Beides schäbige Burschen! Ich bin nur froh, daß sie nicht auf dieser Seite gehen. Sophie kann sie

»Der alte Sir Archibald Drew und sein Enkel.«

nicht leiden. Sie haben mir einmal ein häßliches Schnippchen geschlagen – sie nahmen mir einen meiner besten Leute. Davon erzähle ich Ihnen ein andermal. Dort kommt der alte Sir Archibald Drew mit seinem Enkel. Sehen Sie, er hat uns erblickt. Er wirft Ihnen einen Handkuß zu. Er hält Sie für meine Frau. Ach! Für den alten Junker ist der Friede zu bald gekommen. Armer alter Sir Archibald! Wie gefällt Ihnen Bath, Miß Elliot? Uns bekommt es ausgezeichnet. Wir treffen beständig irgendwelche Bekannten. Jeden Morgen sind die Straßen bevölkert, und wir finden reichlich Unterhaltung. Und dann lassen wir sie alle stehen und schließen uns in unseren Zimmern ein, ziehen unsere Sessel zum Feuer und fühlen uns ebenso gemütlich wie in Kellynch oder wie einstmals in North Yarmouth oder Deal. Unsere hiesige Wohnung gefällt uns nicht weniger, weil sie uns an die erste in Yarmouth erinnert. Der Wind bläst ebenso wie dort durch den Wandschrank herein.«

Etwas später wagte Anne wiederum an seine Neuigkeit zu erinnern. Sie hatte gehofft, ihre Neugier würde befriedigt, sobald man die Milsom Street hinter sich gelassen hatte. Aber sie mußte immer noch warten; denn der Admiral begann erst mit seiner Erzählung, als sie die geräumigeren und ruhigeren Straßen von Belmont erreicht hatten, und da sie ja nicht wirklich Mrs. Croft war, mußte sie sich schon seinem Willen fügen.

»So, und nun sollen Sie etwas hören, was Sie sicherlich überraschen wird. Aber zunächst müssen Sie mir helfen, den Namen der jungen Dame zu finden, von der ich berichten möchte. Wissen Sie, jene junge Dame, um die wir uns so gesorgt haben – Fräulein Musgrove, die all das durchgemacht hat. Ihr Vorname – ihren Vornamen vergesse ich immer wieder.«

Anne hatte ihn sofort verstanden und sprach ohne Bedenken den Namen »Louisa« aus.

»Ja, ja, Louisa Musgrove, das ist der Name. Ich wünschte, junge Damen hätten weniger Auswahl an hübschen Vornamen. Mir würde es keine Sorge mehr verursachen, wenn sie alle Sophie hießen oder so ähnlich. Nun, wir alle dachten, Louisa würde Frederick heiraten. Er warb seit Wochen um sie, und ich wunderte mich, worauf sie immer noch warteten. Dann kam das Unglück in Lyme, und nun mußten sie selbstverständlich warten, bis ihr Kopf wieder geheilt war. Aber schon damals war irgend etwas seltsam an ihrem Verhalten. Anstatt in Lyme zu bleiben, reiste Frederick nach Plymouth und besuchte später Eduard. Als wir von Minehead zurückkamen, war er bereits zu Eduard gereist, und dort ist er immer noch. Seit November haben wir ihn nicht mehr gesehen. Selbst Sophie findet es unverständlich. Aber plötzlich hat sich die Sache recht merkwürdig entwickelt. Denn dieses Fräulein Musgrove soll jetzt James Benwick heiraten anstatt Frederick – Sie kennen doch James Benwick?«

»Ein wenig. Ich kenne Kapitän Benwick ein wenig.«

»Nun eben den wird sie heiraten. Wahrscheinlich sind sie sogar schon verheiratet; denn ich wüßte nicht, worauf sie noch warten wollten.«

»Ich fand Kapitän Benwick eigentlich recht nett«, sagte Anne, »und von ausgezeichnetem Charakter.«

»O ja, ja! Es ist nicht das geringste gegen James Benwick einzuwenden. Er wurde zwar erst im vergangenen Sommer Kapitän und jetzt ist schlechte Zeit zum Weiterkommen; aber einen anderen Fehler finde ich auch nicht an ihm. Ein ausgezeichneter, gutherziger Bursche, versichere ich Ihnen, ein sehr tätiger, eifriger Offizier, und das ist mehr als Sie nach seiner bisherigen weichen Art annehmen können, die ihm keineswegs entspricht.«

»Sie irren, Herr Admiral. Ich habe aus Kapitän Benwicks Wesen nie auf mangelndes Temperament geschlossen. Ich fand ihn sehr angenehm, und ich glaube, er wird überall gefallen.«

»Nun, die Damen sind die besten Richter. Aber ich für meinen Teil finde James Benwick ein bißchen zu piano. Zwar sind Sophie und ich nicht ganz unparteiisch; aber wir finden

Fredericks Art angenehmer als seine. Fredericks Wesen entspricht mehr unserer Art.«

Nun saß Anne in der Falle. Sie hatte nur der herkömmlichen Ansicht, Sanftmut und Feuer seien unvereinbar, widersprechen, aber keineswegs in Kapitän Benwicks Art die beste sehen wollen.

»Ein Vergleich der beiden Freunde lag mir in jeder Weise fern«, sagte sie nach kurzem Zögern; aber der Admiral unterbrach sie:

»Die Geschichte ist wirklich wahr, es ist nicht nur so der übliche Klatsch. Wir wissen es von Frederick selbst, der es gestern berichtete. Er hatte die Neuigkeit einem Brief von Harville entnommen, der von Ort und Stelle, nämlich von Uppercross gekommen war. Meines Wissens sind alle zusammen in Uppercross.«

Dieser Gelegenheit konnte Anne nicht widerstehen: »Ich hoffe, Herr Admiral«, sagte sie, »Kapitän Wentworths Brief brachte Ihnen und Mrs. Croft nichts Beunruhigendes. Im vergangenen Herbst schien es wirklich so, als bestehe zwischen Kapitän Wentworth und Louisa Musgrove eine herzliche Zuneigung. Aber es ist wohl anzunehmen, sie habe sich auf beiden Seiten in gleicher Weise und ohne Heftigkeit verloren. Sein Brief vermittelt hoffentlich nicht den Eindruck einer Enttäuschung!«

»Keineswegs, keineswegs, nicht eine derartige Beteuerung, keine Andeutung dieser Art.«

Anne blickte zu Boden, um ihr Lächeln zu verbergen.

»Nein, nein! Frederick ist nicht der Mann zum Klagen und Wimmern. Dazu hat er zuviel Geist. Wenn ein Mädchen eben einen anderen Mann vorzieht, soll es ihn auch haben.«

»Sicherlich! Aber hoffentlich ist Kapitän Wentworths Brief nicht zu entnehmen, daß er sich von seinem Freund hintergangen fühlt. Es könnte ja auch zwischen den Zeilen stehen, ohne in Worten ausgedrückt zu sein. Es wäre bedauerlich, wenn eine

Freundschaft, wie sie zwischen ihm und Kapitän Benwick bestand, zerstört oder durch einen derartigen Umstand auch nur verwundet würde.«

»Ja, ja, ich verstehe Sie vollkommen. Aber etwas Derartiges steht nicht in dem Brief. Er macht Benwick nicht den geringsten Vorwurf und drückt nicht einmal seine Verwunderung aus. Nach seinem Brief nimmt man nicht einmal an, daß er überhaupt diese Miß – wie heißt sie doch noch? – für sich gewinnen will. Er drückt sogar sehr artig die Hoffnung aus, sie möchten zusammen recht glücklich werden, und darin liegt doch wirklich nichts Nachtragendes.«

Anne war nicht ganz so überzeugt, wie der Admiral es wohl gewünscht hätte, aber eingehendere Fragen wären nutzlos gewesen. Sie begnügte sich daher mit allgemeinen Bemerkungen oder ruhiger Aufmerksamkeit und gab dem Admiral die Möglichkeit, sich recht nach Herzenslust zu verbreiten.

»Armer Frederick!« sagte er schließlich, »jetzt heißt es, mit einer anderen noch mal von vorn beginnen. Ich glaube, wir müssen ihn nach Bath einladen. Sophie muß ihm schreiben und ihn herüberbitten. Hier gibt es genug reizende Mädchen! Es nützt doch nichts, wieder nach Uppercross zu gehen; denn wie ich hörte, ist das andere Fräulein Musgrove ihrem Vetter versprochen, dem jungen Geistlichen. Finden Sie es nicht auch besser, Fräulein Elliot, ihn nach Bath zu lotsen?«

Neunzehntes Kapitel

Während der Admiral diesen Wunsch aussprach, war Kapitän Wentworth auf dem Wege nach Bath. Er kam, ehe Mrs. Croft ihm geschrieben, und Anne sah ihn, als sie das nächstemal ausging.

Auf diesem Spaziergang begleitete Mr. Elliot seine beiden

Basen und Mrs. Clay. Sie wanderten die Milsom Street entlang. Es begann zu regnen, zwar nicht heftig, jedoch genügend, um die beiden Damen zum Unterstellen zu veranlassen, und vollkommen ausreichend, um in Elisabeth das Verlangen nach Lady Dalrymples Kutsche erstehen zu lassen, die in einiger Entfernung wartete. Sie trat daher mit Anne und Mrs. Clay bei Mollands ein, während Mr. Elliot Lady Dalrymples Hilfe erbat. Er gesellte sich bald wieder zu ihnen. Seiner Bitte war selbstverständlich Erfolg beschieden gewesen, und Lady Dalrymple nur zu glücklich, ihre Verwandten heimbringen zu dürfen. Die Kutsche würde in wenigen Minuten vorfahren.

Der Wagen Ihrer Gnaden war eine vierrädrige Chaise, in der nur vier Personen bequem Platz fanden. Miß Carteret befand sich bei ihrer Mutter; daher konnte man vernünftigerweise nicht erwarten, alle drei Damen vom Camdenplatz unterzubringen. Für Elisabeth bestand in dieser Hinsicht kein Zweifel. Aber wenn jemand unter diesem Zustand zu leiden haben sollte, so war es gewiß nicht sie. Aber es verging einige Zeit darüber, diese Höflichkeitsfrage zwischen den beiden anderen zu klären. Der Regen war unbedeutend, und es war Anne ernst gemeint, daß sie lieber mit Mr. Elliot zu Fuß gehe. Aber auch Mrs. Clay dünkte der Regen ein Kinderspiel. Es tröpfelte ja kaum, und ihre Stiefelchen waren so dicht! Viel dichter als diejenigen von Anne. Kurz, sie erwärmte sich ebenso für einen Spaziergang mit Mr. Elliot wie Anne und besprach die Angelegenheit mit so ausgesuchter, aber entschiedener Großmut, daß die anderen sich zu einer Klärung verpflichtet fühlten. Elisabeth wies auf Mrs. Clays Schnupfen hin und Mr. Elliot bestätigte auf Wunsch, die Stiefelchen seiner Base Anne seien wirklich am dichtesten.

Deshalb wurde beschlossen, Mrs. Clay solle ebenfalls die Kutsche benutzen. Soweit waren sie gerade gediehen, als Anne von ihrem Platz am Fenster aus klar und deutlich Kapitän Wentworth erkannte, der die Straße herabkam.

Niemand bemerkte ihr Erschrecken. Sie tadelte sich sogleich und nannte sich das unvernünftigste und lächerlichste Geschöpf. Einige Augenblicke schwamm alles vor ihrem Blick, sie war ganz verwirrt. Und als sie sich wieder zur Vernunft zurückgescholten hatte, bemerkte sie, daß die anderen immer noch auf den Wagen warteten und der immer höfliche Mr. Elliot soeben in Mrs. Clays Auftrag zur Union Street aufbrechen wollte.

Sie verspürte jetzt große Lust hinauszugehen, um zu prüfen, ob es immer noch regne. Warum sollte sie einen anderen Grund zugestehen? Kapitän Wentworth mußte doch bereits aus dem Blickfeld entschwunden sein. Sie erhob sich von ihrem Sitz und wollte gehen – die eine Hälfte ihres Ichs sollte nicht immer so viel klüger sein als die andere oder doch wenigstens nicht die andere für schlechter halten, als sie war. Sie würde also nachsehen, ob es noch regnete. Im nächsten Augenblick wich sie jedoch zurück. Sie hatte Kapitän Wentworth erblickt inmitten einer Gruppe von Herren und Damen, offensichtlich Bekannten, die er wohl eben erst in der Milsom Street getroffen hatte. Augenscheinlich war er durch ihren Anblick betroffener, als sie jemals bemerkt hatte. Er wurde ganz rot. Zum ersten Male seit ihrer erneuerten Bekanntschaft gewann sie den Eindruck, als verfüge sie über die größere Selbstbeherrschung. In diesem Falle war sie gewiß ihm gegenüber im Vorteil und durch die verstrichenen Minuten vorbereitet. Die überwältigenden, blendenden, verwirrenden Eindrücke einer großen Überraschung lagen bereits hinter ihr. Und dennoch stürmte immer noch genug auf sie ein: Erregung, Schmerz, Freude, ein Mittelding zwischen Entzücken und Elend.

Er grüßte und wandte sich ab. Sein Verhalten verriet Verlegenheit. Er gab sich weder kalt noch freundlich, sondern schlechthin verlegen.

Nach kurzer Pause näherte er sich jedoch und sprach sie an. Man tauschte Erkundigungen nach allgemeinen Dingen.

Wahrscheinlich wurde durch diese Unterhaltung keiner von beiden klüger und doch konnte sich Anne des Gefühls nicht erwehren, er sei weniger gleichmütig als bisher. Durch unzählige Begegnungen waren sie daran gewöhnt, ein beachtliches Maß äußeren Gleichmuts und innerer Ruhe an den Tag zu legen; aber im Augenblick gelang es ihm nicht. Die Zeit hatte ihn verwandelt. Oder war es Louisas Werk? Er zeigte eine gewisse Befangenheit. Er sah sehr gut aus, und nichts deutete darauf hin, als habe er unlängst gesundheitlich oder seelisch gelitten. Er sprach von Uppercross, von den Musgroves, ja sogar von Louisa. Und als ihr Name fiel, leuchtete aus seinem Gesicht sogar der ihm eigene schalkhafte Ausdruck. Aber dennoch fühlte er sich nicht recht wohl, nicht behaglich und konnte es auch nicht vortäuschen.

Es überraschte Anne nicht, daß Elisabeth ihn nicht erkennen wollte; aber es schmerzte sie. Sie merkte, daß beide einander ansahen, es war ein beiderseitiges inneres Erkennen. Er erwartete offenbar, als Bekannter aufgenommen zu werden, während Elisabeth sich kalt abwandte, eine Beobachtung, unter welcher Anne litt.

Endlich fuhr Lady Dalrymples Kutsche vor, von Elisabeth mit wachsender Ungeduld erwartet. Der Lakai kam herein, um sie zu melden. Es regnete etwas stärker. Es gab erneut eine kleine Verwirrung, und es wurde viel geredet, kurz, die Gesellschaft im Café wurde förmlich darauf gestoßen, daß Lady Dalrymple vorfuhr, um Miß Elliot heimzubringen. Schließlich schritten Elisabeth und Mrs. Clay in Begleitung des Lakaien hinaus, denn Mr. Elliot war noch nicht zurückgekehrt. Kapitän Wentworth, der ihnen nachgeschaut hatte, wandte sich nun wieder Anne zu und bot ihr mehr durch sein Gebaren als durch Worte seine Dienste an.

»Ich bin Ihnen sehr verbunden; aber ich schließe mich den beiden nicht an. Der Wagen ist zu eng für so viele. Ich gehe zu Fuß. Der Spaziergang ist mir lieber.«

»Aber es regnet.«

»Oh, ein wenig. Das macht nichts.«

Nach kurzer Pause sagte er: »Ich bin zwar erst gestern angekommen; aber ich habe mich, wie Sie sehen, für Bath schon gut ausgerüstet!« und wies auf einen neuen Regenschirm. »Ich wünschte, Sie würden sich seiner bedienen, wenn Sie durchaus zu Fuß gehen wollen, wenngleich ich es für vernünftiger hielte, eine Sänfte zu holen.«

Sie dankte herzlich; aber sie lehnte sein Anerbieten ab und äußerte noch einmal, wie wenig es ihr ausmache. »Ich warte nur noch auf Mr. Elliot«, sagte sie, »er wird bald zurückkommen.«

Schon in diesem Augenblick trat Mr. Elliot ein. Kapitän Wentworth erkannte ihn sogleich wieder als denjenigen, der in Lyme am oberen Treppenabsatz gestanden und Anne im Vorübergehen bewundernd angeblickt hatte. Benehmen, Aussehen und Gehaben wiesen ihn jetzt als bevorzugten Verwandten und Freund aus. Er näherte sich geflissentlich und schien nur sie zu sehen, nur an sie zu denken. Er entschuldigte sich wegen seines Fernbleibens, war bekümmert, daß sie so lange gewartet hatte, und darauf bedacht, sie ohne weiteren Zeitverlust und ehe der Regen zunahm, heimzubegleiten. Im nächsten Augenblick entschwanden sie gemeinsam, ihr Arm ruhte in seinem; sie hatte nur noch zu einem sanften, verlegenen Blick und einem »Guten Morgen« Gelegenheit gefunden.

Sobald sie außer Sicht waren, beschäftigten sich die Damen aus Kapitän Wentworths Gesellschaft lebhaft mit den beiden.

»Mr. Elliot scheint seine Base nicht gerade zu verabscheuen.«

»O nein! Das ist deutlich genug. Was hier geschieht, kann jeder erraten. Er steckt immer bei den Elliots, sein ganzes Leben spielt sich bei ihnen ab. Was für ein hübscher Mann.«

»Ja, und Miß Atkinson, die einmal bei den Wallis mit ihm speiste, sagte, sie sei noch keinem angenehmeren Mann begegnet.«

»Sie ist niedlich, finde ich, diese Anne Elliot! Sehr niedlich,

»Im nächsten Augenblick entschwanden sie gemeinsam.«

wenn man sie richtig betrachtet. Es ziemt sich zwar nicht, dergleichen auszusprechen; aber ich muß gestehen, ich bewundere sie weit mehr als ihre schöne Schwester.«

»O ja! Ich auch.«

»Und auch ich. Die beiden sind gar nicht zu vergleichen. Aber die Männer sind alle hinter Elisabeth her. Anne ist ihnen zu zart.«

Anne wäre ihrem Vetter ganz besonders dankbar gewesen, wenn er sie schweigend bis zum Camdenplatz geleitet hätte. Sie hatte ihm noch nie mit soviel Anstrengung zugehört wie heute, obgleich seine Aufmerksamkeit und Beflissenheit durch nichts zu übertreffen und sein Gesprächsstoff unverändert fesselnd war. Er spendete Lady Russell ein warmes, gerechtes und auszeichnendes Lob und äußerte sehr begründete Anspielungen auf Mrs. Clay. Aber sie dachte nur an Kapitän Wentworth und suchte seine Empfindungen zu ergründen. Litt er wirklich unter dieser Enttäuschung oder nicht? Solange diese Frage unbeantwortet blieb, würde sie keine Ruhe finden.

Und doch hoffte sie, bald ihre Vernunft wiederzugewinnen. Aber ach, wie weit war sie davon noch entfernt!

Und noch etwas anderes galt es unbedingt zu erfahren: Wie lange gedachte er in Bath zu bleiben? Er hatte es nicht erwähnt, wenigstens vermochte sie sich dessen nicht zu erinnern. Vielleicht war er auf der Durchreise, wahrscheinlich jedoch zu längerem Aufenthalt gekommen. In diesem Fall würde er irgendwann einmal Lady Russell in die Arme laufen, wie sich hier in Bath alle Welt begegnen mußte. Würde sie ihn wiedererkennen? Wie würde das dann vor sich gehen?

Sie hatte Lady Russell bereits erzählt, daß Louisa Musgrove und Kapitän Benwick heiraten würden, und nur mit Mühe Lady Russells Erstaunen überwunden. Wenn diese jetzt zufällig irgendwo Kapitän Wentworth begegnete, so würde die unvollkommene Kenntnis jener Angelegenheit ihr altes Vorurteil gegen ihn noch vertiefen.

Auch am nächsten Morgen machten Anne und Lady Russell gewohnheitsgemäß einen Spaziergang. Während der ersten Stunde schaute Anne ständig mit vergeblichem Bangen nach Wentworth aus, und als man schließlich in die Pulteney Street einbog, entdeckte sie ihn auf dem rechten Bürgersteig; aber in so großer Entfernung am anderen Ende der Straße, daß sie ihn noch eine Weile vor sich hatte. Er befand sich in Begleitung einer Gruppe von Herren, und man konnte ihn nicht übersehen. Unbewußt blickte sie zu Lady Russell hinüber, doch keineswegs aus der törichten Einbildung, diese würde ihn ebenso schnell erkennen wie sie selbst. Nein, vermutlich würde Lady Russell ihn nicht erblicken, bis sie auf gleicher Höhe waren. Aber dennoch glitt ihr besorgter Blick wiederholt zu Lady Russell; und in dem Augenblick, wo sie ihn sehen mußte, spürte sie bis ins Innere – obgleich sie nicht wieder hinzusehen wagte –, daß Lady Russell genau in seine Richtung blickte und sie ihn wachen Sinnes beobachtete. Sie verstand Lady Russells Verblüffung, und daß sie nur schwer die Augen wieder abwenden konnte. Wie mochte es sie erstaunen, daß acht oder neun Jahre fremdes Klima und Kriegsdienst über ihn dahingegangen waren, ohne etwas von seinem persönlichen Reiz zu nehmen!

Endlich wandte Lady Russell den Kopf wieder zurück. Was würde sie jetzt sagen?

»Du wirst dich wundern, was meinen Blick so lange gefesselt hat«, meinte sie. »Aber ich habe nach einigen Fenstervorhängen ausgeschaut, von denen mir Lady Alicia und Mrs. Frankland gestern abend erzählt haben. Sie beschrieben mir die Salonvorhänge an einem der Häuser auf dieser Straßenseite als die schönsten und bestaufgehängten in ganz Bath. Sie wußten aber die Hausnummer nicht mehr; nun habe ich versucht, sie ausfindig zu machen. Aber ich muß schon sagen, ich habe hier herum keine Vorhänge gesehen, die auf ihre Beschreibung passen.«

Anne seufzte, errötete und lächelte voll Mitleid und Verachtung über ihre Freundin und sich selbst. Aber am meisten erzürnte es sie, daß sie vor lauter Voraussicht und Angst den rechten Augenblick versäumt hatte festzustellen, ob er auch sie bemerkt hatte.

Die nächsten Tage verstrichen ereignislos. Das Theater oder die Salons, wo man ihm wahrscheinlich begegnet wäre, entsprachen den Elliots nicht, deren Abendunterhaltungen lediglich in langweiligen Privatgesellschaften bestanden, zu denen sie immer mehr gebeten wurden. Anne war dieser Eintönigkeit überdrüssig, und auch die Ungewißheit war ihr unerträglich. Sie fühlte sich stärker, weil ihre Kraft nicht erprobt wurde, und sah ungeduldig einem Konzertabend entgegen, der zu Gunsten eines Schützlings von Lady Dalrymple stattfand. Natürlich mußte man hingehen. Man knüpfte begründete Erwartungen an den Abend. Ob sich auch Kapitän Wentworth einfände, der gute Musik aufrichtig schätzte? Sich nur wieder ein paar Minuten mit ihm zu unterhalten, das würde sie schon zufrieden machen, so glaubte sie. Ja sie fühlte sich mutig genug, ihn anzureden, falls sich die Gelegenheit dazu bieten würde. Elisabeth hatte ihm den Rücken gekehrt, Lady Russell ihn übersehen, und diese Geschehnisse hatten Anne gefestigt und sie erkennen lassen, daß sie ihm geradezu Aufmerksamkeit schuldete.

Noch unlängst hatte Anne Mrs. Smith zugesagt, gerade diesen Abend bei ihr zu verbringen. Aber sie schob die Verabredung auf und sagte ihr einen längeren Besuch für den nächsten Tag zu. Mrs. Smith gab sich freundlich damit zufrieden.

»Nur erzählen Sie mir von dem Konzert, wenn Sie kommen. Wer gehört zu Ihrem Kreis?«

Und beim Abschied äußerte Mrs. Smith schalkhaft: »Ich wünsche Ihnen von Herzen, daß das Konzert Ihren Erwartungen entsprechen möge. Und wenn es Ihnen irgend möglich ist, lassen Sie mich morgen nicht vergeblich warten; denn mir ist, als sollte ich nicht mehr häufig das Vergnügen Ihrer Gesellschaft haben.«

Anne horchte verwirrt auf. Aber nach einem Augenblick nachdenklichen Zögerns brach sie auf und war nicht einmal traurig darüber.

Zwanzigstes Kapitel

Am Abend fanden sich Sir Walter, seine beiden Töchter und Mrs. Clay als erste ihres Kreises im Konzertsaal ein. Man mußte auf Lady Dalrymple warten und gruppierte sich an einem der Kamine des achteckigen Vestibüls. Wenig später öffnete sich erneut die Tür, und Kapitän Wentworth trat ganz allein ein. Anne, die ihm am nächsten stand, machte noch einen kleinen Schritt auf ihn zu und sprach ihn an. Nur auf eine Verbeugung vorbereitet, wollte er weitergehen; aber auf ihren sanften Gruß hin gesellte er sich zu ihr und erwiderte ihre Fragen trotz des furchtgebietenden Anblicks von Vater und Schwester. Anne kehrte beiden den Rücken, ein Umstand, der sie ermutigte. Sie sah ihre Blicke nicht und fühlte sich allem, was sie für recht hielt, gewachsen.

Während der Unterhaltung mit Kapitän Wentworth drang ein Geflüster von Vater und Schwester an ihr Ohr. Sie verstand den Inhalt nicht, aber erriet ihn. Als dann Kapitän Wentworth in jene Richtung grüßte, wußte Anne, daß ihr Vater sich dazu herbeigelassen hatte, ihre Bekanntschaft mit Kapitän Wentworth durch eine kleine Verbeugung anzuerkennen, und mit einem Seitenblick erhaschte sie noch ein oberflächliches Nicken Elisabeths. Selbst dieser verspätete, zögernde und unfreundliche Gruß war besser als nichts, und ihre Stimmung hob sich.

Nachdem sie jedoch vom Wetter, von Bath und dem Konzert gesprochen hatten, flaute die Unterhaltung ab und wurde schließlich so stockend, daß Anne jeden Augenblick erwartete, er würde gehen. Es schien ihm damit aber nicht zu eilen, und wenig später sagte er mit neuem Auftrieb und einem Aufblitzen in den Augen:

»Seit Lyme habe ich Sie kaum mehr gesehen. Ich fürchte, Sie haben unter dem Schrecken recht gelitten, und vielleicht noch mehr, weil Sie sich nicht davon umwerfen ließen.«

Sie versicherte ihm, das treffe nicht zu.

»Es war eine entsetzliche Stunde, ein entsetzlicher Tag!« sagte er und seine Hand glitt über die Augen, als schmerze die Erinnerung immer noch. Aber im nächsten Augenblick lächelte er wieder und fügte hinzu: »Der Tag hat jedoch seine Wirkungen gehabt und Folgen gezeitigt, die wohl als das Gegenteil von entsetzlich zu bezeichnen sind. Als Sie geistesgegenwärtig Benwick zur Hilfeleistung am geeignetsten hielten, ahnten Sie wohl kaum, daß er einmal besonderes Interesse an der Genesung der jungen Dame haben würde.«

»Gewiß nicht! Aber es wird – so hoffe ich – eine recht glückliche Ehe werden bei den beiderseitigen guten Grundsätzen und Anlagen.«

»Aber damit endet auch die Ähnlichkeit. Ich wünsche ihnen von Herzen Glück und ich freue mich über jeden Umstand, der dafür spricht. Seitens der Angehörigen erwarten sie weder Schwierigkeiten noch Widerstand und Launen. Die Musgroves verhalten sich, wie immer, sehr ehrenwert und freundlich und sind mit echt elterlicher Liebe nur darauf bedacht, ihrer Tochter alles so angenehm wie möglich zu gestalten. Das ist viel, sehr viel und begünstigt eine Liebe, vielleicht mehr als . . .«

Er hielt inne. Eine plötzliche Erinnerung stieg in ihm auf und ließ ihn Annes Erregung erkennen, die ihre Wangen rötete und ihre Augen zu Boden bannte. Sich räuspernd fuhr er fort:

»Beide sind sehr verschieden, fast zu verschieden, und zwar

nicht nur im Wesen. Ich halte Louisa Musgrove für ein sehr liebenswürdiges, gutmütiges Mädchen und auch nicht für dumm. Aber Benwick wiegt doch schwerer. Er ist ein kluger Mann, ein belesener Mann – und ich gestehe, daß ich seine Zuneigung zu ihr mit Überraschung betrachte. Wäre es einer gewissen Dankbarkeit entsprungen, hätte er sie lieben gelernt, weil er sich von ihr ausgezeichnet fühlen mußte, so wäre das etwas anderes. Aber das ist kaum anzunehmen. Im Gegenteil, es handelt sich um ein ganz ursprüngliches Gefühl, und das überrascht mich. Ein Mann wie er, in seiner Lage! Mit einem verwundeten, ja fast gebrochenen Herzen! Fanny Harville war ein besonders hervorragendes Geschöpf und seine Liebe zu ihr seine wahre Liebe. Von der Herzensergebenheit zu solch einer Frau erholt sich ein Mann nicht. Er sollte es wenigstens nicht! Er kann es nicht!«

Hielt er inne, aus dem Bewußtsein heraus, sein Freund habe sich doch erholt? Anne horchte auf, glücklich und verwirrt. Trotz des erregten Tonfalls der letzten Worte und trotz des Lärms, des fast unaufhörlichen Türenschlagens und der vorübereilenden Menschen hatte sie jedes Wort verstanden. Sie atmete schneller, und die verschiedensten Empfindungen bestürmten sie gleichzeitig. Sie konnte auf dieses Thema nicht eingehen; und doch erkannte sie nach einer Pause die Notwendigkeit einer Äußerung. Um nicht völlig abzulenken, sagte sie:

»Sie sind ziemlich lange in Lyme geblieben, nicht wahr?«

»Ungefähr vierzehn Tage. Ich konnte nicht abreisen, ehe Louisas Genesung sicher war. Ich war zu tief in die Dummheit verwickelt, die einzig meine Schuld war – allein meine Schuld. Sie wäre nicht so halsstarrig gewesen, wäre ich nicht weich geworden. Die Umgebung um Lyme ist wunderbar. Ich bin viel gewandert und geritten; und je mehr ich sah, um so bemerkenswerter fand ich es.«

»Ich würde Lyme sehr gern wiedersehen.«

»Wirklich? Ich hätte nicht geglaubt, daß Sie in Lyme etwas

entdeckt hätten, was solch einen Wunsch rechtfertigen könnte. Das Mißgeschick, in das Sie verwickelt wurden, die seelische Anspannung, die Prüfung für das Gemüt! Ich dachte, Ihre letzten Eindrücke von Lyme müßten eine tiefe Abneigung zeitigen.«

»Gewiß, die letzten Stunden waren wirklich schmerzvoll«, erwiderte Anne; »aber wenn der Kummer vorüber ist, gereicht die Erinnerung daran oft zur Freude. Man liebt einen Ort darum nicht weniger, weil man dort gelitten hat – und das trifft in Lyme nicht einmal zu. Wir verbrachten nur die letzten zwei Stunden in Sorge und hatten vorher doch sehr viel Freude erlebt. Soviel Neues und Schönes! Ich bin so wenig gereist, daß mir jeder neue Ort viel Anregung bietet. Und Lyme ist wirklich schön. Kurz – und irgendeine besondere Erinnerung ließ sie erröten –, meine Eindrücke von dem Ort sind wirklich nur angenehm.«

Als sie schwieg, öffnete sich wiederum die Tür, und der Stern, auf den alle gewartet hatten, erschien. »Lady Dalrymple, Lady Dalrymple!« klang es freudig überall; und mit jenem Eifer, der gewollte Eleganz verrät, eilten Sir Walter und seine beiden Damen zur Begrüßung herbei. Lady Dalrymple und Miß Carteret, begleitet von Mr. Elliot und Oberst Wallis, die zufällig im gleichen Augenblick vorgefahren waren, durchschritten den Raum. Die anderen schlossen sich ihnen an, und gezwungenermaßen befand sich auch Anne in dieser Gruppe. Sie wurde von Kapitän Wentworth getrennt. Ihre anregende, ja fast zu reizvolle Unterhaltung mußte für einige Zeit unterbrochen werden. Aber diese Buße war gering im Vergleich zu dem voraufgegangenen Glück. Anne hatte in den letzten Minuten mehr über seine Zuneigung zu Louisa und all seine Gefühle erfahren, als sie zu hoffen gewagt hatte. Und so gab sie sich gern den Anforderungen der Gesellschaft hin und wechselte die vom Augenblick verlangten Höflichkeiten, während herrliche, wenn auch aufregende Empfindungen sie bestürm-

»Mit jenem Eifer, der gewollte Eleganz verrät, eilten Sir Walter und seine beiden Damen zur Begrüßung herbei.«

ten. Sie war gegen jedermann heiter, höflich, entgegenkommend und empfand Mitleid mit jenen, die weniger glücklich waren als sie.

Die köstliche Erregung legte sich ein wenig, als sie sich etwas von der Gesellschaft befreite, um sich wieder Kapitän Wentworth zu nähern. Aber er hatte bereits den Konzertsaal aufgesucht. Er war fort – war verschwunden und sie empfand ein jähes Bedauern. Aber sie würden sich wieder begegnen. Er würde nach ihr ausschauen, sie zu finden wissen, ehe noch der Abend vorüber wäre. Da bedeutete es nichts, im Augenblick getrennt zu sein.

Kurz darauf – gerade war Lady Russell erschienen – sammelte sich die ganze Gesellschaft und begab sich in den Konzertsaal, darum bemüht, dem Ansehen entsprechend aufzutreten, soviel Augen wie möglich auf sich zu ziehen, soviel Geraune zu erregen und soviel Menschen aufzuscheuchen, wie eben möglich.

Elisabeth und Anne Elliot waren gleicherweise glücklich. Elisabeth ging Arm in Arm mit Miß Carteret direkt hinter dem breiten Rücken der verwitweten Vicomtesse Dalrymple, und die Erfüllung all ihrer Wünsche schien ihr erreichbar. Und Anne – aber es wäre eine Herabsetzung für die Art von Annes Glückseligkeit, sie mit der ihrer Schwester zu vergleichen. Der Ursprung der einen war nichts als selbstsüchtige Eitelkeit, die Quelle der anderen selbstlose Zuneigung.

Anne sah nichts von dem flirrenden Glanz des Raumes. Ihr Glück strahlte aus dem Inneren. Ihre Augen leuchteten, ihre Wangen glühten; aber sie wußte es nicht. Sie gedachte nur der letzten halben Stunde, die sie immer wieder durchlebte. Seine Worte, sein Verhalten, seine Blicke betrachtete sie nur in einem bestimmten Licht. Seine Erwähnung von Louisa Musgroves geringerer Bildung – und es schien ihm daran gelegen zu haben, diese Meinung auszusprechen –, seine Überraschung über Kapitän Benwick, seine Gedanken über eine erste, starke

Liebe – er hatte Gedanken aufgerollt, die er dann nicht ganz durchführen konnte –, seine halb abgewandten Augen, seine ausdrucksvollen Blicke: alles verriet ihr, daß sein Herz sich ihr endlich doch wieder zuwandte. Es gab keinen Kummer, keine Abneigung, kein Aus-dem-Weg-Gehen mehr; und nicht nur Freundschaft und Achtung hatten das bewirkt, sondern die ehemaligen zärtlichen Gefühle. Ja, wirklich, es war die alte Neigung. Diese Wandlung bedeutete nichts Geringeres, als daß er sie liebte.

Solcherlei Gedanken nahmen sie gefangen, verwirrten sie und machten sie zu jeder Aufmerksamkeit unfähig. Und so schritt sie durch den Raum, ohne auch nur einen Blick von ihm zu erhaschen, ohne ihn überhaupt suchen zu wollen. Als man sich über die Plätze geeinigt und alle richtig untergebracht waren, blickte sie sich um, ob er wohl irgendwo in der Nähe sei. Aber sie sah ihn nicht, soweit ihr Auge reichte, und da das Konzert soeben begann, mußte sie sich mit einer einfacheren Art von Glück bescheiden.

Die Gesellschaft war getrennt worden und hatte sich auf zwei verschiedene Reihen verteilt. Anne befand sich in der ersten Reihe, und Mr. Elliot hatte es geschickt genug eingerichtet, den Sitz neben ihr zu erhalten. Elisabeth aber fühlte sich inmitten ihrer Basen und von Oberst Wallis' Ritterlichkeit umhegt recht wohl.

Annes Seele war für die Abendunterhaltung besonders aufgeschlossen. Das Konzert beschäftigte sie hinlänglich, zumal ihre Gefühle zur Zärtlichkeit neigten, ihre Laune zur Heiterkeit, ihr Verständnis zum Geistigen; auch zeigte sie Geduld für alles Langweilige. Nie hatte ihr ein Konzert mehr gegeben als heute, wenigstens während des ersten Teils. In der Pause übersetzte sie Mr. Elliot den Text eines italienischen Liedes, während sie gemeinsam in das Programm schauten.

»Das ist ungefähr der Sinn, oder vielmehr die Bedeutung der Worte; denn über den Sinn eines italienischen Liebesliedes sollte man nicht sprechen. Das ist die Bedeutung, so gut ich sie wiedergeben kann; denn ich möchte bei weitem nicht behaupten, die Sprache zu beherrschen. Ich bin nur ein kleiner Kenner der italienischen Sprache.«

»Ja, ja, das merke ich wohl. Ich sehe, Sie verstehen nichts davon und wissen nur gerade soviel, um auf den ersten Blick diese verdrehten, verstümmelten italienischen Verse übersetzen zu können, und noch dazu in klares, verständliches und gepflegtes Englisch. Sprechen Sie nicht mehr von Ihrer Unwissenheit. Das hier war Beweis genug.«

»So viel Freundlichkeit will ich nicht widersprechen; aber ich möchte nicht von einem wirklichen Kenner auf die Probe gestellt werden.«

»Ich habe seit langem nicht das Vergnügen gehabt, am Camdenplatz vorzusprechen«, erwiderte er, »ohne etwas von Miß Anne Elliot zu hören; ich glaube, sie ist zu bescheiden, als daß die Welt auch nur die Hälfte ihrer Talente erführe, und wieder zu geschickt für die Betonung einer Bescheidenheit, die bei keiner anderen Frau natürlich wäre.«

»Aber ich bitte Sie! Das ist zu plump geschmeichelt. Ich vergesse darüber, was das Programm noch ankündigt.« Bei diesen Worten wandte sie das Blatt um.

»Vielleicht kenne ich mich in Ihrem Charakter besser aus, als Sie ahnen«, sagte Mr. Elliot leise.

»Wirklich, aber woher? Erst seit meinem hiesigen Aufenthalt können Sie Einblick haben, es sei denn, meine Angehörigen hätten vorher über mich gesprochen.«

»Ich kannte Sie lange, ehe Sie nach Bath kamen. Sie sind mir aus den Beschreibungen derer vertraut, die Sie sehr gut kennen. Mit Ihrem Charakter habe ich mich schon seit Jahren beschäftigt. Ihre Person, Ihr Wesen, Ihre Talente und Ihre Liebenswürdigkeit: von allem habe ich längst schon gehört und hatte alles gegenwärtig.«

Mr. Elliot war nicht enttäuscht über das Aufsehen, das zu

erregen er natürlich gehofft hatte. Niemand kann dem Zauber eines solchen Geheimnisses widerstehen. Wer bliebe wohl unberührt, wenn er hört, daß er einer neuen Bekanntschaft schon vor langer Zeit von unbekannter Seite beschrieben worden sei? Anne war höchst neugierig. Sie überlegte eifrig und bestürmte ihn – aber vergebens. Ihre nachdrücklichen Fragen machten ihm Spaß; aber er schwieg beharrlich.

»Nein, nein – vielleicht ein andermal, aber jetzt nicht.« Er wollte keinen Namen nennen; aber es sei die volle Wahrheit. Er hatte vor langen Jahren eine so warmherzige Beschreibung über Anne Elliot erhalten, daß er neben der höchsten Meinung für sie das wärmste Begehren gehegt hatte, sie kennenzulernen.

Anne entsann sich niemandes, der um jene Zeit mit solcher Zuneigung von ihr gesprochen haben könnte, es sei denn Mr. Wentworth aus Monkford, der Bruder von Kapitän Wentworth. Er hätte wohl Mr. Elliots Bekanntschaft machen können; aber sie hatte nicht den Mut, danach zu fragen.

»Der Name Anne Elliot«, fuhr er fort, »hat seit langem einen angenehmen Klang für mich und übt seinen Zauber auf meine Phantasie aus. Wenn ich es nur wagte, würde ich meinen Wünschen Ausdruck geben, daß sich dieser Name nie ändern möge.«

Kaum hatten diese Worte ihr Ohr berührt, als ihre Aufmerksamkeit von einem anderen, in ihrer nächsten Nähe zwischen ihrem Vater und Lady Dalrymple geführten Gespräch gefangen wurde, dahinter alles andere versank.

»Ein gut aussehender Mann«, sagte Sir Walter, »ein sehr gut aussehender Mann.«

»Ein sehr hübscher junger Mann, ja wirklich!« erwiderte Lady Dalrymple. »Weit mehr Haltung, als man sonst in Bath begegnet. Ein Ire, möchte ich wohl behaupten.«

»Nein, ich kenne zufällig seinen Namen, zwar eine oberflächliche Bekanntschaft. Wentworth – Kapitän Wentworth aus der Kriegsmarine. Seine Schwester ist mit meinem Mieter in Somersetshire verheiratet – mit dem Croft, der zur Zeit Kellynch bewohnt.«

Ehe Sir Walter noch so weit gekommen war, hatten Annes Augen das richtige Ziel gefunden und Kapitän Wentworth entdeckt, der in einiger Entfernung in einer Gruppe von mehreren Herren stand. Als ihr Blick auf ihn traf, schien er seine Augen eben von ihr abgewandt zu haben. Es schien, als sei sie nur einen Augenblick zu spät gekommen; und solange sie zu ihm hinüberzublicken wagte, schaute er nicht wieder herüber. Aber der Vorgang wiederholte sich, und sie bemühte sich, ihre Aufmerksamkeit dem Orchester wieder zuzuwenden und geradeaus zu blicken.

Als ihr Blick wieder zu ihm glitt, war er fortgegangen. Wenn er es auch gewollt hätte, er hätte sich ihr nur schwerlich nähern können inmitten ihres Kreises, der sie gänzlich einschloß. Aber sie hätte wenigstens gern einen Blick mit ihm gewechselt.

Mr. Elliots Unterhaltung ermüdete sie. Sie hatte keine Lust mehr, mit ihm zu sprechen, und wünschte, er wäre ihr nicht so nahe.

Der erste Teil des Konzerts war verstrichen, und man erhoffte in der Pause eine wohltuende Unterbrechung. Tatsächlich beschloß man, nachdem eine Weile kein Wort gefallen war, sich nach Tee umzusehen. Anne zählte zu den wenigen, die sich nicht von der Stelle rührten. Sie und Lady Russell blieben auf ihren Plätzen; aber sie hatten die Freude, Mr. Elliot los zu werden. Trotz aller Rücksichten auf Lady Russells Empfindungen wollte sie einer Unterhaltung mit Kapitän Wentworth nicht ausweichen, wenn sich Gelegenheit dazu bieten sollte, zumal Lady Russells Haltung verriet, daß diese ihn erkannt hatte.

Er kam jedoch nicht. Anne glaubte ihn eine Zeitlang in einiger Entfernung zu sehen; aber er trat nicht näher. Die Pause schlich in bangem Warten fruchtlos dahin. Die anderen kehrten zurück, der Saal füllte sich, die Plätze wurden wieder eingenommen, und die zweite Stunde des Vergnügens – oder auch des Wartens – sollte wieder beginnen. Noch eine Stunde Musik sollte Freude oder Langeweile bereiten, je nach dem Grad des wirklichen oder vorgetäuschten Verständnisses. Für Anne bedeutete es lediglich eine weitere Stunde der Erregung. Sie würde den Saal nicht verlassen können, ohne Kapitän Wentworth noch einmal zu begegnen und einen freundlichen Blick mit ihm zu tauschen.

Nach der Pause waren manche Plätze getauscht worden, und dabei hatte sie gewonnen. Oberst Wallis wollte sich nicht wieder setzen, so daß Elisabeth und Miß Carteret dessen Platz Mr. Elliot in einer Weise anboten, die nicht auszuschlagen war. Durch einige weitere Änderungen und auch ein wenig eigene List war Anne mehr ans Ende der Reihe und dadurch näher zu den Vorübergehenden gelangt und erreichte noch vor Schluß des Konzerts das äußerste Ende der Reihe, da einige Zuhörer schon früher heimgegangen waren.

So lagen die Dinge, als Kapitän Wentworth wieder auftauchte. Sie sah ihn in nicht allzu großer Ferne, und er bemerkte sie auch. Aber er war sehr ernst und schien unentschlossen. Dann näherte er sich nur schrittweise, bis er schließlich mit ihr sprechen konnte. Irgend etwas mußte geschehen sein, die Veränderung war zu deutlich, und sein Gesichtsausdruck unterschied sich wesentlich von dem zu Beginn des Abends. Warum wohl? Sie dachte an ihren Vater, an Lady Russell. Hatten sie ihn vielleicht unfreundlich angeschaut? Er sprach ein wenig über das Konzert, aber so ernst, wie etwa der Kapitän Wentworth in Uppercross. Er sei enttäuscht und habe besseren Gesang erwartet; kurz, er sei nicht traurig, wenn es vorüber wäre. Anne verteidigte die Darbietungen und sprach doch mit Rücksicht auf seine Gefühle so gefällig, daß sich seine Stimmung besserte und er bei seinen Antworten fast lächelte. Sie plauderten noch ein paar Minuten länger, und die gehobenere Stimmung hielt an. Er blickte sogar auf die Bank nieder, als entdecke er dort einen Platz, den einzunehmen sich wohl lohne. In demselben Augenblick wurde auf Annes Schulter getupft, und sie mußte sich wohl oder übel umwenden. – Es war Mr. Elliot. Er bat um Entschuldigung; aber er müsse sich noch einmal mit der Bitte an sie wenden, ein wenig Italienisch zu erklären. Miß Carteret möchte den Wortlaut des nächsten Liedes gerne wissen. Anne konnte nicht ablehnen; aber nie hatte sie der Höflichkeit mit größerem Schmerz ihren Zoll entrichtet.

Wenn sie es auch noch so kurz machte, es war doch unvermeidlich, daß einige Minuten darüber vergingen. Und als sie sich dann wieder mit freundlichem Blick umwandte, verabschiedete Kapitän Wentworth sich mit einem eiligen, zurückhaltenden Lebewohl. Er müsse nun aufbrechen, er müsse so schnell wie eben möglich nach Hause gehen.

»Ist denn dieses Lied nicht noch des Bleibens wert?« fragte Anne und ein plötzlich in ihr aufsteigender Verdacht ließ ihr seine Ermutigung noch angelegener erscheinen.

»Nein!« erwiderte er jäh und betont, »es lohnt nicht, daß ich bleibe!« Damit ging er hinaus.

Er war eifersüchtig auf Mr. Elliot! Das war die Erklärung. Kapitän Wentworth war eifersüchtig auf ihre Zuneigung! Hätte sie das eine Woche früher annehmen dürfen – selbst vor drei Stunden! Für eines Augenblickes Länge empfand sie köstlich die Beglückung. Aber war diese Eifersucht zu beschwichtigen? Wie konnte ihn je die Wahrheit erreichen? Wie würde er bei dem widrigen Umstand ihrer beiderseitigen Stellungen je ihre wahren Gefühle erfahren? Kummer ergriff sie bei dem Gedanken an Mr. Elliots Aufmerksamkeiten. Ihr Unheil war unübersehbar!

Einundzwanzigstes Kapitel

Am nächsten Morgen erinnerte sich Anne freudig des versprochenen Besuches bei Mrs. Smith. Das bedeutete, daß sie zur Zeit des Besuches von Mr. Elliot nicht anwesend sein würde. Denn es war ihr erster und wichtigster Vorsatz, Mr. Elliot auszuweichen.

Sie war ihm durchaus freundlich gesinnt und empfand trotz des Unheils, das seine Aufmerksamkeiten verursacht hatten, Dankbarkeit und Achtung für ihn, wenn nicht sogar Mitgefühl. Die außerordentlichen Umstände ihrer Bekanntschaft konnte sie nicht gänzlich zurückdrängen und ließ es gelten, daß ihm durch seine Stellung und seine eigenen Gefühle ein gewisses Anrecht auf ihre Anteilnahme zukam. Alles in allem war es wirklich außergewöhnlich schmeichelhaft, wenn auch schmerzlich. Es gab viel zu bedauern. Es war nicht der Überlegung wert, was sie empfunden hätte, wenn es in diesem Spiel keinen Kapitän Wentworth gegeben hätte. Und gleichviel, wie der Ausgang sein würde, ihre Liebe gehörte immer ihm. Ihre Vereinigung schied sie nicht mehr von anderen Männern als ihre endgültige Trennung.

Tieferen Gedanken über edle Liebe und ewige Treue hatte wohl noch nie jemand in den Straßen von Bath nachgehangen, als Anne auf ihrem Wege vom Camdenplatz nach Westgate. Sie genügten fast, um den ganzen Weg in Sauberkeit und Duft zu hüllen.

Einer herzlichen Aufnahme war sie immer sicher, doch schien ihre Freundin an diesem Morgen besonders dankbar für diesen, trotz der Verabredung kaum mehr erwarteten Besuch.

Annes Erinnerungen an das Konzert waren glücklich genug, um ihr Gesicht zu beleben, es bereitete ihr einen großen Genuß, so eingehend davon zu sprechen. Alles, was sie zu erzählen wußte, erörterte sie bereitwilligst. Aber es war zu

»Gewiß fehlten die kleinen Durands nicht.«

wenig, selbst für einen, der dabei gewesen war, und unzulänglich für einen Wißbegierigen, wie Mrs. Smith, die über den Umgang von Wäscherin und Kellner bereits mehr von dem künstlerischen und gesellschaftlichen Erfolg des Abends gehört hatte, als Anne erwähnte. Mrs. Smith forschte, wenn auch vergeblich, nach gewissen Einzelheiten aus der Gesellschaft; denn Mrs. Smith war in diesen Dingen gut unterrichtet.

Gewiß fehlten die kleinen Durands nicht. »Sie werden«, sagte sie, »mit offenem Mund dagesessen und der Musik gelauscht haben, wie noch unflügge Sperlinge, die gefüttert sein wollen. Sie lassen sich kein Konzert entgehen.«

»Ich selbst sah sie allerdings nicht; aber Mr. Elliot meinte wohl, sie seien im Saal.«

»Und die Ibbotsons – waren die da? Und die beiden neuen Schönheiten mit dem großen irischen Offizier, den man schon für eine von ihnen bestimmt hat?«

»Ich weiß es wirklich nicht. Mir sind sie nicht aufgefallen.«

»Und die alte Lady Maclean? Nach ihr brauche ich gar nicht erst zu fragen. Sie versäumt so etwas nie. Sie werden sie gewiß gesehen haben, und sie zählte wohl zu Ihrem engeren Kreise; denn in Gesellschaft von Lady Dalrymple haben Sie doch in den Reihen der Hautevolee gesessen, in der Nähe des Orchesters.«

»Gerade das befürchtete ich. Es wäre mir in jeder Hinsicht sehr unangenehm gewesen. Aber glücklicherweise wählt Lady Dalrymple ihre Sitze immer etwas abseits, und wir hatten sehr gute Plätze – wenigstens für die Ohren. Für die Augen wohl weniger; denn ich habe anscheinend sehr wenig gesehen.«

»Oh! für Ihre eigene Unterhaltung wird es ausgereicht haben. Ich verstehe es sehr gut. Es gibt auch im Gewühl eine Art stillen Glückes und dazu zählte wohl das Ihre. Sie genügten einander selbst.«

»Ich hätte mich doch wohl mehr umsehen sollen«, schweifte Anne ab. Dabei wurde sie sich bewußt, daß es am Herumblicken nicht gefehlt, nur das Objekt sie enttäuscht hatte.

»Nein, nein, Sie hatten bessere Beschäftigung. Sie brauchen mir gar nicht erst zu beteuern, daß Sie einen schönen Abend verlebt haben. Ich sehe es Ihren Augen an und weiß, wie Ihnen die Stunden dahinflogen und daß Sie immer nur Angenehmem lauschten. In den Pausen war es die Unterhaltung.«

Anne lächelte. »Das sagen Ihnen meine Augen?«

»Ja, und noch mehr! Ihr ganzes Äußere verrät mir, daß Sie gestern abend mit dem Menschen zusammen waren, den Sie für den liebenswertesten auf der Welt halten und mit dem Sie sich im Augenblick mehr beschäftigen, als mit allen anderen zusammengenommen.«

Zarte Röte stieg in Annes Wangen, und sie schwieg.

»Und deshalb bewerte ich Ihr Kommen heute morgen besonders hoch. Es ist wirklich zu freundlich von Ihnen, bei mir zu sitzen, während viel angenehmere Dinge Ihrer harren.«

Anne hörte kaum hin. Sie stand zu sehr unter dem verwirrenden und überraschenden Eindruck der Hellsichtigkeit Ihrer Freundin. Wie mochte der Bericht über Kapitän Wentworth zu ihren Ohren gedrungen sein?

»Sagen Sie mir bitte«, fuhr Mrs. Smith fort, »weiß Mr. Elliot von Ihrer Bekanntschaft mit mir? Weiß er, daß ich in Bath bin?«

»Mr. Elliot?« rief Anne und blickte erstaunt auf. Augenblicks enthüllte sich ihr der Irrtum, in welchem sie befangen war. Sie begriff sogleich. Und als mit der Sicherheit ihr Mut zurückkehrte, fügte sie ruhiger hinzu: »Kennen Sie denn Mr. Elliot?«

»Ich kannte ihn einmal sehr gut«, erwiderte Mrs. Smith ernst. »Aber das ist jetzt vorbei. Es liegt schon lange zurück, seit wir uns das letztemal sahen.«

»Davon hatte ich ja gar keine Ahnung. Sie haben es nie erwähnt. Hätte ich das gewußt! Ich hätte mir das Vergnügen gemacht, ihm von Ihnen zu sprechen.«

»Um die Wahrheit zu sagen«, und Mrs. Smith zeigte ein

heiteres Gesicht, »gerade dieses Vergnügen möchte ich Ihnen bereiten. Daß Sie mit Mr. Elliot von mir sprechen, wäre mein ausgesprochener Wunsch. Ich freue mich über Ihr Interesse an ihm. Er kann mir einen wichtigen Dienst leisten. Und wenn Sie, meine liebe Miß Elliot, die Güte hätten, sich der Sache anzunehmen, wird er es selbstverständlich tun.«

»Ich wäre nur zu glücklich! Sie zweifeln hoffentlich nicht an meiner Bereitwilligkeit, Ihnen einen Gefallen zu erweisen; aber ich fürchte, Sie trauen mir einen größeren Einfluß auf Mr. Elliot zu, als ich wirklich habe. Sicherlich hat irgendein besonderer Umstand Ihnen diesen Eindruck vermittelt. Sie müssen mich jedoch lediglich als Mr. Elliots Verwandte betrachten. Wenn Sie es in diesem Lichte sehen und immer noch der Meinung sind, daß seine Base ihm die Bitte vortragen kann, so bin ich gerne dazu bereit.«

Mrs. Smith warf ihr einen durchdringenden Blick zu und sagte lächelnd:

»Ich war ein wenig voreilig, wie ich sehe. Ich bitte Sie herzlich um Vergebung. Gewiß hätte ich bis zu Ihrer offiziellen Mitteilung warten sollen. Aber nun geben Sie mir doch einen Hinweis, ob ich als alte Freundin sprechen darf, meine liebe Miß Elliot? Nächste Woche? Nächste Woche darf ich es doch für abgemacht halten, und dann meine eigenen selbstsüchtigen Pläne auf Mr. Elliots Glück aufbauen?«

»Weder die nächste Woche, noch die übernächste, noch die darauf folgende. Ich versichere Ihnen, Ihre Erwartungen werden sich nie erfüllen, und ich werde Mr. Elliot niemals heiraten. Wie kommen Sie nur auf diesen Gedanken?«

Mrs. Smith prüfte sie wieder scharf, dann lächelte sie, schüttelte den Kopf und rief:

»Wie soll ich das nun wieder verstehen! Und ich möchte doch so gern wissen, wie die Dinge liegen! Sie werden im richtigen Augenblick nicht so grausam sein. Bis dahin behaupten wir Frauen ja immer, nicht heiraten zu wollen. Es gehört so zum guten Ton, einen Mann abzulehnen – bis er sich erklärt. Aber warum wollen Sie so grausam sein? Lassen Sie mich für – ich kann nicht sagen meinen augenblicklichen Freund –, aber für meinen ehemaligen Freund ein gutes Wort einlegen. Werden Sie je einen passenderen Lebensgefährten finden? Könnten Sie einem vornehmeren, angenehmeren Gatten die Hand reichen? Lassen Sie mich Mr. Elliot empfehlen. Von Oberst Wallis haben Sie gewiß nichts Nachteiliges über ihn erfahren, und wer könnte ihn wohl besser kennen als Oberst Wallis?«

»Meine liebe Mrs. Smith, Mr. Elliots Frau ist weniger länger als ein halbes Jahr tot. Man sollte gar nicht erwarten, daß er schon jetzt einer anderen Frau einen Antrag machen könnte.«

»Oh! Wenn das Ihre einzigen Einwände sind«, rief Mrs. Smith schalkhaft, »dann hat Mr. Elliot nichts zu fürchten, und ich werde mich nicht weiter für ihn bemühen. Vergessen Sie mich nicht, wenn Sie verheiratet sind, das ist alles. Wenn er von unserer Freundschaft weiß, wird ihm die erforderliche Mühe gering erscheinen, die ihm jetzt natürlich beachtlich dünkt. Er muß sich aus so viel Affären ziehen und so viele Verpflichtungen abweisen, was vielleicht ebenso natürlich ist. Neunundneunzig von hundert würden ähnlich handeln. Er kann gar nicht die Bedeutung dieser Sache für mich ermessen. Nun, meine liebe Miß Elliot, ich hoffe zuversichtlich, daß Sie sehr, sehr glücklich werden. Mr. Elliot ist klug genug, um den Wert einer solchen Frau zu würdigen. Ihr Friede wird nicht Schiffbruch leiden wie meiner. Gesellschaftlich und hinsichtlich seines Charakters sind Sie gesichert. Er wird sich nicht verleiten lassen und nicht durch andere ins Unglück stürzen.«

»Das will ich von meinem Vetter wohl glauben. Er scheint von ruhigem, bestimmtem Charakter und unempfänglich für gefährliche Einflüsse zu sein. Ich achte ihn sehr und habe nach meinen Beobachtungen keinen Grund zu anderer Annahme. Aber ich kenne ihn erst seit kurzem. Und ich halte ihn nicht für den Mann, mit dem man schnell vertraut wird. Überzeugt diese sachliche Sprache Sie nicht davon, Mrs. Smith, daß er mir nichts bedeutet? Es muß doch wohl genügen. Und auf mein Wort, er sagt mir nichts. Sollte er mir einmal einen Antrag machen, und ich bin mir dessen nicht bewußt, daß er es beabsichtigt, so werde ich seine Hand ausschlagen. Das versichere ich Ihnen. Ich beteure Ihnen, Mr. Elliot ist in keiner Weise an der Freude beteiligt, die ich während des gestrigen Konzerts erfuhr – nicht Mr. Elliot. Es war nicht Mr. Elliot, der . . .«

Sie hielt inne und bereute mit tiefem Erröten, so viel gesagt zu haben; aber weniger hätte wohl kaum genügt. Ohne die Erkenntnis, daß es noch einen anderen gab, wäre Mrs. Smith wohl kaum zu überzeugen gewesen. Um weiteren Fragen auszuweichen, forschte Anne nach dem Grund von Mrs. Smiths Annahme hinsichtlich Mr. Elliot. Wer hatte ihr diesen Gedanken eingeflößt, oder von wem hatte sie dergleichen gehört?

»Ihre häufigen Begegnungen brachten mich darauf«, erwiderte Mrs. Smith, »zumal es im Sinne Ihrer beiden Familien liegen muß. Seien Sie sicher, Ihre gesamte Verwandtschaft wird bereits in dieser Weise über Sie verfügt haben. Ich hörte jedoch vor zwei Tagen zum erstenmal davon.«

»Hat man wirklich davon gesprochen?«

»Erinnern Sie sich der Frau, die Ihnen gestern die Tür öffnete?«

»War es nicht wie gewöhnlich Mrs. Speed oder das Zimmermädchen?«

»Nein, meine Freundin, Mrs. Rooke, die übrigens auf Sie lauerte und sich glücklich pries, gerade anwesend zu sein. Sie kehrte erst am Sonntag aus dem Marlborough-Haus zurück und erzählte mir, Sie würden Mr. Elliot heiraten. Sie hatte es unmittelbar von Mrs. Wallis, die mir kein schlechter Gewährsmann schien. Am Montag abend berichtete sie wohl eine Stunde lang von der ganzen Geschichte.«

»Die ganze Geschichte!« wiederholte Anne lachend. »Es kann doch keine allzu lange Geschichte sein, so ein bißchen unbestätigter Klatsch, meine ich. Aber wenn auch nichts Wahres an meinem Einfluß auf Mr. Elliot ist, so wäre ich nur allzu glücklich, Ihnen auf irgendeine Weise zu nützen. Soll ich ihm etwas ausrichten, ihm sagen, daß Sie in Bath sind?«

»Nein, o nein! Von jener falschen Voraussetzung ausgehend, hätte ich Sie gern an gewissen Dingen interessiert. Aber jetzt nicht mehr. Nein, ich möchte Sie auf keinen Fall bemühen.«

»Aber Sie kannten doch Mr. Elliot schon vor Jahren!«

»So ist es.«

»Etwa schon vor seiner Heirat?«

»Ja, damals lernte ich ihn bereits kennen.«

»Und – waren Sie eng befreundet?«

»Sehr eng.«

»Wirklich? Erzählen Sie mir doch bitte davon! Ich bin sehr begierig, über den jungen Mr. Elliot zu hören. War er damals schon so betont seriös?«

»Ich sah Mr. Elliot seit drei Jahren nicht mehr«, antwortete Mrs. Smith mit jenem Ernst, der jede weitere Erörterung unmöglich machte. Anne fühlte, nichts gewonnen zu haben; aber ihre Neugier war noch gesteigert. Beide schwiegen. Schließlich rief Mrs. Smith in ihrem natürlichen, herzlichen Ton aus:

»Meine liebe Miß Elliot, verzeihen Sie mir! Vergeben Sie mir meine kurzen Antworten; aber ich wußte nicht, wie ich handeln sollte. Ich muß so viele Dinge in Betracht ziehen und mag weder aufdringlich sein, noch einen schlechten Eindruck hervorrufen oder Unheil anrichten. Auch ist die glatte Oberfläche der Familieneinigkeit jeder Schonung wert, obgleich sie darunter nichts Dauerhaftes birgt. Aber jetzt bin ich entschlossen, Mr. Elliots wahren Charakter aufzudecken. Obgleich ich sicher bin, daß Sie Mr. Elliots Werbung im Augenblick nicht zu erhören beabsichtigen, weiß man nicht, was noch einmal geschehen mag. Vielleicht können Sie zu irgendeinem anderen Zeitpunkt doch einmal anders für ihn empfinden. Deshalb sprechen Sie, solange Sie noch unbeeindruckt sind. Mr. Elliot ist ein Mann ohne Herz und Gewissen, ein Ränkeschmied und ein kaltblütiger Egoist. Um seiner eigenen Interessen und Bequemlichkeit willen würde er sich jeder Grausamkeit, jeden Verrats schuldig machen, sofern es ohne Gefährdung seines Ansehens möglich ist. Für niemand empfindet er etwas, und er verläßt ohne Gewissensbisse alle, die er ins Unglück gebracht hat. Sein Herz ist leer und schwarz!«

Annes erstauntes Gesicht, ihr verwunderter Ausruf ließ Mrs. Smith innehalten. Mit ruhiger Stimme fuhr sie fort.

»Meine Ausdrücke überraschen Sie. Sie müssen einer beleidigten, zornigen Frau einiges zugute halten. Aber ich will mich beherrschen und nicht schelten. Nur die Tatsachen sollen sprechen. Er war der beste Freund meines verstorbenen Mannes, der ihm vertraute und ihn liebte und ihn für ebenso gut hielt, wie er selbst es war. Die Freundschaft hatte schon vor unserer Ehe bestanden. Auch ich fand herzliches Gefallen an Mr. Elliot und hegte die höchste Meinung von ihm. Mit neunzehn Jahren denkt man noch nicht genug über alles nach. Mr. Elliot erschien mir gut und viel angenehmer als die meisten Menschen. Wir waren fast ständig zusammen, und meist lebten wir in London, wo wir ein ziemlich großes Haus führten. Damals war er nicht so wohlhabend wie wir, damals waren die Rollen vertauscht. Er wohnte im Temple zur Miete und wahrte, so gut er konnte, das Ansehen eines Edelmannes. Er fand bei uns eine Heimat, war uns immer willkommen, wie unser leiblicher Bruder. Mein armer Charles besaß das freigebigste Gemüt von der Welt und hätte seinen letzten Heller mit ihm geteilt. Ich weiß, daß sein Geldbeutel immer für ihn offen war und er ihm oft unter die Arme griff.«

»Das ist der Abschnitt in Mr. Elliots Leben, den ich immer

ergründen wollte«, sagte Anne. »Er muß ungefähr in die Zeit fallen, als mein Vater und meine Schwester ihn kennenlernten. Ich selbst begegnete ihm nie, ich hörte nur von ihm. Aber in seinem damaligen Verhalten zu meinem Vater und meiner Schwester und in den Umständen seiner Heirat lag etwas, das sich mit seinem heutigen Wesen nie in Einklang bringen läßt. Es deutet auf einen ganz anders gearteten Menschen hin.«

»Ich weiß das alles, ich weiß das alles«, rief Mrs. Smith aus. »Er war Sir Walter und Ihrer Schwester vorgestellt worden, und ich werde nie vergessen, wie er von ihnen sprach. Er wurde zu Besuchen aufgefordert, ja gedrängt; und er gedachte nicht, ihnen nachzukommen. Und auch über seine Heirat war ich genau unterrichtet und mit allem Für und Wider vertraut. Obgleich ich seine Frau vorher nicht kannte – jawohl, ihre niedrige Stellung in der Gesellschaft machte es unmöglich –, war ich doch später mit ihr befreundet, zumindest bis zwei Jahre vor ihrem Tode, so daß ich Ihnen jede Frage beantworten kann.«

»In dieser Hinsicht habe ich keine besondere Frage zu stellen«, erwiderte Anne. »Sie sollen nicht sehr glücklich miteinander gewesen sein. Ich möchte aber wohl den Grund wissen, warum er seinerzeit meinen Vater beleidigte. Warum zog sich Mr. Elliot damals trotz der freundlichen und gebührenden Aufnahme so jäh zurück?«

»Mr. Elliot verfolgte nur ein Ziel – möglichst schnell sein Glück zu machen. Er war entschlossen, es durch Heirat zu schaffen und sich auf keinen Fall durch eine unkluge Heirat zu schaden. Er war der Meinung, das Ziel der Höflichkeiten und Einladungen Ihres Vaters und Ihrer Schwester sei eine Heirat. Ein solcher Plan entsprach aber nicht seinen Ansichten von Reichtum und Unabhängigkeit. Das war die Triebfeder seiner Ablehnung, wie er mir sagte; denn mir verheimlichte er nichts. Wie seltsam, daß meine erste Bekanntschaft in der Ehe Ihr Vetter sein mußte, nachdem ich Sie soeben in Bath zurückgelassen hatte, und daß ich durch ihn immer von Ihrer Familie hören sollte. Er beschrieb die eine Miß Elliot, und ich dachte sehr liebevoll an die andere.«

»Vielleicht«, rief Anne in plötzlicher Erinnerung, »vielleicht haben Sie zuweilen mit Mr. Elliot von mir gesprochen?«

»Das tat ich gewiß sehr oft. Ich pflegte mich meiner geliebten Anne Elliot zu rühmen, und ich verbürgte mich dafür, daß Sie ganz anders geartet seien als . . .«

Sie hielt noch rechtzeitig inne.

»Das erklärt mir Mr. Elliots gestrige Äußerungen«, rief Anne. »Das erklärt es. Er wollte nämlich bereits früher von mir gehört haben, und ich konnte das nicht verstehen. Was für wilde Kombinationen man doch anstellt, wenn es um das liebe Selbst geht! Ich mußte mich ja irren! Aber entschuldigen Sie, ich unterbrach Sie. Also Mr. Elliot heiratete nur des Geldes wegen. Dieser Umstand öffnete Ihnen wohl zum erstenmal die Augen über seinen Charakter.«

Hier zögerte Mrs. Smith ein wenig. »Oh! Derartige Dinge geschehen alltäglich. In der Gesellschaft sind reine Geldheiraten zu alltäglich, als daß man sie besonders beachtet. Ich war noch sehr jung und kam nur mit jungen Menschen zusammen. Wir waren eine gedankenlose, fröhliche Gesellschaft. Wir lebten nur dem Vergnügen. Jetzt denke ich ganz anders. Zeit, Krankheit und Sorgen haben mir eine andere Weltanschauung vermittelt. Aber damals, muß ich gestehen, sah ich nichts Ehrenrühriges in Mr. Elliots Handlungen. Es galt als Pflicht, aus allem das Beste herauszuholen.«

»Aber war sie nicht von sehr niederer Herkunft?«

»Ja, ich brachte manchen Einwand vor, aber er wollte nicht darauf hören. Geld, Geld! Nur danach strebte er. Ihr Vater war Viehzüchter, ihr Großvater Metzger; aber das bedeutete alles nichts. Sie war eine zarte Frau, hatte eine ausgezeichnete Erziehung genossen und war von einigen Basen in die Gesellschaft eingeführt worden. So geriet sie in Mr. Elliots Umgebung und verliebte sich in ihn. Er seinerseits erblickte keine Schwierigkeiten in ihrer Abstammung, sondern sah nur das Vermögen. Wie hoch Mr. Elliot auch heute seine gesellschaftliche Stellung einschätzen mag, als junger Mann ließ sie ihn gleichgültig. Kellynch zu erhalten bedeutete ihm etwas; aber die Familienehre war ihm wohlfeil. Ich habe ihn oft sagen hören, wenn die Baronetwürde verkäuflich wäre, könnte sie der Erstbeste für fünfzig Pfund haben, einschließlich Wappen, Wahlspruch und Livree. Aber ich kann um keinen Preis all seine Äußerungen wiederholen. Das wäre nicht anständig. Und dennoch brauchen Sie einen Beweis; denn sonst wären es nur leere Behauptungen. Und Sie sollen den Beweis haben.«

»Wirklich, liebe Mrs. Smith, ich brauche keinen«, rief Anne. »Keine ihrer Behauptungen widerspricht dem Eindruck, den Mr. Elliot vor ein paar Jahren gemacht haben muß. Es bestätigt vielmehr, was wir hörten und auch glaubten. Ich möchte viel lieber wissen, warum er sich so gewandelt hat.«

»Aber es dient zu meiner Beruhigung! Läuten Sie bitte nach Mary – nein, bleiben Sie, ich glaube, Sie sind sogar so freundlich und holen selbst in meinem Schlafzimmer den kleinen Kasten aus dem oberen Fach des Wandschrankes.«

Anne entsprach diesem Wunsche. Als Mrs. Smith den Kasten aufschloß, sagte sie seufzend:

»Er ist angefüllt mit Papieren meines Mannes. Nur ein kleiner Teil dessen, was ich bei seinem Tode zu sichten hatte. Der Brief, den ich suche, stammt noch aus der Zeit vor unserer Heirat und blieb zufällig erhalten. Mein Mann war unachtsam und unordentlich in solchen Dingen, wie alle Männer. Ich fand diesen Brief zusammen mit anderen noch läppischeren, die überall verstreut waren, während viele Schriftstücke von wirklicher Bedeutung fehlten. Hier ist er. Obgleich ich schon damals keine große Neigung für Mr. Elliot verspürte, wollte ich jedes Beweisstück ehemaliger Vertrautheit bewahren. Nun freut es mich, daß ich ihn vorzeigen kann.«

Der Brief war an Herrn Charles Smith, Esq. Tunbridge Wells, gerichtet, geschrieben in London im Juli 1803.

»Lieber Smith!

Ihren Brief habe ich erhalten. Ihre Freundlichkeit überwältigt mich fast. Hätte doch die Natur solche Herzen wie das Ihre häufiger hervorgebracht! Aber nun lebe ich schon dreiundzwanzig Jahre auf dieser Welt, ohne einem ähnlichen begegnet zu sein. Glauben Sie mir, im Augenblick bedarf ich Ihrer Dienste nicht, da ich wieder bei Kasse bin. Wünschen Sie mir Glück! Ich bin Sir Walter und die Miß los. Sie sind wieder nach Kellynch abgereist. Sie haben mich fast schwören lassen, sie in diesem Sommer zu besuchen; aber meinen ersten Besuch werde ich in Kellynch mit einem Revisor machen, der mir berechnen soll, wie ich es mit bestem Vorteil unter den Hammer bringe. Ich glaube nicht, daß der Baron noch einmal heiratet. Er ist gerade dumm genug dazu. In diesem Fall werden sie mich wohl in Ruhe lassen, das wäre mir ebenso lieb wie das Gegenteil. Er ist fast schlimmer als im vorigen Jahr.

Ich wünsche mir statt den Namen Elliot jeden beliebigen. Ich habe ihn satt. Den Namen Walter brauche ich nicht zu führen, Gott sei Dank! Und ich wünsche, daß Sie mich nie wieder mit meinem zweiten W beleidigen. Für den Rest meines Lebens will ich nur sein

Ihr aufrichtiger Wm. Elliot.«

Ein solcher Brief mußte Anne in Harnisch bringen, und Mrs. Smith bemerkte es sehr wohl.

»Die Sprache ist alles andere als respektvoll. Obgleich ich den Wortlaut vergessen habe, ist mir der allgemeine Sinn noch sehr gut gegenwärtig. Aber der Brief enthüllt den wahren Kern. Beachten Sie auch die Beteuerungen für meinen armen Mann. Kann man es wohl stärker ausdrücken?«

Anne konnte den Schlag und die Demütigung nicht sogleich verwinden, daß man ihren Vater mit solchen Ausdrücken belegt hatte. Sie mußte sich vergegenwärtigen, daß es ein Verstoß gegen die Ehrenregeln war, diesen Brief gelesen zu haben. Niemand darf nach solchen Zeugnissen beurteilt werden. Der persönliche Briefwechsel verträgt nicht die Kenntnis eines dritten. Erst die Betrachtung ließ sie ihre Ruhe wiedergewinnen.

»Ich danke Ihnen«, sagte sie, den Brief zurückreichend. »Das beweist zweifellos alles. Aber warum schließt er sich uns jetzt an?«

»Das kann ich Ihnen erklären«, rief Mrs. Smith lächelnd.

»Wirklich?«

»Ja, ich habe Ihnen den früheren Mr. Elliot gezeigt, jetzt führe ich Ihnen den heutigen vor. Zwar kann ich kein schriftliches Zeugnis, aber einen ebenso authentischen mündlichen Beweis liefern über das, was er jetzt will und was er jetzt tut. Er heuchelt diesmal nicht und beabsichtigt wirklich, Sie zu heiraten. Die Aufmerksamkeiten, die er augenblicklich Ihrer Familie zollt, sind sehr aufrichtig und kommen von Herzen. Ich will Ihnen auch die Quelle meiner Kenntnisse nennen: Oberst Wallis, sein Freund.«

»Oberst Wallis! Kennen Sie ihn auch?«

»Nein. Diese Neuigkeit kommt nicht unmittelbar von ihm zu mir. Sie führt um ein oder zwei Ecken; aber das ist nicht wichtig. Der Bach ist noch ebenso rein wie an der Quelle, das bißchen Gerümpel, das er an den Biegungen mitnimmt, läßt sich leicht wieder entfernen. Mr. Elliot erörtert gegenüber Oberst Wallis unbedenklich seine Ansichten über Sie. Ich halte diesen Oberst Wallis an sich für einen vernünftigen und scharfsinnigen Menschen, nicht so seine Frau, der er Dinge erzählt, die er besser für sich behielte. Und er berichtet ihr von allem und jedem. Sie hingegen wiederholt in neuerwachter Lebensfreude alles ihrer Pflegerin. Und diese Pflegerin wiederum weiß von meiner Bekanntschaft mit Ihnen und hinterbringt mir deshalb natürlich alles. So weihte mich meine gute Freundin Mrs. Rooke am Montag abend in die Geheimnisse des Marlborough-Hauses ein. Wenn ich daher von einer ganzen Geschichte sprach, habe ich nicht so sehr übertrieben, wie Sie annahmen.«

»Meine liebe Mrs. Smith, Ihr Gewährsmann ist unvollkommen. Was Mr. Elliot mit mir im Sinne hat, kann nicht mit den Bemühungen in Einklang gebracht werden, die er sich um die Aussöhnung mit meinem Vater macht. Das fällt schon in die Zeit vor meinem Kommen. Sie standen schon auf dem allerbesten Fuße, als ich hier eintraf.«

»Ich weiß das nur zu gut, aber . . .«

»Aber wir dürfen wirklich nicht annehmen, auf diesem Wege die rechte Auskunft zu erhalten, Mrs. Smith. Tatsachen und Anschauungen, die durch die Hände so vieler Menschen gehen, können von dem einen zum Spaß, von dem anderen aus Unwissenheit mißdeutet werden, so daß kein Fetzen Wahrheit mehr übrig bleibt.«

»Hören Sie mir nur ruhig zu. Daß Sie der Beweggrund waren, nimmt niemand an. Er hatte Sie wohl schon gesehen und bewundert, ehe er nach Bath kam, jedoch ohne zu wissen, wer Sie waren. So berichtet wenigstens der Erzähler. Ist das wahr? Sah er Sie im verganenen Sommer oder Herbst? Seiner Äußerung gemäß irgendwo im Westen?«

»Soweit ist es nur zu wahr. In Lyme; ich war zufällig in Lyme.«

»Nun gut«, fuhr Mrs. Smith frohlockend fort, »dann müssen Sie meiner Freundin auch die Bestätigung der ersten Behauptung zugute rechnen. Er sah Sie in Lyme, und Sie gefielen ihm so gut, daß es ihn sehr freute, Ihnen als Miß Anne Elliot am Camdenplatz wieder zu begegnen. Von diesem Augenblick an bestanden zwei Gründe für seine Besuche. Den älteren will ich vorwegnehmen. Wenn Sie an meiner Geschichte etwas Falsches oder Unwahrscheinliches feststellen, unterbrechen Sie mich bitte. Mein Bericht sagt, daß die Freundin Ihrer Schwester, die Dame, die bei Ihnen wohnt und mit Miß Elliot und Sir Walter schon im September nach Bath kam, eine kluge, einnehmende und hübsche Frau ist. Nach ihrer Stellung und ihrem Verhalten ist sie dazu angetan, unter Sir Walters Bekannten den Gedanken zu nähren, sie wolle Lady Elliot werden, und man ist nicht wenig erstaunt, daß Miß Elliot offensichtlich blind für diese Gefahr ist. In solchem Licht erschien den Bekannten der Familie die Angelegenheit vor Ihrer Rückkehr. Auch Oberst Wallis beobachtete Ihren Vater lange genug, um sich darüber klar zu sein, obgleich er zu jener Zeit noch nicht am Camdenplatz verkehrte. Aber seine Freundschaft zu Mr. Elliot ließ ihn an allem teilnehmen, was dort vorging. Und als Mr. Elliot kurz vor Weihnachten für einige Tage nach Bath kam, unterrichtete Oberst Wallis ihn von allem. Damals entstanden die ersten Gerüchte. Nun müssen Sie beachten, daß sich Mr. Elliots Ansichten über die Baronetwürde geändert hatten. Da er seit langem so viel Geld besitzt, als er nur ausgeben kann, und ihm nichts zu wünschen übrig bleibt, erblickt er nunmehr sein Glück in dem Titel, dessen Erbe er ist. Der Gedanke, dessen verlustig zu werden, ist ihm unerträglich. Sie verstehen daher, wie wenig angenehm ihm die Neuigkeiten waren, die sein Freund ihm berichten konnte. Er beschloß, so bald wie möglich nach Bath überzusiedeln und sich hier für einige Zeit einzurichten mit der Absicht, die frühere Bekanntschaft zu erneuern und den Plan der Dame zu durchkreuzen, wenn es sich als notwendig erweisen sollte. Das erkannten die beiden Freunde als das einzig Wirksame, und Oberst Wallis sollte ihm soweit als möglich behilflich sein. Also kam Mr. Elliot zurück. Auf seine Bitte hin wurde ihm verziehen, er wurde wieder in die Familie aufgenommen, wo er in der Beobachtung Sir Walters und Mrs. Clays seine ständige Aufgabe sah. Er war immer mit ihnen zusammen, warf sich ihnen in den Weg und sprach zu allen Tagesstunden bei ihnen vor. Aber hierüber brauche ich mich wohl nicht besonders zu verbreiten. Sie können sich wohl vorstellen, was alles ein durchtriebener Mann unternimmt. Mit dieser Richtschnur lassen sich seine Handlungen erklären.«

»Ihre Erzählung paßt genau zu dem, was ich weiß oder gefolgert habe. List verabscheue ich immer, und Machenschaften und Doppelzüngigkeit stoßen mich ab. Aber das Gehörte hat mich in keiner Hinsicht überrascht. Zwar würden manche über diese Darstellung von Mr. Elliot entsetzt sein und sie nur schwerlich glauben. Aber ich gab mich nie mit dem bloßen Augenschein zufrieden und suchte immer nach einem tieferen Beweggrund für sein Verhalten. Ich möchte wohl seine jetzigen Ansichten über die gefürchtete Angelegenheit kennen. Ob er die Gefahr für beseitigt hält?«

»Ich nehme es an«, erwiderte Mrs. Smith. »Er ist der Meinung, Mrs. Clay fürchte ihn. Sie fühlt sich durchschaut und wagt nicht mehr, wie bisher zu handeln. Aber da er doch nicht immer anwesend sein kann, weiß ich nicht, wie er je vor ihrem Einfluß sicher ist. Mrs. Wallis hatte den belustigenden Einfall, wie die Pflegerin erzählte, bei Ihrer und Mr. Elliots Heirat einen Artikel in dem Ehekontrakt vorzuschlagen, der besagt, daß Ihr Vater Mrs. Clay nicht heiraten dürfe. Der Plan entspricht wahrscheinlich Mrs. Wallis Verstand; aber der klugen Pflegerin ist seine Lächerlichkeit offenbar. ›Nun ja, Madam‹, sagte sie, ›das würde ihn ja nicht daran hindern, irgendeine andere zu heiraten.‹«

»Es ist mir sehr lieb, all dieses zu erfahren«, sagte Anne nach kurzer Überlegung. »Es wird mir zwar in mancher Beziehung das Zusammensein mit ihm erschweren; aber ich weiß nun, was ich zu tun habe. Mein Verhalten wird eindeutiger sein. Mr. Elliot ist offensichtlich ein unaufrichtiger, listiger Gesellschaftsmensch, der sich immer nur von Selbstsucht hat leiten lassen.«

Aber das eigentliche Thema war noch nicht erschöpft. Über

den Belangen ihrer eigenen Familie hatte Anne ganz vergessen, was eingangs alles gegen Mr. Elliot vorgebracht worden war. Ihre Aufmerksamkeit wurde wieder auf die Erklärung der ersten Andeutung gezogen, und sie lauschte einem Vortrag, der zwar Mrs. Smiths Bitterkeit nicht völlig rechtfertigte, aber doch bewies, daß Mr. Elliot ihr gegenüber bar jeder Gerechtigkeit und Teilnahme gehandelt hatte. Die Freundschaft hatte unbeschadet durch Mr. Elliots Heirat fortgedauert, und Mr. Elliot hatte seinen Freund zu Ausgaben verführt, die sein Vermögen weit überschritten. Mrs. Smith gestand sich selbst keine Schuld zu und war auch zu zartfühlend, ihrem Mann eine solche zuzuschieben. Aber Anne erkannte, daß die Lebensführung des Ehepaares nie ihrem Einkommen entsprochen und man sehr viel überflüssigen Aufwand getrieben hatte. Nach dem Bericht mußte Mr. Smith von warmem Empfinden, heiterer Veranlagung, leichtsinnigen Gewohnheiten und nicht allzu großer Klugheit gewesen sein, viel liebenswürdiger als sein Freund und ihm überhaupt recht unähnlich. Er ließ sich von Mr. Elliot leiten und wahrscheinlich auch verachten. Durch seine Ehe gelangte Mr. Elliot zu großem Reichtum. Nun konnte er, der zu jeder Art Vergnügen und Eitelkeit neigte, diesem Verlangen nachgeben, ohne sich bloßzustellen; denn trotz seiner Nachsicht gegen sich selbst war er ein vorsichtiger Mann geworden. Er wurde in gleichem Maße reich, wie sein Freund verarmte, und war um die Finanzen seines Freundes gänzlich unbekümmert. Er schien ihm im Gegenteil noch Ausgaben verursacht und ihn zu solchen verleitet zu haben, die schließlich mit dessen Ruin endeten. So hatten die Smiths sich zugrunde gerichtet.

Der Ehemann starb zur rechten Zeit, und die ganze Kenntnis seines Unglücks blieb ihm erspart. Schon frühere Verlegenheiten hatten die Hilfsbereitschaft seines Freundes auf die Probe gestellt und gezeigt, daß Mr. Elliots Freundschaft einer solchen Prüfung nicht standhielt. Erst bei Mr. Smiths Tode wurde der ganze Umfang seiner verworrenen Verhältnisse offenbar. Mit einem Vertrauen in Mr. Elliots Zuneigung, die Mr. Smiths Empfinden mehr Ehre machte als seinem Urteilsvermögen, hatte dieser ihn zu seinem Testamentsvollstrecker ernannt. Aber Mr. Elliot lehnte es ab. Die daraus entstehenden Schwierigkeiten und Kümmernisse in Verbindung mit ihrer übrigen schweren Lage waren nicht ohne Seelenpein wiederzugeben, und man konnte den Schilderungen nicht ohne Entsetzen lauschen.

In diesem Zusammenhang las Anne einige seiner Briefe, Antworten auf dringende Hilferufe von Mrs. Smith, die alle den gleichen bitteren Entschluß ausdrückten, sich nicht mit einer fruchtlosen Angelegenheit zu befassen. Mit kalter Höflichkeit bekundete er allen Schwierigkeiten gegenüber, die ihr beschieden waren, die gleiche hartherzige Gleichgültigkeit. Es war ein abscheuliches Bild von Undankbarkeit und Unmenschlichkeit. Mit verständlicher Hingabe verweilte Mrs. Smith bei allen Einzelheiten der vergangenen traurigen Szenen und bei all dem Kummer, der bei früheren Unterhaltungen nur gestreift worden war.

In der Geschichte dieser Prüfungen gab es jedoch einen besonders ärgerlichen Umstand. Mrs. Smith nahm mit gutem Grund an, daß ein Besitz ihres Mannes in Westindien, der viele Jahre zur Abdeckung der darauf ruhenden Lasten gesperrt war, mit den geeigneten Mitteln wieder erreichbar wäre. Dieses gewiß nicht sehr große Vermögen hätte sie in einen gewissen Wohlstand versetzt. Aber wer sollte die Angelegenheit aufgreifen? Mr. Elliot wollte sich nicht damit befassen, und sie selbst konnte nichts unternehmen, da sie einerseits körperlich zu schwach war, andererseits nicht über die Mittel verfügte, fremde Hilfe in Anspruch zu nehmen. Sie besaß weder nahe Verwandte, die ihr hätten raten können, noch verfügte sie über die Mittel zur Heranziehung eines juristischen Ratgebers. Die Gewißheit, eigentlich in besseren Verhältnissen leben zu können, wenn die nötige geringe Mühe richtig eingesetzt würde, sowie die Furcht, ein Aufschub könne ihre Ansprüche schwächen, waren schwer zu ertragen.

Hier hatte sie auf Annes Hilfe gegenüber Mr. Elliot gehofft; denn die Frau seines Herzens würde doch etwas bewirken können. Annes Leugnung der vermuteten Verlobung rückte alles in ein anderes Licht, und während ihre neu gekeimte Hoffnung erstarb, fand sie Trost in der Wiedergabe der ereignisreichen Geschehnisse. Nach dieser ausführlichen Beschreibung Mr. Elliots konnte Anne nicht umhin, ihre Verwunderung darüber auszudrücken, daß Mrs. Smith zu Anfang ihrer Unterhaltungen so günstig von ihm gesprochen hatte. Sie hatte ihn doch scheinbar empfohlen und gelobt.

»Ich konnte doch nicht anders handeln, meine Liebe«, erwiderte Mrs. Smith. »Ich war davon überzeugt, Sie würden ihn heiraten, obgleich er Ihnen vielleicht seine Hand noch nicht angetragen haben mochte. Ich konnte also ebensowenig die Wahrheit über ihn verlauten lassen, als wäre er schon Ihr Gemahl gewesen. Mein Herz blutete, während ich von Ihrem zukünftigen Glück sprach. Und dennoch, er ist klug und angenehm, und mit einer Frau Ihrer Art wäre es vielleicht nicht hoffnungslos gewesen. Zu seiner ersten Frau war er wohl sehr unfreundlich, und sie lebten höchst unglücklich miteinander. Aber sie war trotz ihrer guten Erziehung zu albern, um Achtung zu genießen, und er hatte sie nie geliebt. Ich hoffte, Sie würden besser mit ihm fahren.«

Anne schauderte bei dem Gedanken, sie hätte sich zu dieser Heirat verleiten lassen können. Welches Unheil wäre daraus entstanden! Vielleicht hätte sie sich doch von Lady Russell dazu verleiten lassen! Und unter solch unglücklichen Voraussetzungen wäre es zu spät gewesen, wenn die Zeit ihr alles offenbart hätte.

Lady Russell durfte nicht länger in dieser Täuschung beharren. Zum Abschluß dieser wichtigen Unterredung, die den ganzen Morgen über gewährt hatte, wurde Anne das Recht zugestanden, Ihrer Freundin das Gehörte mitzuteilen, soweit es Mr. Elliots Charakter betreffe.

Zweiundzwanzigstes Kapitel

Anne ging nach Hause, erleichtert durch diesen Einblick in Mr. Elliots Vergangenheit. Sie schuldete ihm nicht länger irgendwelche Gefühle, ihm, der sich in all seiner unwillkommenen Aufdringlichkeit sehr unvorteilhaft von Kapitän Wentworth unterschied. Heftigen und unfreundlichen Sinnes dachte sie an das Unheil, an den unermeßlichen Schaden, den seine Aufmerksamkeiten am vergangenen Abend hätten anrichten können. Sie verspürte keinerlei Mitleid mehr mit ihm. Aber das war auch die einzige Erleichterung. In jeder anderen Hinsicht befürchtete sie erneut Mißtrauen und Unsicherheit. Die Enttäuschung und der Schmerz, der Lady Russell bevorstand, bereitete ihr ebensolchen Kummer wie die Demütigungen, die ihrem Vater und ihrer Schwester bevorstanden und die sie doch nicht abwenden konnte. Sie war sehr dankbar für Mrs. Smiths Aufklärung. Sie hielt sich nicht für befugt, die Beleidigungen ihrer alten Freundin zu vergelten; aber hieraus konnte wirklich eine Vergeltung entstehen. Sie mußte mit Lady Russell sprechen, ihr alles erzählen und sich mit ihr beraten. Und wenn sie so ihr Bestes getan hatte, das Ergebnis mit Ruhe abwarten, trotz all ihrer Befürchtungen und Ängste, an denen niemand teilhaben konnte.

Zu Hause erfuhr sie, daß Mr. Elliot während ihrer Abwesenheit vorgesprochen und einen langen Morgenbesuch abgestattet hatte. Aber sie hatte sich noch kaum beglückwünscht und bis zum nächsten Morgen vor ihm sicher gefühlt, als sie vernahm, er würde am Abend wiederkommen.

»Ich hatte nicht die Absicht, ihn einzuladen«, verkündete Elisabeth mit vorgetäuschter Gleichgültigkeit; »aber er legte so viel Wert darauf, wenigstens behauptet das Mrs. Clay.«

»Jawohl, ich habe noch nie jemand gesehen, der sich mehr um eine Einladung bemüht hätte. Der arme Mann! Er dauerte mich wirklich; denn Ihre hartherzige Schwester scheint zur Grausamkeit zu neigen, Miß Anne.«

»Oh!« rief Elisabeth, »ich bin an dieses Spiel zu sehr gewöhnt, um mich schnell von den Winken eines Herrn überwältigen zu lassen. Als ich jedoch merkte, wie sehr er es bedauerte, Sir Walter nicht angetroffen zu haben, gab ich nach, denn ich möchte keine Gelegenheit versäumen, sie zusammenzubringen. Sie zeigen sich dann beide von ihrer besten Seite, und Mr. Elliot blickt so respektvoll zu ihm auf.«

»Es ist ganz reizend«, rief Mrs. Clay; aber sie wagte nicht, ihre Augen Anne zuzuwenden. »Gerade wie Vater und Sohn! Liebe Miß Elliot, ich darf doch Vater und Sohn sagen?«

»Oh! Ich verbiete niemand seine Ausdrucksweise. Wenn Sie diesen Eindruck haben! Aber, auf mein Wort, ich habe eigentlich noch nicht bemerkt, daß er sich mehr als andere Männer um ihn bemüht.«

»Meine liebe Miß Elliot!« rief Mrs. Clay aus und hob Augen und Hände gen Himmel, während der Rest ihrer Verwunderung in gebührendes Schweigen sank.

»Nun, meine liebe Penelope, erregen Sie sich nicht so! Ich habe ihn ja eingeladen. Ich schickte ihn mit Lächeln heim. Als ich hörte, daß er tatsächlich für den ganzen morgigen Tag zu seinen Freunden nach Thornberry-Park fährt, hatte ich Mitleid mit ihm.«

Anne bewunderte die Schauspielkunst von Mrs. Clay, die sich so erfreut zeigen konnte in der Erwartung der Anwesenheit desjenigen Menschen, der ihren Lebensplan durchkreuzte. Mr. Elliots Anblick mußte unweigerlich Mrs. Clays Abscheu erwecken. Und doch zeigte sie die verbindlichste und friedfertigste Miene und gab sich mit der geschmälerten Möglichkeit zufrieden, Sir Walter nur halb so viel Aufmerksamkeit widmen zu können wie sonst.

Am Abend war Anne von Mr. Elliots Eintritt in das Zimmer schmerzlich berührt, und noch peinlicher empfand sie seine Anrede. Sie hatte schon früher empfunden, daß er nicht ganz aufrichtig sei; aber jetzt fand sie nichts als Unaufrichtigkeit an ihm. Seine aufmerksame Achtung vor ihrem Vater beleuchtete so recht seine früheren häßlichen Äußerungen, und wenn sie an sein grausames Verhalten gegen Mrs. Smith dachte, konnte sie sein Lächeln, seine edle Milde und seine gedrechselten, gefühlvollen Aussprüche kaum ertragen. Sie änderte jedoch ihr Verhalten nicht, um seinen Einwand nicht herauszufordern, um ein Aufsehen zu vermeiden. Aber sie war fest entschlossen, ihn so kühl zu behandeln, wie ihr Verwandtschaftsverhältnis es gestattete, und möglichst unmerklich die zwar geringe, aber unnötige Vertrautheit zurückzunehmen, zu der sie sich allmählich hatte verleiten lassen. Sie gab sich deshalb bedachtsamer und kühler als am vergangenen Abend.

Er versuchte erneut, ihre Neugier zu wecken, und wünschte durch größeres Entgegenkommen befriedigt zu werden. Aber der Zauber war gebrochen. Hitze und Erregung einer öffentlichen Veranstaltung waren wohl nötig gewesen, um die Eitelkeit seiner bescheidenen Base zu entzünden. Immerhin mißlangen ihm jetzt seine Versuche, die er neben der Erfüllung der allzu anspruchsvollen Wünsche der anderen spielen ließ. Ahnungslos enthüllte er ihr, die jetzt seinen Absichten entgegenarbeitete, gerade die unerfreulicheren Seiten seines Charakters.

Es bereitete ihr eine gewisse Genugtuung, daß er Bath am folgenden Morgen verlassen und nach einem frühen Aufbruch für zwei Tage abwesend sein würde. Man lud ihn jedoch noch für den Abend seiner Rückkehr zum Camdenplatz ein. Von Donnerstag bis Samstag abend war seine Abwesenheit gewiß. Schlimm genug, Mrs. Clay die ganze Zeit vor Augen zu haben;

aber die Erweiterung ihres Kreises um einen noch schlimmeren Heuchler schien das Ende allen Friedens und aller Gemütlichkeit zu sein. Die ständige Täuschung ihres Vaters und Elisabeths war ebenso demütigend wie der Gedanke an die mannigfaltigen Quellen der Schmach, die sie bedrohten. Mrs. Clays Eigensucht war nicht so entwickelt und darum weniger abstoßend als seine; und Anne würde in jene Heirat mit all ihren Übeln sogleich eingewilligt haben, um allen Heucheleien Mr. Elliots zu entgehen, der diese Verbindung verhindern wollte.

Am Freitag morgen wollte sie in aller Frühe zu Lady Russell gehen und ihr das Notwendigste mitteilen. Sie wäre auch unmittelbar nach dem Frühstück aufgebrochen, hätte Mrs. Clay nicht eine Besorgung übernommen, um Elisabeth die damit verbundene Mühe zu ersparen. Anne beschloß zu warten, bis sie vor dieser Begleiterin sicher war. Sie komplimentierte erst Mrs. Clay liebenswürdig hinaus, ehe sie erwähnte, den Morgen in der River Street zu verbringen.

»Schön«, sagte Elisabeth, »außer meinen besten Grüßen habe ich nichts auszurichten. Aber du kannst noch das langweilige Buch mit zurücknehmen, das sie mir geliehen hat, und tu nur so, als hätte ich es durchgelesen. Ich kann mich wirklich nicht aufraffen, all diese neuen Gedichte und nationalen Ergüsse zu studieren, die jetzt herauskommen. Lady Russell langweilt einen ordentlich mit all ihren Neuerscheinungen. Du brauchst es ihr ja nicht gerade zu sagen; aber ich fand ihr Kleid neulich abends abscheulich. Ich war immer der Meinung, sie hätte Geschmack; doch im Konzert habe ich mich ihrer wirklich geschämt. Sie hat so etwas Steifes und Manieriertes in ihrem Gehabe. Sie sitzt so kerzengrade. Aber natürlich herzliche Grüße!«

»Auch von mir«, fügte Sir Walter hinzu. »Freundliche Grüße. Und sage ihr, daß ich bald bei ihr vorzusprechen gedenke. Bring es ein bißchen höflich vor. Ich werde aber nur meine Karte abgeben. Morgenbesuche bei Frauen ihres Alters sind nie angenehm, wenn sie sich so wenig zurechtmachen. Wenn sie doch nur ein wenig Rouge auflegen wollte! Sie braucht nicht zu befürchten, daß es jemand merkt. Aber als ich das letztemal bei ihr vorsprach, wurden sogleich die Vorhänge heruntergelassen.«

Während Sir Walters Worten klopfte es an die Tür. Wer mochte das sein? Anne dachte an die noch gestern erwähnten Besuche, die Mr. Elliot zu jeder beliebigen Zeit am Camdenplatz abstattete, und wenn nicht seine sieben Meilen entfernte Einladung gewesen wäre, hätte sie auch mit ihm gerechnet. Nach den üblichen Minuten der Erwartung wurden »Mr. und Mrs. Charles Musgrove« ins Zimmer geführt.

Die stärkste Wirkung ihres Erscheinens war Überraschung. Aber Anne freute sich wirklich über das Wiedersehen. Auch die anderen waren nicht so unfreundlich, ihnen die gebührende Willkommensfreude zu verweigern. Als man aber erfahren hatte, daß diese ihre nächsten Verwandten nicht in diesem Hause zu wohnen gedachten, konnten Sir Walter und Elisabeth sich endlich zu wahrer Herzlichkeit aufschwingen. Charles und Mary waren in Gesellschaft der alten Mrs. Musgrove auf ein paar Tage nach Bath gekommen und wohnten im »Weißen Hirschen«, wie man sehr bald erfuhr. Aber erst als Sir Walter und Elisabeth ihre Schwester Mary in den anderen Salon hinüberführten und sich an deren Bewunderung weideten, gelang es Anne, ihrem Schwager Charles den eigentlichen Anlaß ihres Kommens und die Erklärung für einige lächelnde Andeutungen Marys über ein besonderes Geschäft zu entlocken.

Sie erfuhr, daß man in Gesellschaft von Mrs. Musgrove, Henrietta und Kapitän Harville sei, wie Charles klar und einleuchtend berichtete. Der Plan hatte seinen ersten Anstoß durch Kapitän Harville empfangen, der in Geschäften nach Bath reisen wollte. Vor einer Woche sprach er zum erstenmal davon; und da Charles nach Beendigung der Jagd frei war, hatte er ihm seine Begleitung angeboten. Mrs. Harville hatte dies anscheinend sehr gefallen. Aber Mary wollte nicht zurückbleiben und hatte sich so in ihr Unglück hineingesteigert, daß ein paar Tage lang alles in der Schwebe oder überhaupt zu Ende zu sein schien. Dann hatten seine Eltern sich der Sache angenommen. Seine Mutter hatte ein paar alte Freundinnen in Bath, die sie gern besuchen wollte, und man fand auch Henriettas Begleitung angebracht, die für sich und ihre Schwester die Hochzeitskleider einkaufen konnte. Sie waren am vergangenen Abend eingetroffen, während Mrs. Harville, deren Kinder und Kapitän Benwick bei Mr. Musgrove und Louisa in Uppercross geblieben waren.

Anne war verwundert, daß man schon von Henriettas Hochzeitskleid sprach. Sie hatte geglaubt, Geldschwierigkeiten gestatteten noch keine baldige Heirat. Aber Charles berichtete, Charles Hayter sei erst kürzlich gebeten worden, für einen Knaben eine Pfarrstelle zu übernehmen, die dieser erst in vielen Jahren für sich beanspruchen konnte. Zufolge dieses Einkommens und wegen der Aussicht auf etwas Bleibenderes noch vor der fraglichen Zeit hatten die beiden Familien den Wünschen der jungen Leute nachgegeben, so daß die Hochzeit in wenigen Monaten gleichzeitig mit Louisas Trauung stattfinden konnte. »Es ist eine gute Pfarre«, fügte Charles hinzu, »nur fünfundzwanzig Meilen von Uppercross entfernt, inmitten einer reizenden Gegend – eine schöne Ecke von Dorsetshire. Sie liegt in einem der besten Domänengebiete des Königreiches, umgeben von drei großen Grundbesitzern, jeder aufmerksamer und eifersüchtiger als der andere. Für zwei von den dreien hat Charles Hayter sogar ein besonderes Empfehlungsschreiben. Und dabei wird er es nicht einmal richtig zu schätzen wissen! Ihm liegt zu wenig am Spiel, das ist sein schlimmster Fehler.«

»Das freut mich ungemein«, rief Anne. »Mögen die guten

Aussichten der einen Schwester die der anderen nicht trüben, da beide doch das gleiche verdienen und immer so gute Freundinnen waren. Möge ihr Wohlergehen und ihre glückliche Zukunft sich in gleichen Bahnen halten. Ich hoffe, deine Eltern sind auch von Herzen glücklich.«

»O ja! Mein Vater wäre zwar noch einmal so froh, wenn die beiden Herren reicher wären; aber einen anderen Einwand erhebt er nicht. Daß Geld zu Geld kommt, und noch dazu gleich bei zwei Töchtern, würde nicht mit rechten Dingen zugehen, und das söhnt ihn mit vielem aus. Mary ist mit Henriettas Partie nicht halb so einverstanden. Das war sie aber nie, wie du weißt. Sie wird ihm nicht gerecht und denkt auch nicht hoch genug von Winthrop. Ich kann ihr den wahren Wert der Besitzung nicht klar machen. Es wird sich im Laufe der Zeit zu einer wirklich guten Partie entwickeln. Ich habe Charles Hayter von Jugend an sehr gern, und das wird sich jetzt nicht ändern.«

»So ausgezeichnete Eltern wie Mr. und Mrs. Musgrove sollten mit den Heiraten ihrer Kinder glücklich sein. Sie werden sicher nichts versäumen, um das Glück ihrer Kinder zu sichern. Welch ein Segen für euch jungen Leute, in solchen Händen zu sein! Eure Eltern scheinen völlig frei zu sein von all jenen ehrgeizigen Gefühlen, die häufig zu Unglück und Elend bei jung und alt geführt haben. Hoffentlich ist Louisa jetzt vollkommen wiederhergestellt!«

Er zögerte ein wenig mit der Antwort. »Ja, ich glaube, sie hat sich sehr erholt. Aber sie ist verändert. Es gibt kein Herumlaufen und -springen mehr, kein Lachen und Tanzen. Irgend etwas ist jetzt ganz anders. Wenn man die Tür nur ein wenig laut schließt, fährt sie zusammen und windet sich wie ein Eintagsküken im Wasser; und Benwick sitzt dann an ihrer Seite und liest Verse oder flüstert ihr den ganzen Tag etwas zu.«

Anne konnte ein Lachen nicht unterdrücken. »Ich weiß, das gefällt dir nicht recht«, sagte sie; »aber er ist trotzdem ein ausgezeichneter junger Mann.«

»Benwick sitzt an ihrer Seite und liest Verse.«

»Das ist er sicher. Das bezweifelt niemand, und hoffentlich hältst du mich nicht für so engstirnig, von jedem Menschen die gleichen Steckenpferde und Liebhabereien zu erwarten. Ich schätze Benwick sehr, und wenn es gelingt, ihn zum Sprechen zu bringen, hat er eine Menge zu sagen. Seine Neigung zum Lesen schadet nicht; denn er hat nicht weniger gekämpft als gelesen. Er ist ein tapferer Kerl. Am vergangenen Montag habe ich ihn besser kennengelernt als je zuvor. Wir jagten den ganzen Morgen ziemlich hastig auf Ratten in den großen Scheunen meines Vaters. Und da stand er seinen Mann so gut, daß ich ihn seitdem noch besser leiden mag.«

Hier wurden sie unterbrochen. Man verlangte nach Charles, der die Spiegel und das Porzellan bewundern mußte. Aber Anne hatte genug erfahren, um über Uppercross unterrichtet zu sein und freute sich an dessen Glück. Wenn sie trotz dieser Freude auch seufzte, es lag doch weder Mißgunst noch Neid darin. Sie hätte gern an dem Glück der anderen teilgenommen, wenn es ihr möglich gewesen wäre, aber sie wollte es auch wiederum nicht durch ihren eigenen Kummer beeinträchtigen.

Der Besuch verlief in der besten Stimmung. Mary, in rosiger Laune, genoß die Heiterkeit und Abwechslung. Sie war von der Reise in der vierspännigen Kutsche ihrer Schwiegermutter und von ihrer völligen Unabhängigkeit vom Camdenplatz so befriedigt, daß sie alles erwartungsgemäß bewunderte und bereitwilligst allen Vorzügen des Hauses beistimmte. Sie stellte keinerlei Ansprüche an Vater und Schwester, und ihr eignes Ansehen wurde durch deren reizende Salons angemessen erhöht.

Diese Zeit brachte Elisabeth einen heftigen inneren Kampf. Mrs. Musgrove und ihre Gesellschaft mußte zum Essen eingeladen werden. Elisabeth fand es unerträglich, daß diejenigen, die immer unter den Elliots von Kellynch Hall gestanden hatten, jetzt deren veränderte Lebensführung und die verminderte Dienerschaft bemerken sollten, Erscheinungen, die ein solches Essen unweigerlich aufdeckte. Sie focht einen Kampf zwischen Eitelkeit und Anstand; aber die Eitelkeit gewann die Oberhand, und Elisabeths Gleichgewicht war wiederhergestellt. Sie folgte ihrer inneren Stimme: ›Altmodische Sitten – Bauerngastlichkeit – Wir geben keine Dinner – Nur wenige Leute in Bath tun das – Lady Alicia lädt nie ein, nicht einmal die Familie ihrer Schwester, obgleich sie schon einen Monat am Ort weilten – Wahrscheinlich käme es auch Mrs. Musgrove recht ungelegen – Ich bin überzeugt, sie käme lieber nicht; sie kann sich bei uns doch nicht wohl fühlen – Ich werde sie alle auf einen Abend herbitten; das ist einmal etwas Neues und Besonderes – Sie haben noch nie zwei Salons wie diese gesehen – Es soll eine richtige Abendgesellschaft werden, in kleinem, aber elegantem Kreis.‹ – Mit diesen Erwägungen gab sich Elisabeth zufrieden. Und als sie bei Übermittlung der Einladung die Abwesenden einschloß, war Mary genauso befriedigt. Man verhieß ihr Mr. Elliots, Lady Dalrymples und Miß Carterets Anwesenheit, die bereits für den Abend gebeten seien. Mary wurde die größte Aufmerksamkeit zuteil, denn Elisabeth gab sich noch im Laufe des gestrigen Vormittags die Ehre, Mrs. Musgrove ihre Aufwartung zu machen, zu der Anne schon vorher in Gesellschaft von Mary und Charles aufgebrochen war.

Annes Plan, den Morgen bei Lady Russell zu verbringen, mußte für den Augenblick zurücktreten. Sie sprachen zwar alle drei kurz in der River Street vor; dann aber eilte man weiter zum »Weißen Hirschen«, um die Freunde und Gefährten des verflossenen Herbstes mit freundlichem Eifer zu begrüßen.

Man traf Mrs. Musgrove und Henrietta daheim und sogar allein an. Henrietta befand sich noch in dem gehobenen Zustand erst kürzlich verbesserter Aussichten und neuen Glücks, so daß sie jedermann, der ihr früher einmal lieb gewesen war, aufgeschlossen entgegenkam. Mrs. Musgroves Zuneigung verdankte Anne ihrer Hilfsbereitschaft bei dem damaligen

Unglück. Man brachte ihr eine Herzlichkeit, Wärme und Aufrichtigkeit entgegen, die Anne um so mehr entzückte, als sie dessen Segen zu Hause entbehrte. Man bat sie inständig um ihre Gesellschaft und lud sie für jede ihr beliebige Tagesstunde ein. Man betrachtete sie schlechthin als Mitglied der Familie. Andererseits verfiel Anne wieder in das ihr gemäße Entgegenkommen und lauschte auf Mrs. Musgroves vielerlei Nöte und den Bericht über Louisa und Henrietta, als Charles sich zurückgezogen hatte. Sie äußerte ihre Meinung über die besten Einkaufsquellen und dieses oder jenes Geschäft.

Sie bot auch Mary jede ihr erdenkliche Hilfe, war bereit, ihr Band oder Schmuck zu leihen, das Wirtschaftsbuch einzurichten, nach den Schlüsseln zu suchen, alle möglichen Kleinigkeiten aufzuräumen und sie darüber zu beruhigen, daß niemand sie schlecht behandele. Obgleich Mary es durchweg sehr unterhaltend fand, vom Fenster aus den Eingang zum Quellenhaus zu beobachten, konnte sie sich doch hin und wieder solch trüber Gedanken nicht erwehren.

Es wurde ein lebhafter Morgen, wie es einer großen, in einem Hotel lebenden Gesellschaft entspricht. Bald kam ein Briefchen oder ein Paket, und nach kaum einer halben Stunde schien das Speisezimmer, so groß es auch war, mehr als gefüllt zu sein. Eine Gruppe ausdauernder alter Freundinnen scharte sich um Mrs. Musgrove, und Charles kam in Begleitung der Kapitäne Harville und Wentworth zurück. Das Auftauchen des letzteren verursachte jedoch nur eine augenblickliche Überraschung für Anne, die sich nicht verhehlt hatte, daß die Ankunft ihrer gemeinsamen Freunde wiederum zu einer Begegnung führen mußte. Aus ihrem letzten Beisammensein hatte sie eine wundervolle Gewißheit geschöpft; aber der Ausdruck seiner Augen verriet, daß ihn immer noch die irrige Überzeugung beherrschte, die ihn so fluchtartig aus dem Konzertsaal vertrieben hatte. Er schien sich ihr nicht auf eine Unterhaltung nähern zu wollen.

Sie versuchte ruhig zu bleiben, die Dinge sich selbst zu überlassen und dachte an seine Auslegung geistiger Unabhängigkeit. ›Wenn auf beiden Seiten unwandelbare Zuneigung lebt, müssen sich unsere Herzen in nicht allzu ferner Zeit finden. Wir sind ja nicht wie unberechenbare und reizbare Kinder, die durch die Widrigkeit eines Augenblicks in die Irre geführt werden und aus Mutwillen mit dem Glück des anderen spielen.‹ Und doch erkannte sie wenig später, daß ein Beisammensein unter den gegenwärtigen Umständen nur Widrigkeiten und Mißverständnisse zeitigen konnte.

»Anne«, rief Mary, die immer noch am Fenster stand, »da drüben unter den Kolonnaden sehe ich Mrs. Clay mit einem Herrn. Sie bogen soeben aus der Bath Street ein und scheinen sehr in ihre Unterhaltung vertieft zu sein. Wer ist der Herr nur? Komm, sag es mir! Du lieber Himmel! Jetzt erinnere ich mich. Es ist ja Mr. Elliot!«

»Es kann nicht Mr. Elliot sein«, rief Anne. »Er wollte Bath heute morgen um neun Uhr verlassen und kommt erst morgen wieder.«

Bei diesen Worten fühlte sie den Blick Kapitän Wentworths auf sich ruhen. Dieses Bewußtsein war ihr peinlich und unangenehm. Sie bedauerte ihre Äußerung, so nebensächlich sie auch war.

Mary ärgerte sich, daß sie ihren eigenen Vetter nicht kennen sollte. Sie erging sich sehr warm über Familienähnlichkeit und behauptete sehr entschieden, es könne nur Mr. Elliot sein. Sie rief Anne wieder heran, die sich selbst überzeugen sollte; aber Anne wollte dem Wunsch nicht entsprechen und versuchte kühl und unberührt zu bleiben. Es verdroß sie jedoch, als sie bemerkte, wie einige der anwesenden Damen sich zulächelten und verständnisvolle Blicke miteinander tauschten, als hätten sie teil an einem Geheimnis. Das umlaufende Gerücht war offensichtlich ziemlichen Umfangs.

»Nun komm doch schnell, Anne«, rief Mary, »und sieh

hinaus! Wenn du dich nicht eilst, kommst du zu spät. Sie verabschieden sich, sie geben sich die Hand. Er wendet sich um. Ich sollte Mr. Elliot nicht kennen! Du scheinst Lyme ganz und gar vergessen zu haben.«

Um Mary zu beschwichtigen und vielleicht auch ihre eigene Verlegenheit zu bemänteln, trat Anne gelassen ans Fenster. Sie kam gerade noch zurecht, um sich zu vergewissern, daß es sich tatsächlich um Mr. Elliot handelte, was sie nie für möglich gehalten hätte. Eben verschwand er und Mrs. Clay ging schnell in der entgegengesetzten Richtung davon. Anne, ihr ganz natürliches Erstaunen unterdrückend, über die scheinbar freundliche Unterhaltung zweier Menschen, deren Ziele so weit voneinander abwichen, sagte ruhig: »Ja, gewiß, es ist Mr. Elliot. Er wird die Fahrt verschoben haben, oder ich habe mich geirrt. Ich habe wohl nicht richtig zugehört.« Sie ging zu ihrem Stuhl zurück in der angenehmen Hoffnung, sich gut aus der Affäre gezogen zu haben.

Die Besucher verabschiedeten sich und wurden von Charles höflich hinausbegleitet. Zurückgekehrt, schnitt er ihnen ein Gesicht und schalt, daß sie überhaupt gekommen waren. Dann sprudelte er heraus: »Ich habe etwas unternommen, Mutter, was dir gefallen wird. Ich habe für morgen abend eine Loge im Theater bestellt. Bin ich nicht ein guter Junge? Ich weiß, du liebst das Theater, und in der Loge ist Platz für uns alle. Sie hat neun Plätze. Ich habe Kapitän Wentworth eingeladen. Und Anne wird sich uns sicher auch gern anschließen. Wir gehen alle so gern ins Theater. Habe ich das nicht gut gemacht, Mutter?«

Noch ehe Mrs. Musgrove ihre Freude äußern konnte, rief Mary: »Du lieber Himmel, Charles! Wie kannst du nur an so etwas denken? Eine Loge für morgen abend! Hast du denn vergessen, daß wir für morgen abend am Camdenplatz eingeladen sind? Und daß man uns eingeladen hat, um Lady Dalrymple, deren Tochter und auch Mr. Elliot kennenzulernen,

»Ich habe nur gelächelt und mich verneigt.«

die feinsten Verwandten der Familie, eigens, damit wir ihnen vorgestellt werden? Wie kannst du nur so vergeßlich sein!«

»Puh, puh, was bedeutet schon eine Abendgesellschaft?« erwiderte Charles. »Nicht wert, daß man daran denkt. Dein Vater hätte uns zum Dinner einladen sollen, finde ich, wenn ihm etwas an unserer Gegenwart liegt. Du kannst ja tun, was dir beliebt, ich jedenfalls gehe ins Theater.«

»O Charles, das wäre abscheulich von dir! Du hattest doch zugesagt.«

»Nein! Ich habe nichts versprochen. Ich habe nur gelächelt, mich verneigt und das Wort ›glücklich‹ gehaucht. Das ist kein Versprechen.«

»Aber du mußt hingehen, Charles. Es wäre unverzeihlich, wenn du fortbliebest. Wir sind eigens eingeladen worden, um vorgestellt zu werden. Es hat schon immer eine enge Verbindung zwischen den Dalrymples und uns bestanden. Alles was bei dem einen oder anderen geschah, wurde sofort angezeigt. Wir sind ganz nahe Verwandte. Und da ist noch Mr. Elliot, mit dem du auf besonders gutem Fuß stehen solltest! Mr. Elliot verdient jede Aufmerksamkeit! Denk doch, der Erbe meines Vaters – das zukünftige Oberhaupt der Familie.«

»Sprich mir nicht von Erben und Oberhäuptern«, rief Charles. »Ich gehöre nicht zu denen, welche die gegenwärtige Regierungsgewalt außer acht lassen, um sich vor der aufgehenden Sonne zu verneigen. Wenn ich nicht um deines Vaters willen hinginge, fände ich es skandalös, mich wegen des Erben zu bemühen. Was bedeutet mir Mr. Elliot!«

Diese nachlässige Redeweise belebte Anne; denn sie bemerkte, daß Kapitän Wentworth mit allen Sinnen lauschte und aufmerksam herübersah. Bei den letzten Worten wanderten seine fragenden Augen von Charles zu ihr.

In dieser Weise zankten Mary und Charles weiter, teils im Ernst, teils scherzend den Plan des Theaters aufrechterhaltend.

Sie nahm es unverändert ernst, widersetzte sich heftig und ließ es nicht an Beteuerungen fehlen, daß sie selbst auf jeden Fall zum Camdenplatz gehe, sich aber sehr schlecht behandelt fühle, wenn man ohne sie das Theater besuche. Hier mischte sich Mrs. Musgrove ein.

»Wir schieben es besser auf, Charles, es wäre besser, wenn du die Loge auf Dienstag tauschtest. Es wäre schade, zwei Gruppen zu bilden. Außerdem würden wir auf Anne verzichten müssen, wenn ihr Vater eine Gesellschaft gibt. Und ich versichere dir, weder mir noch Henrietta läge viel an der Aufführung, wenn Miß Anne nicht dabei wäre.«

Anne vermerkte dankbar diese Freundlichkeit und nutzte die Gelegenheit zu der bestimmt vorgetragenen Äußerung:

»Wenn es nur auf die Neigung ankäme, Madam, so wäre die Gesellschaft zu Hause – abgesehen um Marys willen – nicht das geringste Hindernis. Mir gefallen derlei Zusammenkünfte nicht, und ich würde sie nur zu gern gegen eine Theatervorstellung vertauschen. Aber vielleicht ist es besser, so etwas gar nicht erst zu erwägen.«

Sie hatte es ausgesprochen; aber sie zitterte innerlich in dem Bewußtsein, daß man ihr zuhörte, und wagte nicht, nach der Wirkung ihrer Worte zu forschen.

Man stimmte allgemein dem Plan zu, am Dienstag das Theater zu besuchen, lediglich Charles fuhr in seiner Neckerei fort und erklärte seiner Frau, auf seinem Vorschlag für morgen zu bestehen, auch wenn niemand ihn begleite.

Kapitän Wentworth verließ seinen Platz und begab sich zum Kamin hinüber, wechselte bald darauf wieder den Standort und befand sich nunmehr in Annes Nähe.

»Sie sind noch nicht lange genug in Bath«, meinte er, »um die hiesigen Abendgesellschaften richtig zu genießen.«

»Das ist es nicht! Ihre herkömmliche Art bietet mir nichts. Ich spiele nicht gern Karten.«

»Das war schon früher so, wie ich mich entsinne. Sie hatten

auch damals nichts für Karten übrig. Aber die Zeiten ändern manches.«

»Ich habe mich dennoch nicht so sehr verändert«, rief Anne; aber dann stockte sie aus Furcht vor irgendeiner ungewollten Mißdeutung. Nach kurzer Pause sagte er – und es klang wie der Abschluß eines unmittelbaren Gedankenganges: »Ja, es ist eine lange Zeit! Acht und ein halbes Jahr sind schon eine lange Zeit!«

Ob er noch etwas anderes hatte hinzufügen wollen, blieb Annes Grübeleien für eine stillere Stunde vorbehalten; denn noch mit dem Klang seiner Worte im Ohr, wurde sie auf anderes gelenkt. Henrietta wollte die Gelegenheit nutzen und einige Freundinnen aufsuchen. Es war ratsam, keine Zeit zu verlieren, da leicht neuer Besuch erscheinen konnte.

Anne bekundete ihre Bereitwilligkeit und bemühte sich, auch danach auszusehen. Henrietta, in der ganzen Sicherheit ihrer Liebe, hätte Anne nur bemitleidet, wenn sie gewußt hätte, mit welchem Bedauern Anne sich bereit machte, Wentworth zu verlassen.

Ihre Vorbereitungen fanden jedoch ein jähes Ende. Schritte näherten sich, und gleich darauf wurde die Tür aufgeworfen, um Sir Walter und Elisabeth einzulassen, deren Eintritt eine plötzliche Abkühlung der Atmosphäre hervorrief. Behaglichkeit, Ungezwungenheit und Heiterkeit des Raumes waren wie weggeblasen, statt dessen machten sich Schweigen oder oberflächliche Unterhaltung breit, um der kühlen Eleganz von Vater und Schwester zu entsprechen. Wie demütigend war diese Erkenntnis!

Nur in einer Beziehung wurde ihr eifersüchtiges Auge befriedigt. Die Besucher nahmen von Kapitän Wentworth Kenntnis, Elisabeth sogar gnädiger denn je. Sie sprach ihn einmal an und betrachtete ihn des öfteren. Elisabeth erwog tatsächlich einen gewichtigen Schritt, wie sich erweisen sollte. Nach Austausch der üblichen Nichtigkeiten erwähnte sie ihre heutige Einladung, die alle anwesenden Musgroves einschloß. »Morgen abend sollen Sie einige unserer Freunde kennenlernen, keine förmliche Gesellschaft!« Sie brachte alles sehr liebenswürdig vor, und legte Karten des Festes »Miß Elliot erwartet Sie daheim«, mit denen sie sich versehen hatte, auf den Tisch. Sie lächelte jeden einzelnen höflich an, besonders Kapitän Wentworth, den sie mit einer Extrakarte bedachte. Elisabeth war lange genug in Bath, um die Bedeutung eines Mannes seines Aussehens und seiner Erscheinung zu erkennen. Die Vergangenheit zählte nicht mehr; denn jetzt würde Kapitän Wentworth sich vorteilhaft in ihrem Salon ausnehmen. Nach höflicher Überreichung der Karten erhoben sich Sir Walter und Elisabeth und verschwanden.

Die Unterbrechung war kurz, aber einschneidend. Als sich die Tür hinter ihnen geschlossen hatte, kehrten wieder Behaglichkeit und Heiterkeit zurück. Anne beschäftigte die Einladung, die so ungläubig angenommen worden war, daß es eher Überraschung als Freude, eher höfliche Kenntnisnahme als freudige Zustimmung bedeutete. Sie kannte Wentworth genug, um den Ausdruck seiner Augen als Geringschätzung deuten zu können. Er würde sich wohl kaum entschließen, solch ein Angebot als Wiedergutmachung für die Unverschämtheiten der Vergangenheit anzunehmen. Ihre Stimmung sank. Er hielt immer noch nachlässig die Karte in der Hand, als denke er darüber nach.

»Denk nur, Elisabeth hat alle eingeladen!« flüsterte Mary ziemlich hörbar, »es wundert mich gar nicht, daß Kapitän Wentworth so entzückt ist! Er kann die Karte gar nicht aus der Hand legen.«

Annes Augen begegneten den seinen. Seine Wangen glühten, seine Lippen formten sich einen Augenblick zu verächtlichem Ausdruck, dann wandte sie sich ab, um nicht mehr hören zu müssen, was ihr nur Ärger bereiten mußte.

Die Gesellschaft löste sich auf. Die Herren hatten ihre eigenen Liebhabereien, die Damen gingen ihren Besorgungen nach. Später forderte man sie herzlich auf, doch mit ihnen zu essen und ihnen den Rest des Tages zu schenken. Aber sie hatte schon so lange an sich halten müssen, daß sie sich jetzt nach Hause sehnte, wo sie Ruhe zu finden hoffte.

Nachdem sie zugesagt hatte, den folgenden Morgen bei Musgroves zu verbringen, endeten die Anstrengungen dieses Tages mit einem ermüdenden Fußmarsch zum Camdenplatz. Dort lauschte sie Elisabeths und Mrs. Clays eifrigen Beratungen für die morgige Gesellschaft, der Aufzählung der eingeladenen Gäste und der ständig sich verbessernden Einzelheiten des Abends, die ihn zu dem elegantesten seiner Art von ganz Bath machen sollten. In ihrem Innersten stand die bange Frage, ob Kapitän Wentworth käme oder nicht, während die beiden zuversichtlich mit seinem Erscheinen rechneten.

Dreiundzwanzigstes Kapitel

Annes Unterhaltung mit Mrs. Smith lag erst einen Tag zurück. Eine Sache von viel größerer Wichtigkeit hatte sich ergeben, und Mr. Elliots Charakter berührte sie jetzt ziemlich wenig, abgesehen von der Wirkung in einer bestimmten Hinsicht. So war es ganz verständlich, daß Anne am nächsten Morgen ihren der Aufklärung dienenden Besuch in der River Street noch einmal aufschob. Sie würde, ihrer Zusage gemäß, bis zum Mittagsmahl bei den Musgroves sein, und Mr. Elliots Charakter durfte, gleich dem Kopf der Sultanin Scheherazade, noch einen Tag leben.

Sie war aber doch am pünktlichen Erscheinen zur verabredeten Zeit verhindert. Das Wetter war sehr ungünstig. Sie beklagte den Regen um ihrer Freundin willen, fand ihn aber auch für sich selbst recht unerwünscht und brach erst verspätet auf. Im »Weißen Hirschen« ergab sich, daß sie keineswegs der erste Besucher war. Mrs. Musgrove genoß die Gesellschaft von Mrs. Croft und Kapitän Harville sprach mit Kapitän Wentworth. Sie erfuhr, Mary und Henrietta, zum Warten zu ungeduldig, seien ausgegangen, als es ein wenig aufklarte, sie würden aber bald zurück sein. Es hieß sich fügen, Platz nehmen und äußere Ruhe bekunden, obgleich sie sich sofort in jene Aufregung verlor, auf die sie an sich wohl vorbereitet gewesen war. Sie stürzte sich mitten in das Glück solchen Schmerzes oder in den Schmerz solchen Glückes. Wenig später sagte Kapitän Wentworth:

»Harville, wollen wir jetzt den Brief schreiben, von dem wir sprachen? Dann reichen Sie mir doch bitte das Nötige!«

Die Schreibutensilien lagen auf einem Seitentisch bereit. Er ging hinüber, wandte fast allen den Rücken und war ganz vom Schreiben in Anspruch genommen.

Mrs. Musgrove erzählte Mrs. Croft von der Verlobung ihrer ältesten Tochter, und zwar in dem unpassenden, vollkommen hörbaren Ton, der ein Flüstern sein soll. Anne hatte keinen Anteil an dieser Unterhaltung, und dennoch konnte sie es nicht vermeiden – da Kapitän Harville, in Gedanken versunken, nicht zur Unterhaltung aufgelegt schien –, viel unerwünschte Einzelheiten zu vernehmen, wie diejenige: »Mr. Musgrove und mein Schwager Hayter trafen immer wieder zusammen, um die Angelegenheit zu besprechen; was mein Schwager Hayter an dem einen Tage sagte und mein Mann am nächsten Tage vorschlug und was meiner Schwester Hayter eingefallen war und was die jungen Leute sich gewünscht hatten; daß ich im Anfang sagte, ich könnte dem nie zustimmen, aber später doch überzeugt wurde, daß es sehr gut würde«, und noch viele gleichartige offenherzige Mitteilungen – Einzelheiten, die, sogar mit dem erwünschten Takt und Geschmack vorgetragen, über den die gute Mrs. Musgrove nicht verfügte, nur für die Beteiligten Bedeutung hatten. Mrs. Croft hörte mit großer

Gutmütigkeit zu, und wenn sie überhaupt einmal etwas sagte, war es etwas Kluges. Anne hoffte nur, die beiden Herren möchten zu sehr beschäftigt sein, um diesen Erguß mit anzuhören.

»Und so, Madam, wurden all diese Dinge erwogen«, erklang Mrs. Musgroves kräftiges Geflüster, »obwohl wir es anders lieber gesehen hätten, hielten wir es doch nicht für richtig, sie noch länger hinzuhalten; denn Charles Hayter war ganz versessen darauf und Henrietta fast ebenso. Darum hielten wir es für gescheiter, wenn sie gleich heirateten, und sich so gut wie möglich einrichteten gleich vielen anderen vor ihnen. ›Auf jeden Fall‹, sagte ich, ›ist es besser als eine lange Verlobungszeit‹.«

»Das wollte ich auch soeben bemerken«, rief Mrs. Croft. »Junge Leute sollten sich sogleich mit einem kleinen Einkommen einrichten und gemeinsam mit ein paar Schwierigkeiten kämpfen, statt ein langes Verlöbnis hinzunehmen. Ich finde immer, daß keine gegenseitige . . .«

»Oh, nicht wahr, liebe Mrs. Croft«, Mrs. Musgrove konnte ihren Gast einfach nicht ausreden lassen, »es gibt nichts Entsetzlicheres für junge Leute als eine lange Verlobungszeit. Das habe ich meinen Kindern immer ersparen wollen. ›Es ist alles ganz schön und gut‹, sagte ich, ›verlobt zu sein; aber es muß die Sicherheit bestehen, innerhalb von sechs Monaten heiraten zu können, höchstens in zwölf, nur keine lange Verlobungszeit!‹«

»Ja, liebe Mrs. Musgrove, weder das noch ein unsicheres Verlöbnis. Ein Verlöbnis einzugehen, ohne zu wissen, wann man die Mittel zum Heiraten haben wird, halte ich für sehr unsicher und unvernünftig, und alle Eltern sollten so etwas verhüten, wenn es in ihrer Macht liegt.«

Hier fand Anne unerwartet Anknüpfung. Das ließ sich ja auf sie anwenden. Sie vibrierte am ganzen Körper. Und in eben dem Augenblick, als ihre Augen zu dem Einzeltisch hinüberwanderten, hielt Kapitän Wentworths Feder inne, er hob den

Kopf, lauschte und wandte sich dann, um einen Blick, einen schnellen, überzeugten Blick auf Anne zu werfen.

Unbeirrt fuhren die beiden Damen in ihrer Unterhaltung fort, beleuchteten immer wieder die bereits vorgebrachten Wahrheiten und belegten sie mit mancherlei Beispielen von Mißerfolgen, die ihnen zu Ohren gekommen waren. Aber Anne hörte nicht mehr hin, in ihren Ohren summte es, und Verwirrung herrschte in ihrem Kopf.

Jetzt trat Kapitän Harville, der in seiner Versunkenheit nichts von alledem gehört hatte, ans Fenster. Anne erfaßte nur allmählich seine Aufforderung, zu ihm herüberzukommen. Er schaute lächelnd zu ihr hinüber und bedeutete mit leichter Kopfbewegung: »Kommen Sie bitte zu mir, ich habe Ihnen etwas zu sagen.« Eine ungekünstelte, heitere Freundlichkeit, die einer älteren Bekanntschaft als die wirklich vorliegende entsprochen hätte, unterstrich seine Bitte. Das Fenster, an dem er stand, lag ziemlich entfernt am anderen Ende des Zimmers, den beiden Damen entgegengesetzt und näher bei Kapitän Wentworths Tisch, wenn auch nicht allzu nah. Als sie zu ihm trat, nahm Kapitän Harville wieder den ernsten, gedankenvollen Ausdruck an, der seinem Charakter zu entsprechen schien.

»Sehen Sie her«, sagte er, ein Päckchen öffnend, das er in der Hand hielt. Er enthüllte ein kleines Miniaturgemälde. »Wissen Sie, wen es darstellt?«

»Sicherlich, Kapitän Benwick!«

»Ja, und Sie erraten gewiß, für wen es bestimmt ist. Aber es wurde nicht für sie gemalt. Miß Elliot, erinnern Sie sich, daß Sie ihn beklagten, als wir zusammen in Lyme spazieren gingen? Damals dachte ich nicht im geringsten daran – aber es ist auch gleichgültig. Dieses Bildchen wurde in Kapstadt gemalt von einem talentierten, jungen deutschen Maler. Er saß ihm, um die Bitte meiner armen Schwester zu erfüllen. Er brachte es für sie mit heim. Und jetzt habe ich den Auftrag, es für eine andere hübsch fassen zu lassen. Das ist eine Aufgabe für mich!

Aber wer konnte sonst damit betraut werden? Es tut mir nicht leid, daß ich es einem anderen übertragen kann. Er hat es übernommen«, er blickte zu Kapitän Wentworth hinüber, »soeben schreibt er deswegen.« Mit bebenden Lippen packte er die Miniatur wieder ein. »Arme Fanny! Sie hätte ihn nicht so bald vergessen.«

»Nein«, entgegnete Anne mit ihrer leisen, wohltönenden Stimme. »Das mag ich wohl glauben.«

»Es lag nicht in ihrer Art. Sie liebte ihn so innig.«

»Es liegt nie in der Art irgendeiner Frau, die wirklich liebt.«

Kapitän Harville lächelte, als wollte er sagen: »Beanspruchen Sie das für Ihr Geschlecht?« Mit gleichem Lächeln antwortete sie auf diese Frage: »Ja. Wir vergessen die Männer sicherlich nicht so schnell, wie sie uns vergessen. Es ist vielleicht mehr unser Schicksal als unser Verdienst. Wir können nicht dagegen an. Wir bleiben zu Hause, leben ruhig und in engem Kreis, und unsere Gefühle wachen über uns. Die Männer sind jedoch zur Tätigkeit gezwungen, haben einen Beruf, Liebhabereien, irgendwelche Geschäfte, die sie gleich wieder ins Leben zurückführen. Und ständige Beschäftigung und Wechsel mildern bald die Eindrücke des Herzens.«

»Gesetzt, ich stimmte Ihrer Behauptung zu, das Leben würde dergleichen für die Männer bewirken – was ich jedoch nicht tue –, so trifft es doch nicht für Benwick zu. Er war zu keiner Beschäftigung gezwungen. Der Friedensschluß warf ihn gerade in jenem traurigen Augenblick ans Gestade, und seitdem wohnte und lebte er in unserem kleinen Familienkreis mit uns zusammen.«

»Das ist wohl wahr, sehr wahr; daran habe ich gar nicht gedacht. Aber wie erklären wir es nun, Kapitän Harville? Wenn die Veränderung nicht durch äußere Umstände hervorgerufen wurde, muß sie von innen erfolgen. Es muß die Natur sein, die Natur des Mannes, die es bei Benwick bewirkt hat.«

»Nein, nein, es liegt nicht an der Natur des Mannes. Ich gebe nicht zu, daß Unbeständigkeit und Vergessen derer, die man liebt oder geliebt hat, eher des Mannes als der Frauen Natur entspricht. Ich glaube das Gegenteil. Ich glaube an eine wirkliche Übereinstimmung des körperlichen und geistigen Gefüges. Und unsere Körper sind stärker, also auch unsere Gefühle. Wir Männer ertragen bittere Erfahrungen ebenso, wie wir im schlechtesten Wetter hinausfahren.«

»Ihre Gefühle mögen wohl die stärkeren sein«, erwiderte Anne, »aber das gleiche Gesetz der Übereinstimmung gestattet mir die Behauptung, daß unsere Gefühle zarter sind. Der Mann ist zwar widerstandsfähiger als die Frau, trotzdem lebt er nicht länger; und das erklärt am besten meine Ansicht über das Wesen ihrer Zuneigung. Nein, es wäre zu hart für die Männer, wenn es anders wäre. Sie haben Schwierigkeiten, Entbehrungen, Gefahren und Kampf genug. Sie arbeiten, mühen sich und sind jedem Wagnis, jedem Schicksalsschlag ausgesetzt. Der Mann muß Heimat, Land und Freunde, alles muß der Mann verlassen. Nicht einmal Zeit, Gesundheit oder Leben sind sein Eigentum. Es wäre wirklich zu hart«, ihre Stimme zitterte ein wenig, »wenn all dem noch die Gefühlsfähigkeit einer Frau aufgebürdet würde.«

»In dieser Frage werden wir uns nie einigen«, hob Kapitän Harville wieder an, als ein leichtes Geräusch ihre Aufmerksamkeit auf den bisher so ruhigen Teil des Zimmers lenkte, wo Kapitän Wentworth saß. Er hatte lediglich seine Feder fallen lassen, nicht mehr; aber Anne erschreckte die Gewißheit seiner Nähe. Sie vermutete, daß ihm die Feder nur entfallen war, weil er, mit ihnen beiden beschäftigt, sich bemüht hatte, der Unterhaltung zu folgen; aber sie glaubte nicht, daß es ihm gelungen war.

»Haben Sie den Brief beendet?« fragte Kapitän Harville.

»Noch nicht ganz, nur ein paar Zeilen noch. In fünf Minuten bin ich fertig.«

»Ich habe es nicht besonders eilig. Ich kann warten, bis Sie fertig sind. Ich bin hier sehr gut verankert«, sagte er und lächelte Anne zu, »gut versorgt, mir fehlt es an nichts. Es hat keine Eile. Nun, Miß Elliot«, und er dämpfte seine Stimme, »ich glaube, wir werden uns über diesen Punkt wohl nie einigen. Wahrscheinlich können Mann und Frau sich darin nie verständigen. Aber darf ich noch bemerken, daß die Werke aller Dichter und Denker gegen Sie sprechen, alle Werke, sei es in Prosa und Versen. Wenn mein Gedächtnis so vorzüglich wäre wie das von Benwick, ließe sich meine Auslegung mit unzähligen Zitaten aus dem Stegreif belegen, und ich habe in meinem ganzen Leben noch kein Buch geöffnet, welches nicht irgend etwas über die Unbeständigkeit der Frau zu sagen hatte. Lieder, Sprichwörter, sie alle sprechen von dem leichten Sinn der Frau. Aber vielleicht werden Sie nun sagen, daß sie alle von Männern geschrieben sind.«

»Vielleicht tue ich das. Ja, ja, bitte keine Anspielungen auf diese Beispiele. Die Männer genießen vor uns den großen Vorteil, ihre eigenen Geschichten zu erzählen. Ihre Erziehung ist so viel umfassender als die unsere, und die Hand des Mannes führte seit Urzeiten die Feder. Ich gebe nicht zu, daß die Dichter als Beweis herangezogen werden.«

»Aber wie soll man dann überhaupt etwas beweisen?«

»Wir werden es nie können, zumal in einer solchen Streitfrage nicht. Es ist ein Unterschied der Meinungen, der keinen Beweis zuläßt. Allem voran steht wahrscheinlich eine kleine Neigung zum eigenen Geschlecht. Auf dieser Neigung bauen wir jeden Umstand auf zu Gunsten dessen, was in unserem eigenen Kreis geschehen ist. Viele Umstände jedoch – und wahrscheinlich gerade solche, die uns den meisten Eindruck gemacht haben – können nicht vorgebracht werden, ohne irgendein Vertrauen preiszugeben, oder irgend etwas zu sagen, was eigentlich nicht gesagt werden sollte.«

»Oh!« rief Kapitän Harville, und seine Stimme drückte eine tiefe Erregung aus, »wenn ich Ihnen nur verständlich machen könnte, was ein Mann empfindet, wenn er den letzten Blick auf Frau und Kinder wirft und dem Boot, mit dem er sie fortgeschickt hat, heißen Herzens nachschaut, so lange es noch in Sicht ist. Dann wendet er sich ab und denkt: ›Gott allein weiß, ob wir uns je wiedersehen!‹ Ach könnte ich Ihnen doch nur die Glut seiner Seele beschreiben, wenn er sie dann wiedersieht. Wenn er nach einem in fremden Gewässern verbrachten Jahr zurückkehrt und einen anderen Hafen anlaufen muß, dann rechnet er sich aus, wie lange es dauern wird, bis er sie dorthin holen kann. Er versucht sich selbst zu täuschen, wenn er sagt: ›Vor dem oder jenem Tag können sie nicht hier sein.‹ Aber in jedem Augenblick hofft er doch, sie möchten zwölf Stunden früher eintreffen. Und dann sieht er sie schließlich kommen, viele Stunden früher, als habe der Himmel ihnen Flügel verliehen. Wenn ich Ihnen all das schildern könnte. Und all das kann ein Mann ertragen, schaffen, und er tut es gern um dieses seines Schatzes willen, der ihm gehört. Ich spreche natürlich jetzt nur von solchen Männern, die ein Herz haben« – und sein eigenes drohte vor Erregung zu zerspringen.

»Ich hoffe, ich werde all Ihren Empfindungen gerecht«, rief Anne eifrig, »und auch den Gefühlen derer, die Ihnen ähneln. Gott verhüte, daß ich das warme und treue Empfinden irgendeines Mitmenschen unterschätze. Ich müßte aufs tiefste verachtet werden, wenn ich behaupten wollte, wahre Liebe und Treue wohne nur in Frauenherzen. Nein, ich halte auch Ihr Geschlecht alles Guten und Großen für fähig, und jeder häuslichen Nachsicht, solange – wenn ich den Ausdruck gebrauchen darf –, solange der Mann ein Ziel hat. Ich will sagen, solange die Frau seines Herzens lebt, und nur für ihn lebt. Den ganzen Vorzug, den ich für mein Geschlecht beanspruche – er ist nicht einmal besonders beneidenswert, und es lohnt nicht, sich danach zu sehnen –, ist der, am längsten zu lieben, selbst dann noch zu lieben, wenn das Leben oder alle Hoffnung dahin sind.«

Sie hätte nicht sogleich weitersprechen können. Ihr Herz war zu voll, ihr Atem zu bedrängt.

»Sie sind eine gute Seele!« rief Kapitän Harville und legte zart seine Hand auf ihren Arm. »Mit Ihnen kann man nicht streiten. Und wenn ich an Benwick denke, ist mir die Zunge gebunden.«

Ihre Aufmerksamkeit wurde nun auf die andern gelenkt. – Mrs. Croft verabschiedete sich.

»Hier, Frederick, glaube ich, trennen sich unsere Wege. Ich gehe jetzt heim, und du hast noch eine Verabredung mit deinem Freund. Heute abend haben wir ja das Vergnügen, uns alle wieder zu treffen bei Ihrer Gesellschaft.« Sie wandte sich zu Anne: »Wir erhielten gestern die Karte Ihrer Schwester, und ich glaube, Frederick bekam auch eine Einladung, obwohl ich sie nicht selbst gesehen habe – und du hast sonst nichts vor, nicht wahr, Frederick, gerade wie wir?«

Kapitän Wentworth faltete soeben hastig den Brief zusammen und konnte oder wollte keine ausführliche Antwort geben.

»Ja«, sagte er, »so ist es. Hier trennen wir uns; aber Harville und ich werden dir bald folgen, das heißt, wenn Sie bereit sind, Harville. Ich bin es in einer halben Minute. Ich weiß, Sie sind froh, wenn wir nun gehen. Ich stehe sogleich zu Ihren Diensten.«

Mrs. Croft ging fort. Und nachdem Kapitän Wentworth in großer Eile seinen Brief versiegelt hatte, war er wirklich bereit. Er machte einen so eiligen und erregten Eindruck, als dränge es ihn fortzukommen. Anne hatte dafür keine Erklärung. Kapitän Harville verabschiedete sich freundlich: »Guten Morgen, Gott schütze Sie!« Aber *er* schenkte ihr weder ein Wort noch einen Blick. *Er* verließ das Zimmer ohne einen Blick.

Sie wünschte, an den Tisch heranzutreten, an welchem er geschrieben hatte, als eilige Schritte zurückkehrten. Die Tür ging auf, er war es selbst. Er entschuldigte sich damit, seine

»Er eilte zum Schreibtisch, zog unter den verschiedenen Papieren einen Brief hervor und legte ihn vor Anne hin.«

Handschuhe vergessen zu haben. Darauf durchschritt er unverweilt das Zimmer, eilte zum Schreibtisch, zog, mit dem Rücken gegen Mrs. Musgrove gekehrt, unter den verschiedenen Papieren einen Brief hervor, legte ihn vor Anne hin, während er sie mit brennenden Augen flehentlich ansah, raffte seine Handschuhe zusammen und hatte das Zimmer schon wieder verlassen, ehe Mrs. Musgrove recht begriffen hatte, daß er zurückgekehrt war. Alles spielte sich in einem Augenblick ab.

Die Revolution dieses Augenblickes war unbeschreiblich. Der Brief, mit der kaum leserlichen Aufschrift »An Miß A. E.« war offensichtlich der gleiche, den er so eilig gefaltet hatte. Während man glaubte, er schreibe nur an Kapitän Benwick, hatte er auch an sie geschrieben! Von dem Inhalt dieses Briefes hing alles ab, was das Leben noch für sie bereit hielt! Alles war möglich; aber alles war leichter zu ertragen als Ungewißheit. Mrs. Musgrove hatte an ihrem eigenen Tisch einiges zu ordnen. Auf diesen Schutz sich verlassend, sank sie in dem Sessel nieder, den er soeben innegehabt hatte, und ihre Augen verschlangen die folgenden Worte:

»Ich kann nicht länger schweigend zuhören. Ich muß mit Ihnen durch den Mittler sprechen, der mir zur Verfügung steht. Sie durchstoßen meine Seele! Ich lebe halb in Qual, halb in Hoffnung. Sagen Sie mir nicht, daß es zu spät ist, daß alle köstlichen Gefühle für immer dahin sind. Ich biete mich Ihnen noch einmal dar mit einem Herzen, das Ihnen noch mehr gehört als vor acht und einem halben Jahr, als Sie es fast zerbrachen. Sagen Sie nicht wieder, daß der Mann schneller vergißt als die Frau, daß er seine Liebe früher zu Grabe trägt. Ich habe niemand als Sie geliebt. Ich mag ungerecht gewesen sein, schwach und empfindlich, aber niemals unbeständig. Sie allein haben mich nach Bath gelockt. Nur für Sie denke und plane ich. Haben Sie das nicht bemerkt? Haben Sie meine

Wünsche nicht verstanden? Ich hätte nicht einmal diese zehn Tage gewartet, hätte ich Ihre Empfindungen erraten können, wie Sie die meinen durchschaut haben müssen. Jede Ihrer Äußerungen überwältigt mich. Sie lassen Ihre Stimme sinken; aber ich vernehme die Laute, die von Ihren Lippen kommen, wenn sie auch sonst niemand mehr zu hören vermag. Sie sind ein zu gutes, zu liebliches Geschöpf. Sie werden uns wahrhaftig gerecht. Sie glauben, daß auch unter Männern wahre Liebe und Treue herrschen? Glauben Sie, daß diese am glühendsten und unerschütterlichsten leben in

F. W.

Ich muß gehen, ohne mein Schicksal zu kennen; aber ich werde zurückkehren und Ihnen so bald wie möglich folgen. Ein Wort, ein Blick wird genügen, um zu entscheiden, ob ich heute abend das Haus Ihres Vaters betreten werde – oder nie.«

Von einem solchen Brief findet man nicht so schnell in die Wirklichkeit zurück. Einsamkeit und Nachdenken hätten beruhigen können; aber die wenigen, dahingehenden Minuten und ihre gehemmte Lage gewährten diese Ruhe nicht. Statt dessen erhöhten sich Erregung und überwältigende Glückseligkeit. Und ehe sie noch das Stadium ihrer Erschütterung überstanden hatte, traten Charles, Mary und Henrietta gleichzeitig ein.

Sich gelassen zu zeigen überstieg fast ihre Kräfte. Sie verstand kaum die auf sie einstürmenden Worte und entschuldigte sich schließlich mit einem plötzlichen Unwohlsein. Daraufhin glaubte man, ihr krankes Aussehen zu bemerken, und wollte durchaus nicht ohne sie ausgehen. Entsetzlich! Wenn sie doch nur gingen, ihr den stillen Raum allein überließen! Aber statt dessen bemühten sich alle um sie – es war zum Verzweifeln! Einzig die Erklärung, nach Hause gehen zu wollen, erlöste sie endlich aus der Bedrängnis.

»Ja, meine Liebe«, rief Mrs. Musgrove, »tun Sie das! Schonen Sie sich, damit es Ihnen am Abend wieder wohl ergeht. Wäre doch nur Sarah da, um Sie zu pflegen! Ich selbst bin darin sehr ungeschickt. Charles, läute und bestelle die Sänfte. Sie darf nicht zu Fuß gehen.«

Eine Sänfte war schlimmer als alles andere. Es würde sie der Möglichkeit berauben, Kapitän Wentworth ein paar Worte zu sagen auf ihrem Heimweg durch die Stadt; denn sie war sicher, daß sie ihm begegne. Sie wehrte sich eifrig gegen die Sänfte. Mrs. Musgrove, die nur an eine vorübergehende Übelkeit dachte, trennte sich heiter von ihr, in der Überzeugung, daß es am Abend wieder besser sei, nachdem sie sich mit einiger Besorgnis vergewissert hatte, daß es nicht auf einen Sturz zurückzuführen sei.

Besorgt, keine Vorsicht außer acht zu lassen, sagte Anne:

»Ich fürchte, Madam, man hat mich nicht ganz verstanden. Bitte sagen Sie auch den anderen Herren, daß wir Sie alle heute abend bei uns zu begrüßen hoffen. Mir scheint, es ist ein Mißverständnis unterlaufen, und ich möchte Sie ganz besonders bitten, Kapitän Harville und Kapitän Wentworth zu versichern, daß wir beide zu sehen hoffen.«

»O meine Liebe! Es ist alles bestens geregelt. Ich geb Ihnen mein Wort darauf. Kapitän Harville denkt nur an den heutigen Abend.«

»Glauben Sie das wirklich? Wollen Sie es bitte noch einmal erwähnen, wenn Sie die beiden sehen? Ich glaube, daß beide heute morgen noch einmal hereinkommen. Bitte versprechen Sie es mir!«

»Wenn Sie Wert darauf legen, werde ich es gewiß tun. Charles, wenn du Kapitän Harville irgendwo begegnest, denke daran, ihm Miß Annes Auftrag auszurichten. Aber, meine Liebe, machen Sie sich nur keine Gedanken. Kapitän Harville betrachtet sich als gebunden, dafür stehe ich ein, und von Kapitän Wentworth möchte ich das gleiche behaupten.«

Mehr konnte Anne nicht tun, obgleich ihr vor einem Zwischenfall bangte, der ihre Glückseligkeit dämpfen mußte. Selbst wenn er wirklich nicht am Camdenplatz erschiene, könnte man ihm immerhin durch Kapitän Harville eine verständliche Botschaft senden.

Noch eine weitere Ungelegenheit ergab sich. Charles, in seiner aufrichtigen Gutmütigkeit und Besorgnis, wollte sie nach Hause begleiten und ließ sich nicht davon abbringen. Es war geradezu grausam! Aber sie wollte nicht undankbar sein; denn er opferte eine Verabredung bei einem Büchsenmacher, um ihr behilflich zu sein. So machte sie sich mit ihm auf den Weg, scheinbar kein anderes Gefühl als Dankbarkeit empfindend.

In der Union Street ertönte ein schnellerer Schritt hinter ihnen. Es war ein fast vertrauter Klang, so daß ihr die Möglichkeit blieb, sich in Sekundenspanne auf den Anblick von Kapitän Wentworth vorzubereiten. Er holte sie ein, sprach keine Silbe und war anscheinend unentschlossen, ob er sich zu ihnen gesellen oder weitergehen solle. Er schaute nur ... Anne besaß genügend Beherrschung, um diesem Blick standzuhalten und nicht abzuweisen. Seine vorhin so bleichen Wangen glühten jetzt und die zögernden Bewegungen wurden entschlossen. Er schritt an ihrer Seite. Plötzlich sagte Charles:

»In welche Richtung gehen Sie, Kapitän Wentworth? Nur zur Gay Street oder weiter in die Stadt hinauf?«

»Ich weiß es noch nicht recht«, erwiderte Wentworth überrascht.

»Gehen Sie ganz nach Belmont hinauf? Kommen Sie wohl in die Nähe vom Camdenplatz? Wenn dem so wäre, machte ich mir kein Gewissen daraus, Sie zu bitten, meinen Platz einzunehmen und Anne bis zu ihres Vaters Haus Ihren Arm zu reichen. Sie ist ziemlich mitgenommen heute morgen und sollte ohne Hilfe nicht allein gehen. Ich müßte um diese Zeit nämlich bereits bei diesem Burschen am Marktplatz sein. Er wollte mir ein kapitales Gewehr zeigen, das er heute abschicken muß, und ich möchte es mir gar zu gerne ansehen. Wenn ich jetzt aber nicht umkehre, verpasse ich diese Gelegenheit. Seiner Beschreibung gemäß ähnelt es meiner zweiten Doppellaufflinte, mit der Sie kürzlich in der Umgebung von Winthrop geschossen haben.«

Es gab natürlich keine Einwendung, sondern nur schickliche Bereitwilligkeit, ein äußerst verbindliches Willfahren für das Auge des Beobachters. Anne lächelte verhalten und das Gemüt tanzte in heimlicher Ausgelassenheit. In einer halben Minute hatte Charles wieder das untere Ende der Union Street erreicht, und die beiden anderen schritten gemeinsam weiter. Bald waren genügend Worte zwischen ihnen gewechselt, und sie lenkten ihren Weg in einen verhältnismäßig ruhigen und wenig begangenen Kiespfad, wo die Macht der gegenwärtigen Unterhaltung der erlebten Stunde wahrhaft zum Segen gereichen und als nie zu vergessende Erinnerung in ihr zukünftiges Leben eingehen würde. Sie tauschten wieder jene Gefühle und Versprechungen aus, die ihnen schon einmal in längst dahingegangener Zeit alles zu sichern schienen und denen so viele, viele Jahre der Trennung und Entfremdung gefolgt waren. Sie kehrten wieder in die Vergangenheit zurück, in ihrer Wiedervereinigung vielleicht glückseliger denn einst, in ihrem ersten Liebestraum. Sie waren nun duldsamer, besorgter, erprobter, sicherer in der Kenntnis des gegenseitigen Charakters und der beiderseitigen Gefühle. Und so den langsam steigenden Hang hinaufschlendernd, hatten sie keinen Blick für die Menschen um sich herum, für die bummelnden Politiker, die geschäftigen Hausverwalter, die flirtenden Paare, die Kindermädchen mit ihren Pfleglingen und gaben sich ganz dem Rückblick und der Erinnerung hin. Sie ergründeten die Vorgänge, die zu dieser glücklichen Gegenwart geführt hatten und die so wichtig und von dauerndem Wert waren. Alle die kleinen Schwankungen der letzten Woche erstanden noch einmal, sie fanden über das Gestern und das Heute kaum ein Ende.

Sie hatte sich nicht in ihm geirrt. Eifersucht auf Mr. Elliot hatte ihn gehemmt, Zweifel und Qual. Seit ihrem Zusammentreffen in Bath hatte ihre alte Wirkung auf ihn wieder eingesetzt. Eifersucht hatte ihn um den Genuß des Konzertes gebracht und sich in allem, was er sagte, geltend gemacht, wie in allem, was er nicht ausgesprochen oder während der letzten vierundzwanzig Stunden vermieden hatte. Nach und nach hatte er Hoffnungen geschöpft, ermutigt durch ihre Blicke, Worte und gelegentlichen Handlungen, bis er unter dem unwiderstehlichen Zwang jener Unterhaltung mit Kapitän Harville das Papier ergriffen und seine Gefühle ausgeschüttet hatte.

Uneingeschränkt wollte er seine Worte verstanden wissen; niemand außer ihr hatte er je geliebt. In seinem Herzen sei Anne nie ersetzt worden und er habe nie geglaubt, eine Frau zu finden, die ihr gleichkomme. Zwar mußte er eingestehen, daß dies unbewußt und auch unabsichtlich so gewesen sei; denn er hatte sie vergessen wollen und war auch hie und da des Glaubens gewesen, es sei ihm gelungen. Wo er ärgerlich gewesen war, glaubte er nur gleichgültig zu sein, und gegen ihre Verdienste war er deshalb ungerecht gewesen, weil er unter ihnen zu leiden hatte. Jetzt war ihr Wesen als die Vollkommenheit selbst in seine Seele eingegraben und vereinigte in sich die reizendste Verkörperung von Stärke und Sanftmut. In Uppercross hatte er gelernt, ihr gerecht zu werden, und erst in Lyme begonnen, sich selbst zu verstehen.

In Lyme hatte er mehr als eine Lehre empfangen. Die vorübergehende Bewunderung Mr. Elliots hatte ihn aufgerüttelt, und die Szenen auf der Kaimauer und in Kapitän Harvilles Wohnung hatten ihm ihr überragendes Wesen bewiesen. Bei seinen verärgertem Stolz entsprungenen Versuchen, sich an Louisa Musgrove anzuschließen, war ihm das Unmögliche seines Beginnens aufgegangen, und er versicherte, Louisa nie geliebt zu haben, Louisa gar nicht lieben zu können. Aber bis zu jenem Tage, bis zu der dadurch hervorgerufenen inneren Einkehr hatte er Annes Seelenschönheit nicht verstanden, mit der Louisa keinen Vergleich aushielt, geschweige denn die feste unbestrittene Gewalt, die sie auf sein Herz ausübte. Damals hatte er zu unterscheiden gelernt zwischen Charakterfestigkeit, Grundsatz und beharrlichem Eigenwillen, zwischen Leichtsinn und einem beherrschten Gemüt. Dort waren ihm alle die Eigenschaften begegnet, durch welche die Frau, die er verloren hatte, in seiner Achtung steigen mußte, und seither hatte er seinen Stolz verurteilt, seine Torheit, und daß ihn seine unsinnige Empfindlichkeit von neuem Werben abgehalten hatte, sobald die geliebte Frau wieder in seinen Weg trat.

Von diesem Augenblick an war seine Strafe hart gewesen. Kaum befreit von dem Schrecken und den Gewissensbissen über Louisas Unfall, kaum dem Leben zurückgeschenkt, fühlte er sich zwar lebend, aber nicht frei.

»Es entging mir nicht«, sagte er, »daß Harville mich für gebunden hielt. Weder Harville noch seine Frau hegten den geringsten Zweifel an unserer gegenseitigen Liebe. Ich war zugleich entsetzt und erschreckt. Vor mir selbst konnte ich diese Ansicht bis zu einem gewissen Grad widerlegen; aber wenn ich darüber nachdachte, daß andere mit Harville eines Sinnes sein könnten, vielleicht ihre eigene Familie, ja vielleicht sie selbst, dann konnte ich nicht länger über mich selbst verfügen. Wenn sie es wünschen sollte, dann gehörte ich ihr in Ehren. Ich war unvorsichtig gewesen. Ich hatte diese Dinge vorher nie ernsthaft erwogen, hatte nicht bedacht, daß meine übermäßige Vertrautheit eine gewisse Gefahr in sich bergen mußte und daß ich mich an keines der Mädchen anschließen konnte, ohne Mutmaßungen und selbst schlimmere Folgen hervorzurufen. Ich hatte gröblichst gefehlt, und nun hatte ich die Folgen zu tragen.«

Kurz, es war ihm spät zum Bewußtsein gekommen, daß er sich verstrickt hatte. Eben in dem Augenblick, als er erkannte, wie wenig er für Louisa empfand, mußte er bemerken, daß er unweigerlich an sie gebunden sei, wenn ihre Empfindungen für ihn mit den Vermutungen der Harvilles übereinstimmten. Das veranlaßte ihn, Lyme zu verlassen und ihre vollständige Wiederherstellung an einem anderen Ort abzuwarten. Er wollte versuchen, auf anständige Art die an ihn geknüpften Gefühle oder Erwartungen abzuschwächen. Deshalb hatte er sich zu seinem Bruder begeben, um nach einiger Zeit bei seiner Rückkehr nach Kellynch so zu handeln, wie die Umstände es erforderten.

»Sechs Wochen verbrachte ich bei Eduard und sah, wie glücklich er ist. Er erkundigte sich sehr ausführlich nach dir, fragte sogar, ob du dich äußerlich verändert hättest, ohne zu vermuten, daß du in meinen Augen dich gar nicht verändern konntest.«

Anne lächelte und ließ es durchgehen. Die Lüge war zu reizend, um getadelt zu werden. Es bedeutet schon etwas für eine Frau, wenn man ihr in ihrem achtundzwanzigsten Lebensjahr versichert, sie habe den Reiz der frühen Jugend nicht eingebüßt. Aber der Wert dieser Huldigung wurde für Anne um vieles erhöht durch den Vergleich mit einer früheren Äußerung. Es gab ihr die Gewißheit, daß seine heutigen Worte die Folge, nicht die Ursache seiner wiedererstandenen warmen Liebe waren.

In Shropshire hatte er seinen blinden Stolz und seine irrige Berechnung beklagt, bis er von Louisa durch die überraschende und glückliche Nachricht von ihrer Verlobung mit Benwick unerwartet befreit wurde.

»Damit legte sich meine schlimmste Seelenqual«, sagte er. »Jetzt konnte ich mich wenigstens wieder dem Glück in den Weg werfen, konnte tätig sein, etwas unternehmen. Aber so lange in Untätigkeit auf das sich erfüllende Mißgeschick warten zu müssen, das war entsetzlich. Schon in den ersten fünf Minuten schwor ich mir: ›Am Mittwoch bin ich in Bath‹, und ich schaffte es. War es unverzeihlich, daß ich es der Mühe wert fand, so eilig zu kommen – und das sogar mit einer gewissen Hoffnung? Du warst unverheiratet. Es bestand die Möglichkeit, daß die Vergangenheit in dir noch so wach war wie in mir, und zufällig besaß ich eine Ermutigung. Ich konnte nie daran zweifeln, daß auch andere dich liebten und suchten, aber ich wußte mit Bestimmtheit, daß du wenigstens einen Mann ausgeschlagen hattest, der größeres Ansehen genoß als ich. Und ich konnte nicht anders, als mich zu fragen: Geschah das um meinetwillen?«

Das erste Zusammentreffen in der Milsom Street mußte eingehend besprochen werden und weit mehr noch das Konzert. Der Abend schien aus lauter köstlichen Szenen zu bestehen. Jener Augenblick, als Anne in dem achteckigen Vestibül auf ihn zugekommen war, und sich mit ihm unterhalten hatte, der Eintritt Mr. Elliots, der sie ihm entführte, die wiederkehrende Hoffnung, die dann steigende Verzagtheit, alles wurde wieder und wieder betrachtet.

»Dich zu sehen, inmitten anderer, die mir nicht wohlwollen konnten«, rief er aus, »deinen Vetter so nahe bei dir zu wissen, ihn lächelnd an deiner Seite zu sehen und gleichzeitig all die Vorteile und Vorzüge einer solchen Verbindung zu erkennen; es mußte dem Wunsch eines jeden entsprechen, der dir nahestand. Gewiß würde jeder, der nur einigen Einfluß auf dich auszuüben hoffte, ihn in diesem Sinne nutzen. Selbst wenn ich erwog, deine eigenen Gefühle könnten zögernd oder unbeteiligt sein – welch mächtige Unterstützung stand Elliot zur Seite! Genügte das nicht, mich vollends zum Toren zu machen, der ich zu sein schien. Wie konnte ich dies ohne Qual ertragen? War nicht der bloße Anblick von Mrs. Russell, die hinter dir saß, der bloße Gedanke an das Vergangene, das Wissen um deren Einfluß, der unvergeßliche, unerschütterliche Eindruck dessen, was Überredung einst vermocht hatte – war das nicht alles gegen mich verschworen?«

»Du hättest mir nicht mehr mißtrauen dürfen! Es lag jetzt alles so anders, und ich bin reifer. Wenn es einmal Unrecht war, der Überredung nachzugeben, dann denke daran, daß es Überredung zur Sicherheit und nicht zur Unsicherheit war. Ich fügte mich in dem Glauben, mich der Pflicht beugen zu müssen; aber jetzt konnte Pflicht nicht mehr angerufen werden. Hätte ich einen mir gleichgültigen Mann geheiratet, so wäre die ganze Unsicherheit wieder aufgestanden und damit jede Pflicht verletzt worden.«

»Vielleicht hätte ich so denken sollen! Aber ich konnte es nicht. Ich zog keinen Nutzen aus dem Bild, daß ich nun von deinem Charakter gewonnen hatte. Ich konnte es einfach nicht! Alles war erstickt, begraben, verloren durch jene früheren Empfindungen, unter denen ich Jahr um Jahr gelitten hatte. Ich sah nur diejenige vor mir, die sich einst gefügt und mich aufgegeben hatte, über die jeder andere Mensch mehr Macht hatte als ich. Und ich sah dich in Gesellschaft der Frau, die dich in jenem Jahr des Elends geleitet hatte. Ich glaubte nicht an die Möglichkeit, daß deren Einfluß jetzt geringer sei. Hinzu kam noch die Macht der Gewohnheit.«

»Ich hätte bedenken sollen«, sagte Anne, »dir durch die Art meines Verhaltens viel oder alles ersparen zu können.«

»Nein, nein! Gelassenheit hätte mir nur die durch das Verlöbnis mit einem anderen Manne verursachte Seelenruhe widergespiegelt. Ich verließ dich ja gerade in diesem Glauben; und dennoch – ich war entschlosen, dich wiederzusehen. Mit jedem neuen Morgen raffte sich mein Gemüt wieder auf, und ich war überzeugt, daß immer noch ein Ziel vor mir lag.«

Dann war Anne daheim angelangt, glücklicher als irgend jemand im Hause hätte vermuten können. Nun hatte alles Warten ein Ende, und jede schmerzliche Erwägung des Morgens war durch diese Unterhaltung zerstreut. Sie betrat das Haus voller Glückseligkeit, hier und da gedämpft durch die plötzlich aufsteigende Befürchtung, all das könne gar nicht von Dauer sein. Ernste und dankbare Besinnung war der beste Schutz gegen alle Gefahr, die solch überschwengliche Wonne in sich trug. Sie suchte deshalb ihr Zimmer auf und wurde dort ruhig und furchtlos vor Dankbarkeit angesichts ihres Glückes.

Der Abend kam heran, die Salons wurden erleuchtet, und die Gesellschaft versammelte sich. Es herrschte ein Gemenge von Menschen, die sich vorher nie gesehen hatten, und solcher, die einander zu häufig begegneten, zu viel Menschen für Vertrautheit, zu wenig für Abwechslung. Aber Anne war noch kein Abend kurzweiliger erschienen. Strahlend und lieblich in Freude und Glück und mehr bewundert, als sie je erwartet oder begehrt hätte, hegte sie heitere und nachsichtige Gefühle für jeden in ihrer Umgebung. Mr. Elliot war da, sie mied ihn zwar, doch bemitleidete sie ihn. Die Wallis zu verstehen bereitete ihr Freude. Lady Dalrymple und Miß Carteret würden bald ungefährliche Basen sein. Mrs. Clay schätzte sie nicht; und es gab keine Gelegenheit, wegen der aufdringlichen Manieren von Vater und Schwester zu erröten. Mit den Musgroves schwatzte sie fröhlich und sehr behaglich und unterhielt sich mit Kapitän Harville so freundlich wie Bruder und Schwester; mit Lady Russell suchte sie dann und wann ein Gespräch anzuknüpfen, das aber unter dem Bewußtsein eines köstlichen Schuldgefühls immer bald wieder abgebrochen wurde; mit Admiral und Mrs. Croft plauderte sie besonders herzlich und teilnehmend; aber sie litt unter dem gleichen Schuldgefühl. Und das Köstlichste: Mit Kapitän Wentworth bot sich ständig eine kleine Gelegenheit zum Gedankenaustausch, und sie genoß zutiefst das Bewußtsein seiner geliebten Anwesenheit.

Während einer dieser kurzen Begegnungen bewunderten beide offensichtlich ein hübsches Arrangement von grünen Gewächshauspflanzen, als Anne sagte:

»Ich habe über die Vergangenheit nachgedacht und versucht, Recht und Unrecht unvoreingenommen abzuwägen. Ich für meinen Teil glaube recht gehandelt zu haben, so sehr ich auch darunter zu leiden hatte. Es war richtig, mich von der Frau leiten zu lassen, die du lieber gewinnen wirst, als du im Augenblick glaubst. Sie ersetzte mir die Mutter. Verstehe mich aber nicht falsch. Ich leugne nicht, daß sie in ihrem Rat irrte. Vielleicht war es einer jener Fälle, wo erst das Ergebnis recht oder unrecht gibt. Ich selbst würde niemals den gleichen Rat erteilen. Aber ich tat gut daran, mich ihrem Urteil zu beugen; denn ich hätte wegen meines Gewissens mehr unter der Fortsetzung des Verlöbnisses als schließlich an dem Bruch gelitten. Nun habe ich mir nichts vorzuwerfen, soweit ein solches Bewußtsein einem Menschen überhaupt gestattet ist. Und ich glaube, ein starkes Pflichtgefühl ist keine schlechte Mitgift für eine Frau.«

Er blickte von ihr zu Lady Russell hinüber, und sein Blick kehrte wieder zu ihr zurück. Endlich antwortete er wie in kühler Überlegung:

»Noch liebe ich sie nicht! Aber es besteht die Hoffnung, daß ich ihr zur rechten Zeit vergebe; denn ich werde bald Mitleid mit ihr empfinden. Aber auch ich habe über die Vergangenheit nachgedacht und mir die Frage vorgelegt, ob nicht ein noch ärgerer Feind im Wege stand als jene Dame? Dieser Feind war ich selbst! Sag mir bitte: Wenn ich dir einen Brief geschrieben hätte, als ich im Jahre achtzehnhundertundacht mit ein paar tausend Pfund nach England zurückkehrte und auf die Laconia versetzt wurde, hättest du mir geantwortet? Kurz, hättest du damals das Verlöbnis erneuert?«

»Ja, von ganzem Herzen!« Sie sprach nur diese Worte; aber der Ton ließ keinen Zweifel zu.

»Guter Gott! Du hättest es getan! Es ist nicht so, als hätte ich es nicht bedacht oder gewünscht als Krönung meiner sonstigen Erfolge. Aber ich war stolz, zu stolz, um noch einmal zu bitten. Ich verstand dich nicht. Ich schloß hartnäckig meine Augen und wollte dich nicht verstehen, wollte dir nicht gerecht werden. Ich sollte jedem eher verzeihen als mir selbst!

Sechs Jahre der Trennung und des Leidens wären uns erspart geblieben. Diese Art von Schmerz ist mir noch neu. Ich hatte mich an das befriedigende Bewußtsein gewöhnt, alle mir zustoßenden Glückszufälle zu verdienen. Ich habe geglaubt, meine Pflicht ehrenvoll zu erfüllen und gerechte Belohnung zu empfangen. Wie andere große Männer im Unglück«, fügte er lächelnd hinzu, »mußte ich mich bemühen, meinen Verstand meinem Glück unterzuordnen. Jetzt muß ich lernen, glücklicher zu sein, als ich verdiene.«

Vierundzwanzigstes Kapitel

Wer kann noch an dem Ausgang zweifeln? Wenn zwei junge Menschen einander zu heiraten beabsichtigen, dann werden sie mit ziemlicher Sicherheit ihren Plan ausdauernd verfechten und seien sie noch so arm, noch so unvernünftig, noch so wenig dazu geschaffen, einander endgültiges Glück zu bescheren. Das mag zwar eine schlechte Moral zum Abschluß sein; aber es trifft die Wahrheit. Und wenn es den meisten Menschen gelingt, wie sollten dann ein Kapitän Wentworth und eine Anne Elliot mit weniger Erfolg alle Einwände aus dem Wege räumen, zumal der Vorteil größerer geistiger Reife und eines auskömmlichen Vermögens auf ihrer Seite lag? Sie hätten gewiß noch viel mehr überwunden, als sich ihnen in den Weg stellte; denn es gab außer dem Mangel an Freundlichkeit und Wärme nicht viel, was sie betrübte. Sir Walter erhob keinen Einspruch, und Elisabeth sah nur kalt und unbeteiligt drein. Kapitän Wentworth war mit seinen fünfundzwanzigtausend Pfund und einer Stellung, gleichviel wie groß Verdienst und Tätigkeit waren, nicht länger ein Niemand. Er wurde jetzt für würdig erachtet, um die Hand der Tochter eines törichten, verschwenderischen Barons anzuhalten, der nicht genügend

Grundsätze oder Vernunft besaß, um die Stellung zu erhalten, in die ihn die Vorsehung eingesetzt hatte, und der seiner Tochter im Augenblick nur einen kleinen Teil ihres zukünftigen Erbes von zehntausend Pfund auszahlen konnte.

Wenn Sir Walter auch keine Vorliebe für Anne verspürte und sich in seiner Eitelkeit nicht genügend geschmeichelt fühlte, um über das Ereignis wirklich glücklich zu sein, so sah er jedoch für sie keineswegs eine schlechte Heirat. Im Gegenteil, als er Kapitän Wentworth näher kennenlernte und ihm wieder begegnete, wurde er sehr eingenommen von dessen persönlichen Vorzügen und fand dessen Übergewicht an gutem Aussehen beachtlich durch Annes Übergewicht an Rang aufgewogen. Dies alles, in Verbindung mit dem wohlklingenden Namen, befähigte Sir Walter endlich, mit guter Haltung seine Feder für die Eintragung der Heirat in das Buch der Ehre vorzubereiten.

Ernsthafte Besorgnis rief nur Lady Russells Haltung hervor. Es schien sie sehr zu schmerzen, Mr. Elliot aufzugeben, und es würde noch einen harten inneren Kampf bedeuten, sich wirklich an Kapitän Wentworth zu gewöhnen und ihm Gerechtigkeit widerfahren zu lassen. Das konnte man jetzt noch nicht von Lady Russell erwarten. Sie mußte sich an den Gedanken gewöhnen, daß sie sich in beiden geirrt hatte. Der Umstand, daß Kapitän Wentworths Benehmen nicht ihren Ansprüchen entsprach, hatte sie zu der Ansicht verleitet, es verrate einen Charakter von gefährlicher Unabhängigkeit, wie Mr. Elliots Sitten, dessen Anstand und Korrektheit, Höflichkeit und Liebenswürdigkeit ihr die sichere Gewähr für richtige Ansichten und beherrschten Geist zu bieten schienen. Es oblag Lady Russell nicht mehr und nicht weniger, als zuzugeben, daß sie sich so ungefähr in allem getäuscht hatte und nun auf neuen Grundlagen aufbauen mußte.

Manche Menschen verfügen über schnelle Auffassungsgabe und klares Urteilsvermögen, kurz, über Eigenschaften, die

»Die Herrin eines hübschen kleinen Landauers.«

nicht durch Erfahrung allein aufgewogen werden können. Lady Russell aber war in dieser Hinsicht weniger begabt als ihre junge Freundin. Sie war eine herzensgute Frau; und wenn ihr zweites Ziel Vernunft und gutem Urteil galt, so war ihr erstes, Anne glücklich zu sehen; und sie liebte Anne mehr als ihre eigenen Fähigkeiten. Als daher die anfängliche Peinlichkeit überwunden war, fiel es ihr nicht sonderlich schwer, auch den Mann zu lieben, der das Glück ihres Pflegekindes bedeutete.

Aber von der ganzen Familie freute sich nur Mary ohne Vorbehalt über das Ereignis. Es war gut, eine verheiratete Schwester zu besitzen, und sie konnte sich wohl schmeicheln, an dieser Verbindung nicht ganz unbeteiligt gewesen zu sein, da Anne den Herbst bei ihr verbracht hatte. Und da natürlich ihre eigene Schwester vor der Schwester ihres Mannes den Vorzug haben mußte, war es eine angenehme Zugabe, daß Kapitän Wentworth reicher als Kapitän Benwick und Charles Hayter war. Vielleicht litt sie ein wenig darunter, Anne nun wieder in die Rechte der Älteren eingesetzt und als Herrin eines hübschen kleinen Landauers zu sehen; aber der Ausblick in die Zukunft tröstete sie. Anne hatte kein Uppercross, keinen Grundbesitz zu erwarten; sie wurde nie das Oberhaupt einer Familie; wenn es nur zu verhindern war, daß Kapitän Wentworth geadelt würde, möchte sie ihre Stellung nicht gegen Annes tauschen.

Wie schön wäre es gewesen, nun auch Elisabeth mit ihrer Lage zufrieden zu sehen; denn dort stand keine Veränderung in Aussicht. Zu ihrer Demütigung sah sie Mr. Elliot bald entschwinden, und kein Mann von Rang fand sich ein, um die unbegründeten Hoffnungen aufleben zu lassen, die mit Elliot dahinsanken.

Die Nachricht von der Verlobung seiner Base Anne stürzte recht unvermutet über Mr. Elliot herein. Sie zerstörte seinen schönsten Plan auf häusliches Glück, nahm ihm seine Hoffnung, Sir Walter jener Wachsamkeit zu unterstellen, die er mit den Rechten eines Schwiegersohnes erlangt hätte.

Aber, wenn auch besiegt und enttäuscht, er konnte noch etwas für sich selbst, zu seinem eigenen Vergnügen unternehmen. Er verließ Bath sehr bald; und da Mrs. Clay kurz darauf ebenfalls abreiste und die nächste Nachricht von ihr besagte, sie sei unter seiner Protektion in London eingerichtet, wurde sein doppeltes Spiel offenbar, und daß er darauf bedacht gewesen war, sich wenigstens vor der Ausschaltung durch eine ränkesüchtige Frau zu schützen.

Mrs. Clay ließ wegen ihrer Begierde ihren Vorteil außer acht und opferte dem jungen Mann zuliebe ihre Pläne bezüglich Sir Walter. Sie besaß jedoch ebensoviel Geschick wie Triebhaftigkeit, und es blieb zweifelhaft, ob ihre oder seine List den Sieg davontrug, und ob er sich nicht, nachdem er sie daran hinderte, Sir Walters Frau zu werden, soweit umgarnen und umschmeicheln ließ, um sie zu Sir Williams Frau zu machen.

Man wird nicht daran zweifeln, daß Sir Walter und Elisabeth über die erlittene Enttäuschung entsetzt und beschämt waren. Sie konnten sich allerdings immer noch mit ihren hohen Verwandten trösten; aber sie erkannten, daß es nur halb so viel Spaß macht, anderen zu schmeicheln und nachzuschwänzeln, als sich selbst schmeicheln und umwerben zu lassen.

Anne war beglückt über Lady Russells raschen Entschluß, Kapitän Wentworth ihrerseits zu lieben, und nur der Schatten trübte ihr zukünftiges Glück, daß sie ihm keine Verwandten bringen konnte, die ihm an Geist ebenbürtig waren. In diesem Punkt empfand sie eine schmerzliche Unterlegenheit. Das Mißverhältnis ihres Vermögens bedeutete ihr nichts, es bereitete ihr überhaupt keinen Kummer, aber daß ihre eigene Familie ihn nicht aufrichtig empfangen und schätzen wollte, daß sie ihm keine Anerkennung, kein Entgegenkommen bot als Gegengabe für den Wert und das herzliche Willkommen seiner Geschwister, das war eine schmerzliche Erkenntnis, die ihr

Gemüt inmitten ihres großen Glückes wohl empfinden mußte. Sie besaß nur zwei Freunde, die zu den seinen paßten, Lady Russell und Mrs. Smith. Diesen beiden schloß er sich auch bereitwilligst an. Trotz all ihrer früheren Vergehen schätzte er Lady Russell jetzt aus tiefstem Herzen, und wenn er sich begreiflicherweise auch nicht zu dem Zugeständnis verstieg, daß sie mit der früheren Trennung recht gehandelt habe, so war er doch bereit, fast alles andere zu ihren Gunsten zu behaupten. Mrs. Smith jedoch wies viele Vorzüge auf, die ihn schnell für sie einnahmen.

Ihre guten Dienste an Anne genügten an sich schon; und anstatt *eine* Freundin zu verlieren, gewann Mrs. Smith durch die Heirat zwei aufrichtige Freunde. Sie war der erste Gast in deren jungem Haushalt; und Kapitän Wentworth belohnte sie reichlich für die Dienste, die sie seiner Frau erwiesen hatte oder doch hatte leisten wollen, indem er ihr bei der Wiedergewinnung ihres Vermögens in Westindien half. Er schrieb und handelte für sie und unterstützte sie mit der Tatkraft und Mühe eines furchtlosen Mannes und entschlossenen Freundes in allen Schwierigkeiten der Angelegenheit.

Mrs. Smiths Charakter wurde durch dieses verbesserte Einkommen nicht verdorben. Heiterkeit und geistige Bereitwilligkeit verließen sie nicht, als sich ihr Gesundheitszustand besserte. Solange diese Hauptquellen des Guten sprudelten, konnte sie noch größeren Versuchungen weltlichen Wohlstandes trotzen. Wäre sie wieder ganz gesund und obendrein ungeheuer reich geworden, sie wäre innerlich glücklich geblieben. Die Quelle ihrer Glückseligkeit lag in dem Feuer ihres Geistes, wie sie bei ihrer Freundin Anne in der Wärme des Herzens lag. Die zärtliche Anne fand in Kapitän Wentworths Liebe reiche Belohnung. Nur seines Berufes wegen hätten ihre Freunde ihr etwas weniger Innigkeit und Gefühlskraft gewünscht. Nichts als die unbestimmte Furcht vor einem Kriege vermochte ihren Sonnenschein zu trüben. Sie strahlte und war beglückt darüber, eines Seemanns Frau zu sein, aber sie mußte auch den Tribut plötzlich aufsteigender Sorge zahlen, weil es zu einem Stand gehörte, der sich noch mehr durch seine häuslichen Tugenden auszeichnet, wenn dies überhaupt möglich war, als durch nationale Bedeutung.

Zu dieser Ausgabe

insel taschenbuch 1062: Jane Austen, Anne Elliot. Originaltitel: Persuasion. Geschrieben zwischen 1815 und 1816. Erstveröffentlichung in: Northanger Abbey and Persuasion. By the Author of »Pride and Prejudice«, »Mansfield Park«, & c. With a Biographical Notice of the Author. In four Volumes. John Murray, Albemarle-Street. London 1818. Der vorliegende Text folgt der Ausgabe: Jane Austen, Anne Elliot. Übertragung aus dem Englischen: Margarete Rauchenberger (in der Überarbeitung von Elfriede Beyvers-Kern). Josef Schaffrath Verlag, Köln 1948. Die Illustrationen folgen der Ausgabe: Jane Austen, Persuasion. Illustrated by Hugh Thomson. McMillan & Co. Ltd. London 1897.

153/1/3.95

Englische und amerikanische Literatur im insel taschenbuch

Francis Bacon: Essays. Herausgegeben und mit einem Nachwort versehen von Helmut Winter. it 1514

Glen Baxter: Die Billardtisch-Morde. Ein Gladys-Babbington-Morton-Rätsel. Aus dem Englischen übersetzt von Christoph Groffy. it 1607

Harriet Beecher-Stowe: Onkel Toms Hütte. In der Bearbeitung einer alten Übersetzung. Herausgegeben und mit einem Nachwort versehen von Wieland Herzfelde. Mit 27 Holzschnitten von George Cruikshank aus der englischen Ausgabe von 1852. it 272

Ambrose Bierce: Aus dem Wörterbuch des Teufels. Auswahl, Übersetzung und Nachwort von Dieter E. Zimmer. it 440

– Mein Lieblingsmord. Erzählungen. Mit einem Nachwort von Edouard Roditi. Aus dem Amerikanischen von Gisela Günther. it 39

Anne Brontë: Agnes Grey. Aus dem Englischen von Elisabeth von Arx. it 1093

– Die Herrin von Wildfell Hall. Roman. Aus dem Englischen neu übersetzt von Angelika Beck. it 1547

Charlotte Brontë: Erzählungen aus Angria. Aus dem Englischen von Michael Walter und Jörg Drews. it 1285

– Jane Eyre. Eine Autobiographie. Aus dem Englischen von Helmut Kossodo. Mit einem Essay und einer Bibliographie herausgegeben von Norbert Kohl. it 813

– Shirley. Aus dem Englischen von Johannes Reiher und Horst Wolf. it 1145

– Über die Liebe. Herausgegeben von Elsemarie Maletzke. Übertragen von Eva Groepler und Hans J. Schütz. it 1249

– Villette. Roman. Aus dem Englischen von Christiane Agricola. it 1447

Emily Brontë: Die Sturmhöhe. Aus dem Englischen von Grete Rambach. it 141, it 1633 und Großdruck. it 2348

Charlotte Brontë: Der Professor. Aus dem Englischen von Gottfried Röckelein. it 1354

Charles Brockden Brown: Wieland oder Die Verwandlung. Aus dem Amerikanischen von Friedrich Polakovics. it 1686

Edward George Bulwer-Lytton: Die letzten Tage von Pompeji. Aus dem Englischen von Friedrich Notter. it 801

Lewis Carroll: Alice hinter den Spiegeln. Mit einundfünfzig Illustrationen von John Tenniel. Übersetzt von Christian Enzensberger. it 97

– Alice im Wunderland. Mit zweiundvierzig Illustrationen von John Tenniel. Übersetzt und mit einem Nachwort von Christian Enzensberger. it 42

153/2/3.95

Englische und amerikanische Literatur
im insel taschenbuch

Lewis Carroll: Briefe an kleine Mädchen. Aus dem Englischen übersetzt und herausgegeben von Klaus Reichert. Mit Fotografien des Autors. it 1554

Geoffrey Chaucer: Die Canterbury-Erzählungen. Vollständige Ausgabe. Aus dem Englischen übertragen und herausgegeben von Martin Lehnert. Mit Illustrationen von Edward Burne-Jones. it 1006

Gilbert Keith Chesterton: Alle Pater-Brown-Geschichten. 2 Bände in Kassette. it 1263/1149

– Pater-Brown-Geschichten. 24 Detektivgeschichten. Mit einem Nachwort von Norbert Miller. it 1149

– Die schönsten Pater-Brown-Geschichten. Großdruck. it 2332

Joseph Conrad: Herz der Finsternis. Erzählung. Aus dem Englischen von Reinhold Batberger. it 1730

Daniel Defoe: Glück und Unglück der berühmten Moll Flanders, die, im Zuchthaus Newgate geboren, nach vollendeter Kindheit noch sechzig wertvolle Jahre durchlebte, zwölf Jahre Dirne war, fünfmal heiratete, darunter ihren Bruder, zwölf Jahre lang stahl, acht Jahre deportierte Verbrecherin in Virginien war, schließlich reich wurde, ehrbar lebte und reuig verstarb. Beschrieben nach ihren eigenen Erinnerungen. Deutsch von Martha Erler. Mit Illustrationen von William Hogarth und einem Essay von Norbert Kohl. it 707

– Robinson Crusoe. Mit Illustrationen von Ludwig Richter. In der Übersetzung von Hannelore Novak. it 41

Charles Dickens: Bleak House. Aus dem Englischen von Richard Zoozmann. Mit Illustrationen von Phiz. it 1110

– David Copperfield. Mit Illustrationen von Phiz. it 468

– Detektivgeschichten. Aus dem Englischen von Franz Franzius. it 821

– Eine Geschichte aus zwei Städten. Mit Illustrationen von Phiz. it 1033

– Große Erwartungen. Aus dem Englischen von Margit Meyer. Mit Illustrationen von F. W. Pailthorpe. it 667

– Harte Zeiten. Aus dem Englischen von Paul Heichen. Mit Illustrationen von F. Walker und Maurice Greiffenhagen. it 955

– Nikolaus Nickleby. Mit Illustrationen von Phiz. it 1304

– Oliver Twist. Aus dem Englischen von Reinhard Kilbel. Mit einem Nachwort von Rudolf Marx und 24 Illustrationen von George Cruikshank. it 242

– Die Pickwickier. Mit Illustrationen von Robert Seymour, Robert William Buss und Phiz. it 896

– Der Raritätenladen. Aus dem Englischen von Leo Feld. Mit Holzschnitten von George Cattermole, H. K. Browne, George Cruikshank und Daniel Maclise. it 716

153/3/3.95

Englische und amerikanische Literatur im insel taschenbuch

Charles Dickens: Weihnachtserzählungen. Mit Illustrationen von Leech, Stanfiels, Stone u.a. it 358

Charles A. Eastman: Indianergeschichten aus alter Zeit. Deutsch von Elisabeth Friederichs. Mit einem Nachwort herausgegeben von Dietrich Leube. Illustrationen und Anmerkungen von Frederick Weygold. it 861

Henry Fielding: Tom Jones. Die Geschichte eines Findelkindes. 2 Bde. Mit Illustrationen von Gravelot und Moreau le jeune. Herausgegeben und mit einem Nachwort von Norbert Kohl. it 504

Penelope Fitzgerald: Frühlingsanfang. Roman. Aus dem Englischen von Christa Krüger. it 1693

Ben Hecht: Tausendundein Nachmittage in New York. Aus dem Amerikanischen von Helga Herborth. Mit Illustrationen von George Grosz. it 1323

James Joyce: Die Katze und der Teufel. Deutsche Übertragung von Fritz Senn. it 1610

D.H. Lawrence: Erotische Geschichten. Aus dem Englischen von Heide Steiner. it 1385

– Liebesgeschichten. Aus dem Englischen von Heide Steiner. it 1678

Matthew Gregory Lewis: Der Mönch. Aus dem Englischen von Friedrich Polakovics. Mit einem Essay und einer Bibliographie von Norbert Kohl. it 907

Lord Byron. Ein Lesebuch mit Texten, Bildern und Dokumenten. Herausgegeben von Gert Ueding. it 1051

Katherine Mansfield: Das Gartenfest und andere Erzählungen. Aus dem Englischen von Heide Steiner. it 1724

– Über die Liebe. Herausgegeben von Ida Schöffling. it 1703

Herman Melville: Moby Dick. 2 Bde. Aus dem Amerikanischen von Alice und Hans Seiffert. Mit Zeichnungen von Rockwell Kent und einem Nachwort von Rudolf Sühnel. it 233

James Morier: Die Abenteuer des Hadji Baba. Ein orientalischer Abenteuerroman. Herausgegeben von Hermann Rosenau. it 1731

Samuel Pepys: Das geheime Tagebuch. Herausgegeben von Anselm Schlösser und übertragen von Jutta Schlösser. Mit Abbildungen. it 637

Sylvia Plath: Das Bett-Buch. Aus dem Englischen von Eva Demski. Mit farbigen Illustrationen von Rotraud Susanne Berner. it 1474

Edgar Allan Poe: Sämtliche Erzählungen in vier Bänden. In Kassette. Herausgegeben von Günter Gensch. (Die Bände sind auch einzeln erhältlich)

153/4/3.95

Englische und amerikanische Literatur im insel taschenbuch

Edgar Allan Poe:

Band 1: Der Teufel im Glockenturm und andere Erzählungen. Aus dem Amerikanischen von Barbara Cramer-Nauhaus und Erika Gröger. it 1528

Band 2: Die Morde in der Rue Morgue und andere Erzählungen. Aus dem Amerikanischen von Barbara Cramer-Nauhaus, Erika Gröger und Heide Steiner. it 1529

Band 3: Streitgespräch mit einer Mumie und andere Erzählungen. Aus dem Amerikanischen von Heide Steiner. it 1530

Band 4: Das Tagebuch des Julius Rodman und andere Erzählungen. Aus dem Amerikanischen von Erika Gröger, Andrea Sachs und Ruprecht Willnow. it 1531

– Der Bericht des A. Gordon Pym. Erzählungen. Übertragen von Barbara Cramer-Nauhaus, Erika Gröger und Heide Steiner. it 1449

– Das Geheimnis der Marie Rogêt und andere Erzählungen. Aus dem Amerikanischen von Werner Beyer, Felix Friedrich und anderen. it 783

– Grube und Pendel. Und andere Erzählungen. Mit einem Nachwort von Franz Rottensteiner und Illustrationen von Harry Clarke. Aus dem Amerikanischen von Günther Steinig. ›Grube und Pendel‹ wurde von Elisabeth Seidel übersetzt. it 362

– Grube und Pendel. Schaurige Erzählungen. Aus dem Amerikanischen von Erika Gröger. Großdruck. it 2351

– Der Untergang des Hauses Usher. Meistererzählungen. Aus dem Amerikanischen von Barbara Cramer-Nauhaus, Erika Gröger und Heide Steiner. it 1373

Gwen Raverat: Eine Kindheit in Cambridge. Roman. Aus dem Englischen übertragen von Leonore Schwartz. it 1592

Walter Scott: Ivanhoe. Roman. Deutsch von Leonhard Tafel. Textrevision und Nachwort von Paul Ernst. it 751

Charles Sealsfield: Das Kajütenbuch oder Nationale Charakteristiken. Herausgegeben von Alexander Ritter. it 1163

William Shakespeare: Hamlet. Prinz von Dänemark. Aus dem Englischen von August Wilhelm von Schlegel. Durchgesehen von Levin L. Schücking. Mit Illustrationen von Eugène Delacroix. Herausgegeben und mit einem Essay versehen von Norbert Kohl. it 364

– Romeo und Julia. Deutsch von Thomas Brasch. it 1383

– Die Tragödie des Macbeth. Aus dem Englischen von Thomas Brasch. it 1440

– Was ihr wollt. Aus dem Englischen von Thomas Brasch. it 1205

153/5/3.95